Wolfgang Haupt

Salziges Blut

Thriller

Dieses Buch ist auch als E-book erhältlich.

midnight.ullstein.de

Copyright © 2015 Wolfgang Haupt

2. überarbeitete Auflage

Umschlaggestaltung:

ZERO Werbeagentur, München

Titelabbildung: © FinePic®

Herstellung und Verlag:

BoD - Books on Demand,

Norderstedt

ISBN 978-3-7386-4335-0

Für alle Helfer, Heiler und Helden.

Kaum ein Ort der nicht mit Leben gefüllt wäre
Wo die Schreienden willkommen wären
Sich die Arme ausbreiten und im Kreise drehten
Bis der Kopf in der Wiese läge
Entzückt über die Turbulenzen des Himmels
Und die einzige Unterbrechung die zarte Hand der Mutter
Die das nasse Haar nach hinten streicht

Prolog

Die Geschmacksknospen ziehen über den Stein, erfüllen das Maul mit dem Geschmack des Salzes. Wieder und wieder vergräbt sich die Zunge in den Kristallen, verlangt nach mehr. Wasser, eine Portion Heu, die Haflingerstute kreist den Kiefer in völliger Entspannung. Sie wiederholt die Prozedur, schüttelt die Mähne und spitzt die Ohren. Ein Laut versetzt die Zellen in Wallung. Die Hufe scharren im Heu, treten auf der Stelle. Der Körper gerät in Aufruhr, der Rumpf schüttelt sich. Die Ohren haben etwas vernommen, etwas Vertrautes, das sich nähert. Ein Wiehern, die Klinke der Box geht nach unten, die Tür geht auf. Das Tier senkt den Kopf, ein Streicheln über den Nacken. Ein sanfter Druck, Stirn gegen Stirn. Gleich kommt sie wieder, die Decke unter den Arm geklemmt. Ein gewohnter Handgriff, ein Säuseln, das den Raum erfüllt. Das Gewicht des Sattels erzeugt Gegendruck, kalter Stahl am Bauch, der vorsichtig in den Lederriemen eindringt. Ein Streicheln, das Zaumzeug, ein Ziehen, das Tier setzt sich in Bewegung. Links aus der Box, über den Hof, vor das Gatter. Ein Quietschen des Eisens, ein Ziehen am Maul, das Gatter fällt zu. Die Hand streicht über den Rücken, der Steigbügel senkt sich, alles ist gut. Dampf steigt aus den Nüstern, der Hals biegt sich, die Beine wollen vorwärts. Zuerst im Trab, den Hügel hinauf, zwischen den Bäumen hindurch. Altbekannte Pfade. Das Tier will mehr, übt sich in Geduld. Nicht mehr weit, dann kommt die Ebene, die Geschwindigkeit, die Hufe, die sich in den Schotter drücken. In der Abendsonne, in der Wärme der letzten Sonnenstrahlen.

Hinter ihnen das Schloss, erbaut aus Lust am Leben, vor vierhundert Jahren.

Sie ist noch zu spüren, die Freude des Markus Sittikus von Hohenems. Es geht nach Norden, das Schloss versinkt hinter dem Hügel, ist schnell vergessen in der Hoffnung der Ebene. Die Hufe beschleunigen, graben sich in den Boden, alles will vorwärts. Diese Momente waren selten in den letzten Monaten, der Winter hielt spät Einzug und ließ sich schwer vertreiben. Dann ist es einsam und kalt. Der Wind zieht über die Felder, pfeift gegen das Gehöft. Wider den Protest der wiehernden Meute.

Heute ist es anders. Die Sonne hat Kraft, die Welt aus dem Schlaf geholt, die Kälte vertrieben. Nun werden sie häufiger hinaus, vielleicht täglich, sie weiß es nicht. Was ist morgen?

Es existiert nur der Galopp, in dem sie gänzlich ertrinkt. Die Nüstern aufgerissen, zum Ansaugstutzen gedehnt. Es geht nach Westen, in den Wald, auf Forstwegen, geradeaus. Schneller, immer schneller, die Reiterin schmiegt sich an den Rücken. Die Köpfe verschmelzen im Wind, ein Schwall geht durch die beiden. Eine Symbiose, unzertrennlich im Augenblick. Der Schranken ist nicht weit, noch eine Sekunde, sie brauchen Platz, um zu stoppen. Es geht nach links, dasselbe Spiel, im Takt der Spechte durch den Duft des Nadelwaldes. Allein, keine Spaziergänger, die die Ruhe zu stören vermögen. Keine Hunde, Pferde, Forstautos. Niemand, der in ihr Universum eindringt. Langsam, links, noch eine Runde. Einigkeit, der Wald ist eine Mauer, die nur ihnen bestimmt ist.

Ein ungutes Gefühl, die Störung nähert sich, ein schwarzer Fleck in der Ferne. Statisch, glänzend, fremd. Wir haben noch ein paar Meter. Was kümmert uns das?

Sie spürt die Unsicherheit, wird langsamer, geht in den Trab, wittert etwas. Sie kann es nicht ignorieren. Eine Hand gleitet auf die Schulter, entspann dich, Mädchen. Der Blick geht nach links, durch die Spärlichkeit der Blätter, sucht nach Anhaltspunkten. Empörung macht sich breit, Frechheit schleicht durch die Gedanken. Beruhigung. Sie alle dürften nicht hier sein. Autos und Pferde sind gleichsam verboten.

Eine Bewegung, hinter den Tannen. Geschrei, ein Streit, ein Schuss. Eine rote Jacke huscht hinter den Stämmen vorbei. Die Steigbügel schlagen gegen den Bauch, piano, keine Eile.

Du darfst den Fleck nicht aus den Augen lassen. Dann die Ablenkung, der BMW blendet, zieht die Aufmerksamkeit auf sich. Verdammt. Das Rot ist verschwunden. Das Herz beschleunigt, der Mund presst Luft aus der Lunge. Die Pupillen springen hin und her, die Linsen ziehen sich zusammen, fokussieren. Da! Braves Mädchen, Geduld. Sie müssen leise sein. Vielleicht ist er nicht allein.

Ein Schnauben, die Hufe klicken auf dem Schotter. Fünfzig Meter bis zu dem Rot, das nicht hierhergehört. Die Blicke trennen sich, die Reiterin sucht nach einer Bewegung zwischen den Bäumen. Kein Geräusch zwischen dem Klicken der Hufe, allein der Herzschlag pulsiert durch die Bäume. Noch ein paar Meter, der linke Steigbügel senkt sich und die Stiefel knacken auf dem Untergrund.

Verhaltene Schritte, ein Blick in den Wald. Keine Regung hier und dort. Die Reiterin läuft hin, dreht ihn auf den Rücken, nicht nur die Jacke versinkt im Rot. Eine Schaufel, Blut klebt am Stiel. Sichtlich nicht das seine, das passt nicht zum Loch in der Brust. An der Hand eine Zahl. Eingebrannt, vernarbt. Am ehesten eine Fünf.

1

Der Abend trägt den Wind herein. Er reist mit dem Fluss, verstärkt sich, nimmt den Schweiß des Südens mit in die Stadt. Er vermischt sich mit dem der Reichen, um sich dann mit dem der Migranten zu verbinden. Früher war kein Tropfen südländischer Ausdünstung dabei. Das war vor Felix' Zeit. Er kennt es nicht anders, ist damit aufgewachsen und hat sich nie daran gestört. Ist es doch ebenso sein Duft, der einen Teil beiträgt, mit dem Wind nach Norden verschwindet. Hinter der Stadt vergeht, sich über die Ebenen verteilt, über die Grenze nach Deutschland zieht.

Doch trägt er auch den Gestank und den Lärm der Fahrzeuge, die sich in den Abendstunden ineinander verschränken. Von Zeit zu Zeit ein Signalhorn, Blaulichter, die durch die Dunkelheit von Osten nach Westen schneiden. Oben an der Kreuzung biegen sie nach links ab und ihr Horn verliert sich in den Häuserschluchten. Dort bricht sich das Licht und mahnt zur Eile. Meist Rettungsfahrzeuge, manchmal die Polizei und selten die Feuerwehr. Früher oder später müssen sie alle hier vorbei, unter Felix' Balkon. Er ist ein Alibi, einen halben Meter lang und einen Meter breit, nicht viel mehr als die Tür, die hinausführt. Gerade groß genug, um den Rauch der Zigarette draußen zu halten.

Die rußgeschwärzten Häuserfronten wechseln sich mit bunten Fassaden ab, sind verbunden mit den Stromleitungen der Busse, die sich zwischen den Autos durchzwängen. Von Süden her dringen die Glocken der Kirchen, die zahlreicher nicht sein könnten. Ein Erbe, ein Vermächtnis, das an die Macht der Kirchenfürsten erinnert.

Eine Sache, die Felix nicht kümmert. Es gibt nur eine orthodoxe Kirche, die er nie besucht. Zwar in der Nähe, doch der Glaube hat ihn nie erreicht in dieser Welt. Er ist verblasst, verloren zwischen den Welten, wie die Menschen, die dorthin gehen.

Die Augen starren in die Leere, vorbei an der Glut, die sich in den Tabak frisst. Das Knistern der Zigarette blendet alles aus, füllt die Lunge mit Rauch. Ein tiefer Zug, der Stummel verglüht im Aschenbecher, Felix geht in die Wohnung. Der Blick trifft das Telefon, eine jähe Störung, die ihm keine Ruhe lässt. Er setzt sich auf die Couch, die nachts als Bett fungiert, schaltet den Fernseher ein.

Salzburg heute. Barbara Weisl erzählt über die Geschehnisse im Bundesland, es ist nicht viel passiert. Sport, Wetter, Ende. Felix drückt die Weisl weg und setzt sich an den Rand der Couch. Er atmet durch, steht auf, geht eine Runde im Zimmer. In die kleine Küche, in der sich nichts außer einer Kaffeemaschine befindet. Er drückt den Knopf, George Clooney drängt sich in die Gedanken, die Mundwinkel wandern nach oben. Wegen ihm hat er die Maschine. Oder eher wegen seines Aussehens.

Ein Blick in den Kühlschrank, ein halb volles Päckchen Milch, Gemüse, ein Karton Eier. Er wäscht eine Tasse ab, platziert sie unter dem Zapfen, mit dem George Clooney in der Werbung die Frauen herumkriegt. Felix drückt den großen der zwei Knöpfe, ein Brummen, der Nasenbär spuckt zwei genormte Espressi in die Tasse. Keine Milch, kein Zucker. Dazu eine Zigarette, immerhin vergeht die Zeit. Felix öffnet die Balkontür, stellt die Tasse auf das Eisengitter. Feuer, Knistern, ein tiefer Zug. Es stinkt nach Essig, dem Abgas der Fahrzeuge.

Verdammt, warum lebst du eigentlich noch hier? Wahrscheinlich liegt es an den Immobilienpreisen in den anderen Vierteln. Oder den Alimenten. Oder dem unterbezahlten Job. Oder daran, dass du selten dort bist. *Egal, konzentrier' dich auf den Rauch.* Ein Brennen, die Bronchien öffnen sich, das Nikotin ist in Sekundenschnelle da, wo es hingehört. Im Belohnungszentrum, direkt im Gehirn.

Nebel zieht auf, lässt den Anblick der Straße vergehen. Allein die Lichter scheinen durch, wie hinter Watte, der Lärm ist weit entfernt. Er will den Zigarettenstummel nach unten schießen, vielleicht bleibt er darauf liegen.

Lass es. Das verursacht nur Brandflecken. Das macht es nicht besser. *Das macht den Tag, dein Leben nicht besser. Morgen musst du was tun, raus aus dieser Enge, die dich erdrückt.* Vielleicht an den See, unter Menschen. So sehr ihm das widerstrebt. Wenn er sich hängen lässt, wird sie die Überhand gewinnen, ihn ewig mit Enissa erpressen. *Du brauchst einen Plan.*

Felix geht hinein, zum Kleiderschrank, steckt den Schlüssel in die Kassette und nimmt die Pistole heraus.

Eine ČZ 75, 9 mm, Baujahr 99. Klein, leicht, zuverlässig.

Er zieht das Magazin aus der Pistole, kontrolliert die Patronen. Die Hand gleitet den Schlitten entlang, das linke Auge schließt sich, die Linse des rechten fokussiert einen Punkt hinter dem Ende des Laufs.

Angeln wäre eine Idee. Laut dem Wetterbericht soll es schön werden. Vielleicht hat Suzuki Zeit. Ein Griff zum Telefon, er setzt sich auf die Couch. Die Finger fahren den Oberarm entlang, kreisen um die Ornamente der Tätowierung, die Hand umschließt ihn, streicht nach unten, bis sie am Handrücken hängenbleibt. An der kaum sichtbaren Narbe, die einmal die Zahl Fünf dargestellt hat.

Der VW Sharan schiebt sich durch den Nebel. Die Salzach entlang, den Kai hinunter, zwischen den Autos durch. Der Wind hat aufgefrischt, zieht von Süden herein, versucht die Schwaden zu vertreiben. Mit mäßigem Erfolg. Immer wieder taucht ein Auto vor dem Sharan auf, das Blaulicht ignorierend, um gleich wieder hinter ihnen zu verschwinden. Andreas Kollege, der Nowak, hält sich am Griff über dem Autofenster fest, den Blick möglichst nicht nach vorn gerichtet. Es ist die schlechte Sicht, die ihn beunruhigt. Andreas Fuß bleibt am Gaspedal, von Zeit zu Zeit bremst sie auch.

»Wer weiß, was da los ist. Da spinnt sicher nur einer.«

»Ich bin mir da nicht so sicher. Ich habe so ein Gefühl«, antwortet sie lakonisch.

»Kannst du das nicht auch unterdrücken, wie dein Privatleben? Dann kommen wir vielleicht lebend an.«

»Du hast doch nur Schiss, weil du nicht selber fährst.«

Und ich eine Frau bin. »Sei nicht so ein Weichei. Dann erzähl ichs auch niemandem.«

Der Nowak widmet die Aufmerksamkeit dem Autofenster, schüttelt den Kopf.

Was weiß er schon von deinem Privatleben? Nur weil er keins hat? Mit seinen fünfzig Jahren, der kahlen Birne und dem Bierbauch. Was hat er für eine Ahnung?

Andrea biegt ab, mit Folgetonhorn über die Kreuzung hinter dem Justizgebäude, mit Volldampf die Alpenstraße hinunter. Es ist nicht mehr weit. Nach einem Kilometer rechts in die Akademiestraße, der Sharan lässt den behelfsmäßigen Kreisverkehr unbeachtet, hundert Meter und rechts.

Vier Fahrzeuge der Freiwilligen Feuerwehr stehen vor dem Gebäude der ehemaligen Germanistik, Andrea stellt den Sharan dahinter ab.

Sie springt aus dem Wagen, der Kommandant kommt auf sie zu. Ein Nicken, sie gehen an der Bierbank vorbei, auf der ein paar Sauerstoffflaschen liegen und ein Freiwilliger Aufzeichnungen macht. Daneben eine Stoppuhr, die anzeigt, welche Gruppe sich wie lange im Gebäude aufhält. Drei Männer mit Atemschutzmasken kommen heraus, drei andere nehmen ihnen die Flaschen ab. Der hinter der Bank notiert. Andrea verharrt einen Moment, der Kommandant tippt ihr auf die Schulter. Sie sollen weitergehen. In das Gebäude, den Taschenlampen hinterher.

Sie folgen den Spuren der Verwüstung, ausgeschlagene Türen, zerbrochene Fenster, Männer in Sandgelb mit Gummimasken im künstlichen Nebel. Sie bleiben stehen, halten inne, als Andrea dem Kommandanten hinterher an ihnen vorbeigeht. Ihr blonder Pferdeschwanz und ihre Proportionen sind ein Blickmagnet. Die Uniformhose betont genau das, was sie eigentlich verbergen soll. Im Dienst etwas nachteilig, in der Regel wird Andrea kaum ernst genommen. Da kommt der Nowak ins Spiel. Vor einem bierbäuchigen alten Mann haben die Leute eher Respekt. Das gefällt dem Nowak. Der einzige Moment, in dem sie seine Brust hat anschwellen sehen. Er ist kein Chauvinist, ein zurückhaltender Typ, ein Normalo eben. Unauffällig und durchschnittlich. Die Leistung hangelt ebenfalls am Mittelmaß entlang. Doch ist er ihr Gegenpol, jemand, der ihren Ehrgeiz im Zaum hält. Manchmal ist sie dankbar dafür.

Heute weniger. Bis er Andrea folgt. Dann ist mit der Gafferei normalerweise Schluss.

Dann wird sich das Hecheln unter den Atemschutzmasken auf ein normales Maß einstellen.

Sie folgt dem Kommandanten die Treppe hinab, die Baustellenlichter entlang, durch einen Rahmen ohne Tür. Andrea kann außer dem Nebel nichts erkennen. Eine Baustellenlampe steht an der Wand, der Kommandant sagt ihr, dass sie dorthin gehen solle. Vielleicht hat der Nowak recht. Vielleicht sollte sie die Gefühle unterdrücken, anstatt ihr Leben für eine vage Vorahnung zu gefährden. Es gab keinen Grund, mit Blaulicht und Folgetonhorn in dieser Geschwindigkeit hierherzufahren. Keine Prügelei oder Schießerei, kein Einbruch. Der Nowak wird mindestens einen Kaffee verlangen. Oder eine Jause.

Andrea sieht den Kommandanten an, er drückt den Sprechknopf am Funkgerät, sagt, dass die Feuerwehrleute den Ventilator einschalten sollen. Es dauert keine zehn Sekunden, ein Motor startet, der Rauch beginnt sich aufzulösen.

Wie Watte zieht er durch das Kellerfenster, am Boden zeichnet sich eine Silhouette ab. Ein Mensch in einer Badewanne, umspült von einer braunen Brühe. Beziehungsweise das, was einmal ein Mensch gewesen ist. Eins achtzig groß, achtzig Kilo. Eine Hand hängt über dem Rand, außer den Knien der einzige Körperteil, auf dem sich Haut befindet.

»Rufen Sie den Nowak«, sagt Andrea. Weit entfernt von jeglicher Ruhe. Der Kommandant funkt, eine Minute später nähert sich ein Hecheln. Der Nowak sieht die Leiche, sieht Andrea, sagt: »Sag ich doch, dass wir es nicht eilig haben.« Andreas Blick schneidet ihn fast entzwei, der Nowak macht auf dem Absatz kehrt. »Ich gehe zum Auto. Du wartest hier.«

Ein Nicken, Andrea atmet durch, geht in die Hocke.

Scheiß mich an, wer hat dich so zugerichtet?

Es sieht aus wie verbrannt, die Haut, das Fleisch zerfressen. Dort, wo einmal das Gesicht war, ist nun das Weiß der Knochen. Sie sieht dem Toten in die Augenhöhlen, bedauert ihn einen Moment, sucht ihn ab. Eigentlich Sache des LKA, aber zu aufregend, um sich nicht darum zu kümmern.

Sie steht auf, der Rauch hat sich komplett verzogen. Die rechte Hand. Sie nimmt ihr Mobiltelefon, beugt sich hinab, stellt die Kamerafunktion ein. Ein Augenblick, die Linse stellt scharf, ein Foto. Sie spreizt die Finger am Display, vielleicht bringt das Licht in die Angelegenheit. Die Narbe kommt ihr bekannt vor. Der Nowak schlurft um die Ecke, sagt, er habe die Kollegen verständigt und fragt den Kommandanten, ob jemand den Toten angefasst hätte. Der Mann verneint, der Nowak sagt Andrea, dass sie fahren sollen, die Spurensicherung da sei. Andrea dreht sich um, lässt das Telefon in die Tasche gleiten.

Das musst du klären. Das kann kein Zufall sein.

Und hoffentlich nicht deine Befürchtung.

Jemand macht sich an der Hand zu schaffen. Eine Berührung. Ein Flüstern. Eine zweite Stimme mischt sich ein. Alles ist fern, unwirklich. Ein Blinzeln gegen das grelle Licht, die Lider gegeneinandergepresst, die Augen öffnen sich. Ein Stich, der den Kopf durchfährt, die Pupillen werden enger, verschwinden hinter den Lidern. Das Flüstern wird unruhig, die Berührung fester. Der Herzschlag beschleunigt, Adrenalin durchfließt die Adern. Darius spannt alles an, streckt die Gliedmaßen, die Hände sollen verschwinden. Hektische Bewegungen neben ihm. Jeweils eine Hand drückt seine Schultern nach unten. Er reißt die Arme nach oben, zieht den Kopf nach vorne und dreht sich auf die Seite. Schreie, die Aufmerksamkeit verlangen. Sein Nachname, sein Vorname. Jemand packt ihn, Darius befreit sich, geht einen Schritt vor, reißt die Augen auf, blinzelt gegen den Schmerz. Mehrere Schatten stehen um ihn herum, er läuft einen Meter, ein dumpfer Laut, dann zieht ein Stich durch das Knie. Er schreit, die Lippen bleiben aneinander kleben, der Mund die Sahara.

Darius dreht sich um, geht auf eine Silhouette zu. Der Umriss weicht zurück, ruft etwas. Schritte, die sich hastig entfernen, eine Tür fällt ins Schloss. Er prügelt Schimpfwörter in den Raum, wartet, dreht sich im Kreis. Die Arme vor dem Körper, bereit zuzupacken. Nichts. Außer Brennen in den Augen und dem Widerhall der eigenen Rufe. Das Pochen im Knie wird stärker, er tastet den Raum ab. Vor sich, hinter sich. Eine Matratze, ein frisches Laken. Darius setzt sich auf die Kante, fährt über das Knie, zuckt beim Kontakt. Er streckt das Bein aus, zieht es zurück, hechelt, massiert sich das Gelenk. Ein Augenblick der Ruhe. Er muss weg von hier. Was immer hier passiert, wo dieses *Hier* auch sein mag. Die Hände streichen den

Körper hinab. Kein T-Shirt, keine Hose, nur Boxershorts. Er steht auf, humpelt an der Wand entlang. Bis er eine Türklinke zu fassen bekommt. Er reißt daran, keine Regung. Es muss einen Ausgang geben.

Was würdest du für das Gefühl geben, das du gerade noch hattest, um das du eben betrogen wurdest.

Vielleicht soll er nicht glücklich sein, vielleicht ist es anderen bestimmt. Nur nicht ihm. Es war zum Greifen nah.

Tränen steigen ihm in die Augen, er lehnt sich gegen die Wand, lässt sich hinabsinken. Die Hand vor der Stirn, an den Beinen, die er eng an den Körper gezogen hält. Ein Schlüssel, der sich im Schloss dreht. Darius fährt mit den Fingerknöcheln über die Lider, schnieft die Flüssigkeit in die Nase, stemmt sich an der Wand hoch. Er wischt die Feuchtigkeit vom Handrücken, fährt mit der Rechten über das Auge.

Die Narbe glänzt unter den Tränen.

Ein Mann betritt den Raum. Aufrechte Haltung, schwarz gekleidet, die Schultern hat er nach hinten gezogen. Behutsam nähert er sich, die Hände hält er wie ein Cowboy am Körper. Darius weicht zurück, tastet die Wand entlang, atmet gegen das Gefühl, das ihn zu kontrollieren droht. Ein Gegenstand presst sich an die Finger. Kalt, metallisch, einen halben Meter lang.

»Ich würde das an deiner Stelle sein lassen.« Der schwarze Mann. Monotone Stimme, mit einem Brocken Überheblichkeit.

Darius umklammert den Feuerlöscher, hält ihn vor den Körper. Wenn er näher kommt, macht er damit Bekanntschaft. Dann wird er sehen, mit wem er es zu tun hat.

Der Mann lässt sich nicht beirren, setzt den Schritt fort. Darius' Atem wird schneller, das Herz springt aus der Brust.

Er nimmt den Feuerlöscher und wirft.

Der Augenblick dehnt sich zur Unendlichkeit.

Der Blick folgt dem Rot, das mit einem hohlen Klang auf dem Boden aufschlägt. Der Kopf des Mannes senkt sich, ein Lachen, blechern, spaßbefreit.

»Dann bin wohl ich an der Reihe«, sagt der Mann, fährt einen Totschläger aus.

2

Suzuki lehnt an der Tür zur Tankstelle, neben dem Aschenbecher, den die Betreiber notdürftig eingerichtet haben. Weil sich die Leute gegen den offiziellen, fernab der Zapfsäulen, standhaft wehren. Männer in Arbeitermontur, mit Schlapphüten aus dem Baumarkt und goldenen Halsketten, ziehen sich Zigaretten zwischen die Rippen, trinken Kaffee aus dem Automaten. Einer der besseren Sorte, der dennoch nicht an den italienischen heranreicht, obwohl er scheinbar von dort kommt.

Suzukis Augen weiten sich beim Anblick der Honda. Eine Fireblade SC57, 174 PS. Aufkleber, die einiges vermuten lassen. Zwischen dem schwarz-roten Dekor steht auf der rechten Seite: *It's not the speed that kills you, it's the sudden stop.*

In Weiß, auffällig, damit jeder kapiert, womit er es zu tun hat. Standesgemäß. Wirksam. Womit man in der Ignaz-Harrer-Straße Aufsehen erregt, am Café vorbeischleicht, um das Motorengeräusch in den Kopf der Schaulustigen zu prügeln.

Der direkte Weg in die Landesirrenanstalt, wie sie ihr Gründer einst getauft hat, zweimal umbenannt, um dem neuen Auftrag gerecht zu werden. Eine Straße für Menschen, die sich nicht im Bereich des Normalen bewegen. Ein Pflaster für Motorräder, Autos, illegale Straßenrennen, wohlweislich nachts.

Breit genug, um zu sehen, was die Mühle hergibt. Nichts für Felix und Suzuki. Ihnen reicht die Auffälligkeit des Tages, das Gefühl der Sichtbarkeit.

Felix stellt das Motorrad ab, holt eine Schachtel Pall Mall aus der Brusttasche und stellt sich neben die anderen.

Ein Nicken, es ist noch früh, man will sich mit Gesprächen nicht auf die Nerven fallen. Suzuki, eins siebzig, vernarbtes Gesicht, hagere Statur, sehnige Kraft, ein zäher Bursche, gesellt sich zu ihnen, zieht den Plastikstreifen von einer Schachtel American Spirit. Die ohne Brandbeschleuniger und Zusatzstoffe. Keine Bläh- oder Folientabake. Die Gesunden, wie er oft scherzt. Wie man etwas, das man anzündet und inhaliert, als gesund bezeichnen kann, will Felix nicht in den Kopf. Trotzdem ein Schmunzeln wert.

Ein fester Händedruck, sie senken das Kinn. Die Rucksäcke sind gefüllt mit Angelutensilien, in Suzukis Fall: Bier.

Suzuki gibt Felix einen Plastikbecher, in Stille trinken sie Kaffee, rauchen Zigaretten. Dann steigen sie auf die Motorräder.

Kommunikation über die Motoren, stumme Gemeinsamkeit unter den Helmen, zehn Minuten lang. Sie parken die Maschinen, gehen ein paar Meter und stellen die Klappstühle vor den See.

Um diese Zeit ist es ruhig, der Platz liegt im Schatten der Bäume. Spaziergänger mit ihren Hunden, ein ewiges Thema zwischen Fischern und Hundebesitzern. Nichts, was die beiden aufregt. Sie werden nicht kontrolliert, obwohl sie eine Angelkarte besitzen. Der letzte Fisch im Netz ist Jahre her.

Rückblende: Felix und Suzuki in einem Audi A3, schwarz, Sportausführung, Ledersitze. Vor einem Haus in der Elisabethstraße, die Aufmerksamkeit gilt einer Wohnung im dritten Stock. Ein Unterschlupf, in diesem Fall ein Zweitwohnsitz, weniger der Einsamkeit als dem gemeinsamen Vergnügen dienlich. Damit die Ehefrau nicht weiß, was ihr Mann so treibt. Zudem günstig und in einem Viertel, das dem Normalbürger äußerst unattraktiv erscheint.

Die Observierung dauert bereits zwei Stunden, kein Wort im Wagen, als Suzuki den Auslöser der Kamera drückt.

Ein Mann im Anzug verlässt das Gebäude, hektische Kopfbewegungen, alles gut, er steigt ein. Ein Blick in den Rückspiegel, die Krawatte zurechtgezupft, das Haar in Businessoptik gekämmt. Ein Lächeln zu ihm selbst, das Auto verlässt den Parkplatz. Eine Frau, zehn Minuten danach, Minirock, hohe Absätze, dasselbe Grinsen. Wieder der Auslöser der Kamera, sie folgen dem Mann. Auf digitalem Weg. Ein GPS-Sender an der Karosserie, unsichtbar. Befriedigendes Ergebnis einiger Versuche, den Zweitwohnsitz auszumachen. Von Zeit zu Zeit verliert sich das Signal in den Häuserschluchten, kein Problem, die beiden bleiben dran.

Da vorne an der Kreuzung, zwei Wagenlängen vor ihnen, ist er, der Wagen hinter ihm biegt ab, eine rote Ampel, das schaffen sie. Das ganze Spiel dreimal, sie sind zu knapp, er wittert ihre Anwesenheit. Immer wieder sieht er in den Rückspiegel, nach vorne, nach hinten. Offensichtlich sucht er nach einer Möglichkeit, den beiden zu entkommen. Die Aufklärung: Nicht lückenlos, kein Problem, sie haben Bilder, den Sender, sie finden ihn, falls sie noch Beweise brauchen.

Bericht: Die Detektive konnten wahrnehmen, dass die Zielperson in vermutlich postkoitalem Zustand zehn Minuten vor einer aufreizend gekleideten Frau das Gebäude verlassen hat.
Fotos befinden sich im Anhang. Zur weiteren Beweisführung wird eine erneute Observierung empfohlen.

Suzuki holt ein Bier aus dem Rucksack, hält es Felix vor die Nase.

Stumme Ablehnung.

Er hat sich die Kapuze des Pullovers über den Kopf gezogen, sich in den Protektoren der Lederjacke vergraben. Felix und Alkohol: Die Zeiten sind vorbei.

Suzuki ist einer der Menschen, die Felix nicht stören. Er hat das Gefühl, im Leben genug gesagt zu haben. Jemand, der schweigt, wenn er nichts zu erzählen hat: unschätzbar. Suzuki spricht nicht einmal, wenn er trinkt. Was des Öfteren der Fall ist. Felix hat vergessen, wie sich Suzukis Stimme anhört. Es ist der Klang der Stille, der ihn sympathisch macht.

Im Gegensatz zum Telefon, das sich Aufmerksamkeit verschafft.

»Verdammt.« Er hat vergessen, es zu Hause zu lassen.

Felix zieht es aus der Tasche, drückt den Ton weg, lässt es wieder hineingleiten. Ein Moment vergeht, es klingelt erneut.

Suzuki sieht ihn an, Felix hebt die Schultern. Andrea. Eine Freundin, wenn man ihr Verhältnis näher beschreiben wollte:

Freundschaft plus, in unregelmäßigen Abständen. Dass sie vormittags anruft: unüblich.

Felix hebt ab, flüstert: »Ich bin fischen. Ich rufe später zurück.«

»Nein, tust du nicht. Dieser Anruf ist dienstlich.«

Sie haben die Fesseln gelöst und ihn aus dem Raum geführt. In ein Zimmer, in dem allein das Summen des Computers zu hören ist. Ein runder Tisch, vor dem zwei Sessel stehen, noch zwei an der Wand unter dem Kalender, der eine schottische Landschaft zeigt. Genauer: die Isle of Skye, stark kontrastiert mit dem Regler, Photoshop. Modriger Geruch, nicht allzu sehr, gerade so viel, dass Darius ihn wahrnehmen kann. Es riecht, wie sich das Innere seiner Mundhöhle anfühlt. Abgestanden, trocken, verklebt. Darius sucht einen Wasserhahn, eine Flasche, irgendetwas, das dieses Gefühl verstummen lässt. Die Augen durchwühlen den Raum, die weißen Wände, finden eine Kaffeetasse mit dem Logo des Krankenhauses, in dem sich ein eingetrockneter brauner Ring befindet.

Was soll das? Wer besitzt die Frechheit, ihn einzusperren? *Du willst raus. Jetzt.*

Darius steht auf, spreizt die Jalousien, versucht, das Fenster zu öffnen. Der Sprung wäre nicht tief. Das kann er ohne Folgen überstehen. Er reißt am Griff, der keine Regung von sich gibt. Versperrt. Die Tür! Rütteln, ziehen, Fehlanzeige. Dann sperrt er wenigstens den Tag aus. Dieses Brennen in den Augen. Es ist zu hell. Viel zu hell.

Darius setzt sich, verschränkt die Arme und lässt das Kinn auf die Brust sinken. Alles im Körper will Ruhe. Zwischen den Alkis und Junkies kann er nicht schlafen, verdammt. Das machen die absichtlich.

Wenn ich einen in die Finger bekomme, dann …

Die Tür geht auf, eine Frau kommt herein, weißer Mantel, auf dem Namensschild steht: *Dr. Maria Ogrisek, Fachärztin für Psychiatrie.* Ihre Stimme ist weich, verständnisvoll, die blauen Augen treu.

Die Haare hat sie zu einem Pferdeschwanz zusammengebunden. In der Manteltasche ein Stethoskop, in der Brusttasche Stifte und eine Spritze mit einem roten Stöpsel.

Beruhigungsmittel? Das kann sie vergessen. Er hat niemand gebeten, ihn hierherzubringen.

»Darius, verstehen Sie mich?«

Ein Nicken, mit vorgeschobenem Kinn und zusammengezogenen Lidern.

»Ich bin Frau Dr. Ogrisek, Ihre behandelnde Ärztin.«

»Hab ich gelesen.«

»Woran können Sie sich denn erinnern?«

Dass ich nicht hier sein will, sondern dort, wo ihr mich weggeholt habt.

Darius hebt die Schultern, gräbt die Arme in den Bauch.

»Was haben Sie denn genommen? Wissen Sie das noch?«

Lass mich in Ruhe. Kümmer dich um deine Angelegenheiten.

Sie notiert, holt einen Zettel aus der Manteltasche, faltet ihn auseinander.

»Sie wissen, was das ist?«

Darius dreht den Kopf weg, ein verhaltenes »Nein«.

»Sie wissen nicht, was das ist. Dann erklär ichs Ihnen.«

Ihre Stimme hat nichts an Verständnis verloren.

»Das ist eine Meldung der Freiheitsbeschränkung nach dem Unterbringungsgesetz. Da oben steht ihr Name, darunter der Grund. Ich habe Selbstgefährdung angekreuzt. Wissen Sie, warum?«

»Mir ging es gut. Bis sie mich ans Bett gefesselt und mich geschlagen haben. Oder warum tut mir mein Knie so weh?«

»Darius, Sie sind vor ein Auto gelaufen.«

Darius sieht die Arme hinab, den Rumpf, die Beine. Nur das Knie. Sonst nichts.

»Das hat mich am Knie angefahren? Dieses Arschloch, wenn ich das erwische.«

»Sie waren fast nackt, haben sich auf die Straße gelegt. Sie können von Glück sprechen, dass der Mann so geistesgegenwärtig reagiert hat.«

»Trotzdem hat er mein Knie erwischt.«

»Laut den Informationen, die ich von der Polizei habe, hat er die Stelle abgesichert, Sie in die stabile Seitenlage gedreht und zugedeckt.«

»Dabei hat er mich verletzt?«

»Sie dürften sich einige Male übergeben haben. Auch im Rettungswagen. Dann sind Sie zu uns gekommen und waren«, sie überlegt, »nicht so ganz einverstanden.«

Der schwarze Mann, dieser Schläger, er hat dich …

»Deshalb hat er mich geschlagen.«

»Herr Hermann, bei uns wird niemand geschlagen. Der Sicherheitsbedienstete hat sich Ihre Aufmerksamkeit verschafft.« Pause. »Damit wir Sie fixieren konnten.«

»Dürfen Sie das?«

Nicken, Kopfbewegung, Blick auf das Formular.

»Dann haben *Sie* mich geschlagen.« Keine Frage.

»Sehen Sie, was auf dem Formular angekreuzt ist? Selbstgefährdung. Sie haben sich die Verletzung selbst zugefügt. Am Bettrand, wir haben ein Röntgen gemacht. Es ist nicht gebrochen, die Schwellung minimal, das wird bald besser werden. Das Knie ist nicht der Grund, warum wir hier sind.«

»Dann kann ich ja gehen, oder nicht? Sie haben überhaupt kein Recht, mich hierzubehalten. Ich bin ein freier Mensch.«

»Da haben Sie natürlich recht, Herr Hermann. Das sind Sie. Aber ich möchte Sie bitten, etwas bei uns zu bleiben.«

Du bittest mich nicht, du zwingst mich.

Freier Mensch, eine Lüge ist das.

»Was, wenn nicht?«

»Ich fürchte, Sie haben keine Wahl. Sie haben Suchtgift genommen, wenngleich wir auch nicht wissen, was genau. Aber deswegen sind wir hier. Den Einstichen am Arm nach zu urteilen, auf jeden Fall etwas Härteres. Ich möchte Sie bitten, mir zu sagen, was genau.«

»Damit Sie mich anzeigen können?«

»Es liegt nicht in meinem Sinn, Ihnen Schlechtes zu tun. Ich will Sie schützen. Vor der Polizei, den Drogen und vor allem: sich selbst.«

Darius presst Luft durch die Nase, der Blick bleibt auf ihr haften, er lehnt sich vor, lässt sich zurücksinken.

»Genau.«

»Ich weiß, das ist alles etwas viel für Sie, aber ich möchte Ihnen sagen, dass Sie uns vertrauen können. Jedem von uns. Wir haben viel Erfahrung, was Ihre Situation betrifft. Sie sind da nicht allein.«

»Ich sehe aber sonst niemand.«

»Darius. Überlegen Sie sich das, bitte. Wenn Sie uns helfen, dann können wir Ihnen helfen.«

»Helfen Sie sich doch selbst. Ich will raus, sonst nichts. Ich kann auf mich aufpassen.«

»Wie Sie meinen. Am Freitag ist ein Richter da, der wird entscheiden, ob das in Ordnung geht.«

Wusste ichs doch. Von wegen Hilfe, Schutz.

»Damit Sie mich einsperren können?«

Darius steht auf, drückt die Brust heraus, die Ogrisek bewegt sich keinen Millimeter.

Die Tür geht auf, ein Mann in Weiß streckt den Kopf herein, fragender Blick, sie tätschelt die Luft.

»Das hat nichts damit zu tun, dass Sie jemand anklagt. Da geht es um die Beurteilung der Freiheitsbeschränkung.«

»Also doch.«

Sie hält ihm den Zettel vor die Nase.

»Ich habe gestern angeordnet, dass Sie ein wenig bei uns bleiben. Bis sich Ihre Lage stabilisiert hat. Brauchen Sie irgendetwas? Sollen wir jemand in Kenntnis über Ihren Aufenthalt setzen?«

Kopfschütteln. Ich brauche niemand. Ich komme schon raus.

»Sicher? Sie werden einige Tage bei uns bleiben. Heute ist Mittwoch. Wenn Sie niemand haben, der zum Beispiel auf Ihr Haustier aufpasst, organisieren wir das für Sie.«

Dieses Weiche in der Stimme. Sie hat sich keine Minute provozieren lassen. Vielleicht, na ja, wer weiß.

Das bekommst du schon noch hin.

»Ich habe einen Mitbewohner. Werner. Kann ich ihn anrufen?«

»Wir machen das für Sie. Ich fände es besser, wenn Sie noch keinen Kontakt zur Außenwelt hätten. Um sich klar zu werden, warum Sie da sind.«

»Dann machen *Sie* das eben.«

»In Ordnung. Wir machen das für Sie. Wenn Sie etwas brauchen, sagen Sie es?«

»Haben Sie eine Zigarette?«

Die Ogrisek steht auf, klopft an die Tür, der Mann beugt sich zu ihr, die Blicke streifen Darius. Sie geht zu ihm, legt den Kopf leicht seitlich, ein Lächeln wie aus dem Katalog.

Ein verständnisvolles Nicken, sie sagt: »Ich komme später bei Ihnen vorbei. Dann reden wir noch mal.« Keine Frage.

Die Fahrt auf die Wache gestern verlief wortlos. Der Nowak hat einzig gefragt, ob das ihre erste Leiche sei. »Nein, war sie nicht. Aber die erste, die so grausam zugerichtet war.«

Dass sie die Narbe auf der Hand von jemandem kennt oder dass sie von dem stammt, von dem sie es nicht hofft, hat sie verschwiegen. Dann haben sie den Rest der Nacht nicht darüber gesprochen. Es war einiges los, da hat sich die Gelegenheit nicht ergeben. Der Nowak ist außerdem keiner, der auf solche Dinge sensibel reagiert. Nur auf die Jause hat er bestanden.

Andrea steht vor dem Spind, hängt die Uniform hinein, der Nowak packt sie von hinten an der Schulter. Sie dreht sich um, sieht ihm in die Augen, einen Moment, er darf nichts merken, sie hält dem Blick nicht stand. Der Nowak hat Erfahrung, was solche Dinge angeht. Den kannst du nicht belügen.

»Wie lange sind wir schon Kollegen?«, fragt er. Stoisch, verständnisvoll, suggestiv. Verdammt, es kommt gleich. Sie wird es ihm sagen, aber nicht jetzt.

»Drei, vielleicht vier Jahre.« Kein Wieso. Das verrät sie nur.

»Ich weiß, es war viel los. Und die Leiche und das alles. Du weißt, dass du mit mir darüber reden kannst.«

Ja, du bist ein netter Typ. Ich weiß. Ein Nicken voller Hoffnung.

Der Nowak sieht ihr in die Augen, tief, dreht den Kopf weg, wieder zu ihr.

»Dann weißt du auch, was du mir sagen solltest.«

»Was sollte ich dir denn sagen?«

»Wie lange bin ich schon im Geschäft? Was glaubst du?«

Du siehst aus wie sechzig.

»Es war ein langer Dienst. Wir reden morgen, ja?«

Der Nowak packt sie an den Oberarmen, nicht fest, gerade so, dass sie weiß, dass er es ernst meint.

»Was glaubst du?«

»Zwanzig, dreißig Jahre?«

»Dreißig kommt schon ganz gut hin. Was glaubst du, wie viele Kollegen ich schon hatte?«

»Wird das jetzt ein Spiel?«

»Das hängt von dir ab.«

»Du stellst die Fragen. Also bist du der Quizmaster und folglich ist es auch dein Spiel.«

Der Nowak grinst, nicht amüsiert, andernorts vielleicht ein guter Witz.

»Ich glaube, es waren an die zwanzig, dreißig.«

»Das ist gut.« Andrea presst die Lippen aufeinander, nickt.

»Es gibt nur eine Sache, die ich von meinen Kollegen verlange.« Pause, eindringlicher Blick. »Ehrlichkeit.«

Es später zu erzählen, ist nicht weniger ehrlich.

»Ich meine, wenn jemand am Tatort ist und es sein erster Toter ist, dann stiftet das Verwirrung. Das habe ich schon oft gesehen. Auch ist es nur als Zeitgeist zu verstehen, wenn jemand von der Leiche ein Foto macht. Aber dann machen die Leute von der ganzen Leiche ein Bild, nicht nur von der Hand.« Er atmet langsam ein, lässt die Luft in der Lunge. »Du kennst ihn.«

»Nein, ich kenne, ich meine, ich glaube, dass …«

»Was jetzt?«

»Können wir das morgen besprechen?«

Der Nowak überlegt, dreht sich im Kreis, fährt sich über den Kopf.

»Wenn du weißt oder glaubst zu wissen oder nur eine vage Ahnung hast, wer das ist, ist es deine Pflicht, das zu sagen. Ist das klar?«

Andrea senkt langsam das Kinn.

»Ich muss das zuerst klären, dann kann ich dir mehr sagen. Das kann auch ein Zufall sein, ein blöder …«

»Dann klär das. Und versuch nicht, mich für dumm zu verkaufen. So eine Situation kann sich gegen dich wenden. Wenn das jemand mitkriegt.«

»Wer soll das mitbekommen haben?«

»Bist du wirklich so naiv?« Keine Frage. »Der Feuerwehrkommandant ist daneben gestanden und hat gesehen, wie du das Foto gemacht hast. Vierzig Feuerwehrleute waren anwesend. Die werden sie mit Sicherheit vernehmen. Der Kommandant wird so etwas sagen wie: Ihre Kollegin hat schon ein Foto gemacht. Dann werden sie zuerst sich und dann dich fragen, warum. Dann werden sie vielleicht mich fragen. Dann werde ich in deinen Bericht sehen und nichts darüber finden. Dann werden sie dich fragen, warum das nicht in deinem Bericht erscheint. Vielleicht nehmen sie das auch nicht ernst. Das wäre dein Glück. Aber wenn, dann …«

»Ich habe verstanden.«

»Das ist gut. Und jetzt geh nach Hause. Das war eine anstrengende Nacht.«

Ja, das war sie. Wer weiß, was der Tag noch bringt.

3

Andrea hat auf nichts reagiert. Weder auf den knackenden Akzent, dem sie normalerweise schwer widerstehen kann, noch auf seine weiche Stimme. Plan B.

Sie treffen sich nicht bei ihm zu Hause, nicht bei ihr. Sie war hart, kalt, ungewohnt am Telefon. Auf seine Fragen hat er keine Antwort bekommen. So kennt er sie nicht, das ist ein Präzedenzfall. Hat er es übersehen, sich zu lange gespielt? Hat sie jemand gefunden? *Du bist nicht der einzige Südländer, nicht der Einzige mit Charme und einem Motorrad.* Sie will reden, fragt sich nur, worüber.

Felix ist zu Fuß gekommen. Niemand fährt gerne Motorrad im Regen. Außer den Engländern. Eher aus Not als aus Freude. Mit dem Wetter verhält es sich hier nicht unähnlich. Im Schnitt regnet es jeden zweiten Tag. Ein seichtes Nieseln, gerade stark genug, dass es nass und kalt wird. Ein Arzt im Mittelalter hat Salzburg als Kloake des Universums betitelt. Zu Recht, wie Felix findet. Über die ganze Stadt hat sich ein Teppich aus Schnürlregen gelegt.

Andrea hat sich ein Café ausgesucht, das mehr zur Tarnung den Titel trägt. In diesem Viertel geht es darum, vormittags Bier zu trinken, eine nach der anderen zu rauchen und sich über das Leben zu beschweren. Dass die Ausländer nicht arbeiten und die Regierung nichts taugt. Meist, bis man nicht mehr reden kann. Doch interessiert es kaum jemand, was am Nebentisch passiert. Beziehungsweise haben die Leute das vergessen, wenn sie nach Hause gehen.

Felix hat sich die Kapuze der Regenjacke über den Kopf gezogen, die Hände in den Taschen vergraben.

Er geht die Rudolf-Biebl-Straße hinab, den Blick vor die Füße gerichtet. Die Straße ist viel befahren, wenige Fußgänger kreuzen den Weg.

Vor ihm das Café, Andrea wartet mit einem Schirm vor der Tür. Normalerweise bringt sie Licht in den Tag, erhellt mit ihrer Mähne die Umgebung. Aber ihr Blick verhält sich analog zum Telefongespräch. Kalt, starr, irgendwie besorgt. Ein kurzes »Hallo«, sie gehen hinein, steuern eine Nische in der hintersten Ecke an.

Es dauert keine zwei Minuten, der Kellner kommt, mit wackeligen Beinen und einer Alkoholfahne. Er fragt, ob sie zwei Bier möchten, Andrea sieht auf die Uhr, zwei Uhr nachmittags. Einen Pfefferminztee für sie, einen Espresso für Felix. Der Kellner hebt die Schultern, verschwindet hinter dem Tresen.

Felix sucht Blickkontakt, sie weicht ihm aus. Sie soll einfach sagen, was los ist. Dass sie mit einem wie ihm nichts zu tun haben will. Dann hat er es hinter sich. *Wäre nicht das erste Mal, dass dir so etwas passiert.*

Andrea holt das Mobiltelefon aus der Tasche, tippt darauf herum, schiebt es über den Tisch. Felix sieht sie fragend an, sie macht ein Zeichen, er soll die Finger spreizen. Er nimmt das Handy, vergrößert die Aufnahme.

»Wann hast du das gemacht?«

»Gestern. Wo, darf ich dir nicht sagen. Ich dürfte nicht einmal hier sein. Also: Was ist das?«

Felix streicht über die Narbe am Handrücken, spürt die Vergangenheit. Das ist fast zwanzig Jahre her. Weit entfernt von jeglicher Aktualität.

»Wir wissen beide, was das ist. Die Frage ist eher, wo du das gefunden hast.«

»Wo, ist nicht die Frage, sondern wie.«

»Und *wie* hast du das gefunden?«

»Im Einsatz.«

»Mehr hast du nicht zu sagen?«

»Wie wärs, wenn du mal zu reden anfängst? Ich meine, ich habe nie eine Antwort bekommen, was es mit der Narbe auf sich hat. Außer: eine Jugendsünde, etwas, das schon lange vorbei ist, blablabla. Ich glaube, es ist an der Zeit, dass du mit der Wahrheit rausrückst.«

»Warum hast du den nicht gefragt, von dem du das Foto gemacht hast?«

»Weil nicht mehr viel von ihm übrig ist.«

Felix schluckt, der Adamsapfel kratzt am Hals, er taxiert sie. Sagt sie die Wahrheit? Dieser Blick lässt keine Zweifel zu. Er macht eine Handbewegung, sie soll ihm noch einmal das Telefon geben. Er sieht sich die Hand an, dieses Mal eindringlicher. Es ist *ihre* Fünf, *ihr* Zeichen, das sie für immer daran erinnern und verbinden sollte. Er streckt ihr die Hand entgegen.

»Wir haben uns die Nummer eingebrannt, mit einem Eisen von einem Briefkasten. Wir hätten nie gedacht, dass wir einmal getrennt sein würden. Niemand hätte daran gedacht. Es sollte uns an den Schwur erinnern. Immer füreinander da zu sein. Alle für einen, einer für alle, so in etwa.«

»Warum dann die Fünf?«

»Weil wir zu fünft waren. Die Gang of Five.«

»Eine Gang.«

»Na ja, keine Gang. Eher ein paar Kinder, die sich dafür gehalten haben. Mit hässlichen Frisuren, hinten lang, vorne kurz, Goldketten, billigen Lederjacken und Sonnenbrillen.

Wenn uns fad war, sind wir, um uns zu prügeln, nach Liefering oder Taxham gefahren. Mit den Mopeds, zwei KTM Ponys und einer Puch Maxi. Die Maxi war meine, war ja schließlich der Chef.«

Augenzwinkern, auf das Andrea nicht reagiert.

»Weißt du, wer das ist?«

»Ich weiß, wer es nicht ist.«

»Wer ist es nicht?«

»Darius. Er ist schwarz. Na ja, ein bisschen.«

»Ich brauche die Namen der anderen. Wir müssen herausfinden, wer das war.«

»Ich mache das. Ich will nicht, dass sie in Schwierigkeiten kommen. Wir haben immer alles selbst geregelt.«

Andrea lehnt sich auf den Tisch, reißt die Augen auf, will schreien, nicht hier.

Sie zischt: »Du bist kein verdammtes Kind mehr. Hier geht es nicht um irgendeine vertrottelte Gang, Herrgott noch mal.«

Sie atmet durch, lehnt sich zurück. Sie hasst es, wenn sie die Beherrschung verliert.

»Aber ich hatte die Verantwortung, verstehst du das? Ich habe sie im Stich gelassen.«

»Weil du erwachsen geworden bist? Ist dir nicht klar, worum es hier geht? *Du* hättest das sein können, Felix, du. Kapierst du das nicht?«

Warum hättest du das sein sollen? Macht sie sich etwa Sorgen? Er kann auf sich aufpassen, dafür gibt es keinen Grund.

»Vielleicht werde ich es ja noch.«

»Du bist dümmer, als du aussiehst, Felix Horvat. Außerdem hast du überhaupt keine Ahnung, was ich für dich aufs Spiel setze.«

Du hast sie nicht darum gebeten. Du kommst auch alleine klar. Das auszusprechen: keine gute Idee.

»Hör mal, ich muss das selbst regeln. Ich sage dir Bescheid, wenn ich was weiß.«

»Ich bin die Polizei, verdammt. Da gibt es kein ›Ich sage dir Bescheid, wenn ich was weiß‹. Vielleicht bist du der Nächste. Habt ihr wirklich nichts gemacht? Sucht euch die Vergangenheit heim? Das war kein Zufall und mit Sicherheit kein einfacher Mord. Da hat sich einer mit wem angelegt, der ihn aus dem Weg räumen wollte. Sonst nichts.«

»Ich weiß es nicht. Wir haben nicht viel getan, ein paar kleinere Diebstähle, Zigaretten geraucht und uns angesoffen. Ich glaube nicht, dass uns ein rachsüchtiger Greißler verfolgt.«

»Das ist alles? Bist du dir sicher? Wenn du mir etwas verheimlichst, sag es besser gleich.«

»Gib mir eine Woche, dann weiß ich mit Sicherheit mehr. Du weißt, du kannst mir vertrauen. Das wäre nicht das erste Mal.«

Sie spitzt den Mund, die Pupillen schwingen hin und her, bis sie auf Felix liegen bleiben.

Ein Seufzer, ein kraftloses »Du bist ein Idiot. Weißt du das?«. Möglich.

Andrea steht auf, beugt sich über den Tisch, schlägt mit der flachen Hand darauf. »Das geht auf dich. Damit du weißt, wie es ist, für etwas zu bezahlen, was du nicht verbrochen hast. Vielleicht geht dir ja ein Licht auf.«

Drei Viertel eines Kreises, ein hölzernes Geflecht, ein spitzer Giebel. Drei Bänke aus je drei Latten, auf denen Quadrate aus Styropor liegen. In der Mitte ein blechernes Ungetüm in Form einer Sanduhr. Im oberen Teil steht das braune Wasser, gefärbt vom Nikotin, darin baden Zigarettenstummel.

Darius sitzt am Rand, daneben ein junges Mädchen, die Kapuze hat sie tief ins Gesicht gezogen, die Beine übereinandergeschlagen, den Rücken gekrümmt. In der linken Hand hält sie ein Kännchen mit grünem Rand, der vom Logo des Krankenhauses unterbrochen wird. Die Rechte führt immer wieder die Zigarette zum Schatten unter der Kapuze. Neben ihr sitzt ein übergewichtiger Mann, etwa Mitte zwanzig, ebenfalls Raucher. Vor dem Ausgang steht der Hüne in Weiß, die Körperhaltung erinnert an einen Türsteher. Zuvor war er mit Darius gegenüber im Kiosk, um Zigaretten zu kaufen. Ein Päckchen Marlboro, die goldenen. Darius trägt ein weißes Nachthemd mit bunten Tupfen, ein türkises Hemd, eine türkise Hose und Hausschuhe aus Styropor. Sie haben Werner nicht erreicht, er hat sich nicht gemeldet. Sonst hat er niemand, der ihm Kleidung bringen könnte. Seine Mutter hat er lange nicht gesehen. Seit seine Schwester auf der Welt ist, ist der Kontakt zu ihr abgeflaut. Eine Sache, die ihn lange nicht gestört hat. Jetzt kommt die Sehnsucht auf, durch die unmittelbare Konsequenz. Werner hat ihn gewarnt, ihm gesagt, dass er aufhören soll mit diesem Zeug. Irgendwann kannst du es nicht mehr kontrollieren. *Das geht schon, alles kein Problem.* Und jetzt? Es ist keiner da, seine Mutter damit zu konfrontieren, geht nicht. Sie soll ihn so nicht sehen. Er sieht aus wie ein Strafgefangener, wie jemand, der es verdient hat.

Egal, bald bist du weg von hier, dann wird alles anders.

Vielleicht noch ein Mal, ein allerletztes Mal, was macht das schon? Dann kann er damit aufhören, ein für alle Mal. Genau so.

Der Dicke lehnt sich vor, dreht sich zu Darius, mustert ihn von oben bis unten. Er stemmt die linke Hand in den Oberschenkel, zieht an der Zigarette, bläst den Rauch nach oben. Er sieht kaputt aus, aufgeschwemmt, vereinzelt sprießen Haare aus dem Kinn. Er sieht Darius an, sagt: »Dich kenn ich nicht.«

Ich dich auch nicht. Lass mich in Ruhe. Darius wendet den Kopf ab, ein hilfesuchender Blick zum Pfleger, der sich gerade wegdreht.

»Und ich kenne jeden.«

Darius senkt kaum merklich das Kinn, konzentriert sich auf die Marlboro. Das Mädchen mischt sich ein. »Hör nicht auf den. Der ist ein Idiot.«

Hab ich schon bemerkt.

Sie dreht sich zu dem Dicken, sagt: »Halts Maul, du fetter Idiot.«

Alles gerät in Aufruhr bei dem Dicken, er deutet an, dass er sie schlagen will. Sie bewegt sich keinen Millimeter, dreht sich zu Darius. »Der tut nix. Hat er noch nie.«

Sie saugt die Zigarette in das Dunkel unter der Kapuze, der Dicke beachtet sie nicht, murmelt »Schlampe«. Keine Reaktion, er wendet sich zu Darius. »Stell dich vor, bei mir stellt sich jeder vor.«

In seine Stimme hat sich ein Lispeln gemischt.

»Bist du der Hausmeister, oder was?«

»So was Ähnliches. Sie schlage ich nicht, wegen der Ehre und so. Bei dir weiß ichs noch nicht.«

»Leck mich.«

»Du spielst mit deinem Leben. Stell dich vor, sag mir, wie du heißt.«

»Michael Jackson.«

Der Dicke steht auf, geht einen Schritt auf Darius zu, stemmt die Hände in die Hüften.

»Michael Jackson.«

»Seh ich aus wie Prince, oder was?«

»Michael Jackson ist tot.«

»Ich sitze aber hier.«

Der Dicke sieht ihn an, überlegt, geht einen Schritt zurück und setzt sich auf die Bank.

»Ich bin Bernie.«

»Sag ich doch, dass der ein Idiot ist.«

»Ich lerne da gerade jemand kennen. Hab mal Respekt, du dürre Schlampe.«

»Das ›dürr‹ nimmst du zurück.« Sie lacht, sagt: »Du bist ein Scheiß-Idiot, verstehst du das? Ein Scheiß-Idiot.«

Sie steht auf, schnippt ihm den Zigarettenstummel auf die Jacke und verlässt den Pavillon.

»Die hats schwer genug. Da will ich mal nicht so sein.«

Darius nickt, drückt die Lippen zusammen, zieht sich den Rest der Marlboro in die Lunge. Er nimmt eine aus der Packung, zündet sich die Nächste an. Der Pfleger sagt: »Nach der gehen wir wieder.«

Nicken, Darius dreht sich von dem Dicken weg, der unbeirrt fortfährt.

»Warum bist du da, Mike?«

»Keine Ahnung.«

»So gings mir auch. Aber seitdem bin ich immer wieder da. Wenn du einmal damit anfängst, hörst du nicht mehr auf.«

Er sieht ihn an, will ihn an seinem Scherz teilhaben lassen.

»Ach so?«

»Ich kenne keinen, bei dem es anders ist.«

»Wenn du das sagst.«

»Ich habe doch gesagt, ich kenne jeden hier. Und jetzt auch Michael Jackson.«

»Du bist ein Idiot.«

»Ich bin doch nett zu dir. Warum machst du das?«

»Deswegen.«

»Drogen. Ganz klar.«

»Wenn du meinst.«

»Was nimmst du?« Er sieht den Pfleger an, der mit dem Rücken zu ihnen steht, lehnt sich vor, deutet mit den Lippen an: »Kannst du was besorgen?«

»Wenn ich das könnte, würde ich wohl kaum hier sitzen und mich nerven lassen. Oder?«

Der Dicke deutet wieder an: »Wenn du das kannst, sags mir. Ich zahle gut.«

Du bist ein Idiot. Geh mir nicht auf die Eier. Lippensprache, gefolgt vom Mittelfinger.

»Komm, wir gehen, bevor du noch auf dumme Gedanken kommst«, sagt der Pfleger.

Der Dicke fixiert Darius, wiederholt das Angebot. Du musst Werner erwischen, vielleicht kann der was besorgen.

Fünf Leute, zwei kann er ausschließen. Sich selbst und Darius. Wenn die Sache so ernst ist, muss Felix Zugang zu den anderen finden. Das mit Darius klären. Das kann kein Nachläufer von damals sein. Kein anderer war dabei, noch haben sie es ihnen gesagt. Es ist Darius' und Felix' Geheimnis. Vielleicht hat es auch den Falschen erwischt, vielleicht haben sie ihn verwechselt.

Lebst du eine Lüge, die dich jagt?

Felix sucht in seinem Telefon, irgendwo muss er die Nummern haben. Er hat die Gang schon fast fünfzehn Jahre nicht gesehen. Es ist einfach zu lange her. Damals, als er wegging, waren sie anders. Sie alle waren Kinder, gefangen in ihren Hoffnungen, einmal reich zu werden. In ihren Utopien, etwas bewegen zu können in dieser Welt. Es besser zu haben, es allen zu zeigen. Im Nachhinein ein Irrsinn, dem mit Sicherheit nicht nur sie erlegen waren. Doch darum geht es nicht.

Felix durchsucht den Nummernspeicher des Telefons, der Finger streicht nach unten, tippt, stoppt den Verlauf. Er wählt, Igor, erhält ein Freizeichen, eine nette Dame, die ihm sagt, dass die Nummer nicht vergeben ist.

Igors Exfreundin, vielleicht weiß sie etwas. Der Finger streicht nach unten, zum Buchstaben D, stoppt.

Danica. Hoffentlich die Richtige. Er wählt, ein Augenblick Stille, es läutet. Eine Stimme, rauchig und alt.

»Wer spricht?«

»Felix. Horvat.«

»Kenne ich nicht.«

»Danica? Die Ex von Igor?«

Ein Moment Stille, sie überlegt, weiß, was er meint.

»Wer bist du?«

»Srečko?«

Srečko. Sretschko. Das serbische Pendant zu Felix. *So hat dich lange niemand mehr genannt.* Damals, in der Schule, als sie ihn ärgern wollten: Srečko Božić, in Anlehnung an *Sretan Božić. Frohe Weihnachten.* Das war der Kracher. Dann hat er sich Felix genannt. *Felix Navidad.* Das war auch nicht besser. Srečko stinkt nach alten Zeiten, nach misslungenem Vergessen.

»Srečko. Moment. Srečko, genau. Was willst du von ihm?«

»Das kann ich dir am Telefon nicht sagen. Weißt du, wo er ist?«

»Das kann ich *dir* am Telefon nicht sagen.«

»Können wir uns treffen? Es ist wichtig.«

Stille, sie antwortet: »Okay. Wann?«

»Am besten jetzt.«

Lehen, Hans-Sachs-Gasse. Ein Block, der selbst bei den Migranten unbeliebt ist. Hier wohnt nur, wer sich gar nichts anderes leisten kann oder auf der Flucht vor irgendwem ist. Ein Plattenbau, ehemals weiß, selten renoviert, kaum Dekor auf den Balkonen. Der Lift stinkt nach Urin, links und rechts gehen lange, dunkle Gänge weg, die den Eindruck erwecken, als ob hier niemand wohnte. Letztes Jahr wurde eine junge Frau im Gang vergewaltigt, davor einer angeschossen. Seitdem ist es ruhig.

Felix fährt in den vierten Stock, links, fünfte Tür, klopft an. Schritte nähern sich, das Metallplättchen des Türspions wird zur Seite geschoben, zwei Schlösser knacken, dann öffnet sich die Tür.

Danica.

Ehemals schwarze Schönheit und Igors Ex. So was wie das sechste Mitglied der Gang of Five. Eine, die jeder von ihnen gern gehabt hätte. Er sieht es in ihren Augen, das Glänzen, es ist noch da. Die Hüften sind etwas breiter, die Brüste tiefer und die Haut faltig.

Dennoch eine ansehnliche Frau. Sie mustert ihn, ihre Augen werden glasig, eine Umarmung, als ob sie ihn nie wieder loslassen wollte. Ein Schniefen, sie drückt ihn weg, schließt die Tür.

»Kaffee?« Nicken, sie geht in die Küche, füllt eine Tasse aus der halbvollen Kanne.

»Milch?« Felix verneint, macht eine Bewegung mit dem Kopf, dass sie ins Wohnzimmer gehen sollen.

Es sieht aufgeräumt aus, Kinderspielzeug liegt auf dem Boden, eine Matte, auf der Straßen und Gebäude abgezeichnet sind. Felix stellt den Bagger zur Seite, setzt sich auf die Eckcouch. Ein älteres Modell, wahrscheinlich ehemals kräftiges Grün, gegenüber eine Wohnwand aus hellem Dekor. Kein Fernseher, eine Handvoll Bücher hinter Glas. Danica setzt sich neben ihn, auf die andere Seite des rechten Winkels.

Ihre Hände umschließen die Tasse mit dem Krankenhauslogo, sie pustet den Dampf weg, ein Schwall Milch weht zu Felix, ein Geruch, den er in dieser Ausprägung kaum ertragen kann.

Noch einmal, sie trinkt, sieht in die Tasse.

»Du hast ein Kind?«

»Zwei. Die sind nicht da. Wenn ich arbeite, sind sie im Kindergarten und dann bei meinen Eltern.«

»Wie alt sind die beiden?«

»Vier und fast zehn. Ein Bub und ein Mädchen.« Sie sieht von der Tasse auf.

»Aber deswegen bist du nicht hier.«

»Das stimmt. Ich bin wegen Igor hier. Weißt du, wo er ist?«

Sie pustet den Dampf von der Tasse, weicht seinem Blick aus.

»Du bist nicht der Einzige, der das gern wüsste.«

»Wann hast du ihn das letzte Mal gesehen?«

»Das ist ziemlich genau zehn Jahre her.«

»Das heißt, der Ältere …«

»Die …«

»… ist von …«

»Genau.« Sie pausiert, fällt in ein Murmeln. »Allein ist das nicht so einfach. Ich wollte mal Krankenschwester werden, weißt du das?«

Kopfschütteln, gepresste Lippen, abgewandte Blicke.

»Das geht aber kaum, wenn man ein Kind großziehen muss.«

»Ich habe eine Tochter.«

»Wie alt?«

»Vierzehn.«

»Mit der, die dir damals den Kopf verdreht hat?«

»Damals, ja.«

»Was ist passiert?«

»Wir haben geheiratet.«

»Es hat wohl nicht gehalten.«

»Nein, hat es nicht. Ich möchte, ehrlich gesagt, nicht darüber sprechen. Es ist nicht immer leicht mit ihr.«

»Das ist es nie.«

»Was war mit Igor?«

»Gleichfalls.«

»Bitte, Danica, es ist wichtig.«

»Erzähl du mir, warum du ihn überhaupt suchst. Sehnsucht kann es ja wohl nicht sein.«

»Das kann ich nicht. Das musst du mir glauben.«

»Muss ich das?«

Felix zieht die Augenbrauen hoch. Der Felix, den sie kannte, war Srečko, der König der Idioten. Ein Schlitzohr. Jemand, dem man nicht vertrauen konnte.

»Jetzt ist die Sache anders. Ernster.«

»Für dich vielleicht.«

Du darfst es ihr nicht sagen. Andrea setzt viel aufs Spiel.

»Hast du eine Ahnung, wer es wissen könnte?«

»Frag mal die Türken. Die haben ihn abgeholt. In einem schwarzen BMW haben sie vor der Tür gewartet. Er hat mir einen Kuss auf die Stirn gegeben und mir gesagt, dass alles gut wird. Seitdem hab ich ihn nicht mehr gesehen. Du kannst dem Arschloch einen Gruß bestellen, wenn du ihn triffst. Es ist nicht alles gut geworden.«

»Das tut mir leid. Wenn ich was weiß, sag ichs dir. O. k.?«

»Scheiß auf o. k. Scheiß auf Igor. Hoffentlich haben sie ihn irgendwo im Wald vergraben.«

»Meinst du das ernst?«

»Weißt du eigentlich, was eine Putzfrau verdient?«

Lass sie reden. Jede Mutmaßung wäre eine Beleidigung.

»Die Kinder sind nicht nur wegen der Zeit bei meinen Eltern. Ich bin froh, wenn sie bei ihnen essen können. Fragt dich deine Tochter manchmal, warum sie nichts zu Weihnachten bekommt?«

Danica sieht auf, sucht seinen Blick. Doch sie starrt durch ihn hindurch, als ob er nicht hier wäre. Sie senkt den Kopf, murmelt. »Eine Reinigungsdame. Eine Scheiß-Putzfrau. *Sranje, sranje u boji.*« Sie schreit: »*Jebem ti, Igore. Jebem ti!*«

Danica starrt in die Tasse, als ob er dort zu finden wäre. Igors Hand kann es nicht sein, oder doch?

4

Saša oder Werner. Mehr bleiben nicht übrig. Darius scheidet aus, der Hautfarbe wegen. Das hat ihm viel Häme eingebracht während der Jugend. Er musste Schimpfwörter, Hänseleien und am Ende die Ausgrenzung über sich ergehen lassen. In der Gang of Five hatte er eine Heimat gefunden, etwas, das ihm Halt gab. Es muss ihn hart getroffen haben, als sich die Gang aufgelöst hat.

Felix geht chronologisch vor, sucht nach Sašas Nummer. Fünfzehn Jahre sind eine lange Zeit. Einen Versuch ist es wert. Felix wählt, Freizeichen, Frauenstimme. Die Nummer gibt es nicht mehr. An eine Freundin kann sich Felix nicht erinnern. Die ganzen Jahre nicht. Vielleicht bringt ein Besuch bei seinen Eltern Aufklärung.

Wohnblöcke, dahinter ein Park, in dem Kinder Fahrrad fahren und Fußball spielen. Hinter den Schildern, die genau diese Aktivitäten verbieten. Sie waren oft hier, haben die Tage verbracht, bis sie in den Lehener Park weiterzogen. Dort waren sie abgeschiedener, unbekümmerter. Hier wurden sie beobachtet von Sašas Eltern. Beide arbeitslos, im Nachhinein betrachtet Alkoholiker. Sie waren nie unangenehm zu ihnen, der strenge Ton gegenüber Saša ist Felix schon damals aufgefallen. Wahrscheinlich wollte Saša deshalb nicht, dass sie mitbekommen, was sie so treiben. Sie haben es nicht gern gesehen, wenn er trinkt. Bosnische Moslems, wenngleich eher formal.

Er war ein ruhiger Typ, hat wenig gesagt, wollte immer dabei sein und selten nach Hause. Wenn sie um die Häuser zogen, war er immer der Letzte, streifte noch umher.

Wenn Felix das auf seine Tochter überträgt, eine eigenartige Situation, irgendwie unheimlich. Das Suchende, Rastlose.

Ein Quäntchen Wehmut überkommt ihn, als er in die Paumannstraße einbiegt. Die erste Schlägerei, der erste Rausch, alles hat hier stattgefunden. Jahre der Freundschaft und Verbundenheit.

Er sucht die Namensschilder, Top 14, Maric. Ein Atemzug, er drückt die Klingel. Ein Moment, der Summer ertönt, ohne zu fragen, wer unten steht. Felix drückt die Tür auf, geht in den zweiten Stock, links, die Galerie entlang. Das Tageslicht schenkt dem Gang Freundlichkeit, die er nicht verdient. Felix sieht aus dem Fenster, hält einen Augenblick inne, betrachtet die Kinder im Hof. Zehn Meter weiter dreht sich ein Schlüssel im Schloss, eine Frau tritt heraus. Sie hält eine Tasse Kaffee in der Linken, in der Rechten eine Zigarette.

»Was wollen Sie?«

»Ich bins, Srečko.«

In ihren Falten findet ein Erdbeben statt. Sie trägt tiefe Ringe unter den Augen, lässt die Schultern hängen. Fast leert sie den Kaffee auf den Boden, fängt sich gerade noch.

»Das ist lange her.«

»Willst du hereinkommen?«

Stumme Bestätigung, Felix setzt sich in Bewegung, dem Schlafmantel hinterher. Es ist noch früh, aber Morgen ist es auch nicht mehr.

»Kaffee?«

»Schwarz, bitte.«

Die Wohnung sieht aus wie vor fünfzehn Jahren. Der Schuhschrank mit den Einweghausschuhen für die Gäste, der Teppich, über den der Hund das Hinterteil gezogen hat.

Der Futternapf ist verschwunden, mit dem Geruch, den der Schäferhund verbreitet hat. Jetzt riecht es nach Rauch und abgestandener Luft. Sašas Mutter geht in die Küche, die Zigarette im Mundwinkel, leert ihm einen Kaffee in die Tasse. Sie gehen ins Wohnzimmer, nehmen einander gegenüber Platz. Selbst dort hat sich nichts verändert. Der Esstisch, die Couch, Felix könnte schwören, dass alles noch von damals stammt.

Der Fernseher läuft ohne Ton, im Hintergrund leise Volksmusik. Felix kennt die Gruppe nicht, das war noch nie sein Genre. Weder da noch dort. Da ist er westlich orientiert. Frau Maric mustert ihn, gleich wird sie fragen, was aus ihm geworden ist.

»Mein Mann hat sich immer amüsiert, wenn ihr gekommen seid. *Bez uha*, hat er immer gesagt, wir haben *bez uha*. Ohne Ohr. Besucher.« Sie schüttelt den Kopf, schließt die Augen, drängt die Erinnerung zurück. »Er ist Saša damit oft auf die Nerven gefallen. *Bez uha*. Das waren Zeiten.«

»Wie geht es Ihrem Mann, Frau Maric?«

»Nenn mich Milica.«

»Wie geht es Ihrem Mann, Milica?«

»Das ist schon eine Weile her. Es war nicht lange nach Saša.«

»Nach Saša?«

»Ja, nach Saša. Er hat uns verlassen.«

»Verlassen? Warum? Wie?«

»Ich glaube, Saša hat sehr gelitten. Eigentlich glaube ich es nicht, ich weiß es. Eure Freundschaft war in Ordnung, solange ihr hier wart. Danach haben wir die Kontrolle verloren. Das hat meinem Mann nicht besonders gefallen.

Die Zeit war schwierig, Saša noch zu klein, um zu verstehen, was in der Heimat los war. Für uns war das alles nicht vorbei.

Wir konnten das nicht ertragen, die Flucht, das Land. Wir wollten das nicht.«

»Was wollten Sie nicht?«

»Alles. Wir wollten eigentlich nicht, dass er mit euch unterwegs ist. Dem Serben, dem Albaner, da waren die Österreicher eher noch egal. Aber wir haben es geduldet. Bis ihr zu trinken begonnen habt.«

Felix möchte sagen, dass sie selbst getrunken haben. Er möchte ihr sagen, dass das nicht richtig war.

»Wir haben es gemerkt, auch wenn ihr es heimlich getan habt. Das haben wir nicht verkraftet, verstehst du das? Mit den Feinden zu saufen, auch wenn es nur ehemalige waren.«

»Sie haben doch selbst getrunken.« Jetzt hat er es gesagt.

Ihr Blick durchbohrt ihn, will ihm sagen, dass er ruhig sein soll. Ein ewiger Moment der Stille.

»Aber für unseren Sohn wollten wir das nicht.«

»Ich habe eine Tochter, ich verstehe das. Gewissermaßen.«

Sie nimmt seine Hand, umklammert sie, streicht sanft darüber.

»Mach das nicht, Srečko. Das ist ein Fehler. Die Jugend muss ihre eigenen Erfahrungen machen.«

Früher hatte sie immer eine leichte Alkoholfahne.

»Wann haben Sie aufgehört zu trinken?«

»Vor zehn Jahren.«

Igor, Saša, verdammt. Dieselbe Zeit. Ein Zufall?

»Was ist mit ihm passiert?«

Milica steht auf, geht zum Schrank, kramt etwas darin, holt einen Umschlag heraus. Felix nimmt ihn, sieht auf ein Foto.

Es zeigt die Front des Gebäudes, nicht besonders scharf, ein Schatten unter dem Fenster.

Darunter steht: *Konačno je razumio. Endlich einer, der es kapiert hat.*

Felix zieht ein zweites Foto heraus. Ein Mann, den er nicht kennt. Blonde Haare, mit Gel nach hinten gekämmt, ein bauchfreies T-Shirt, eine Umhängetasche. In roten Buchstaben steht *gej* darunter.

»Das war im Briefkasten, zwei Tage danach. Die Polizei hat gesucht, aber nichts gefunden. Keine Hinweise auf, ich glaube, Fremdeinwirkung. Keine Fremdeinwirkung. Srečko, sag mir, wie kann das keine Fremdeinwirkung sein, wenn ein junger Mensch so was macht? Er ist mit Anlauf gesprungen. Ohne Abschiedsbrief, einfach so. Warum tut jemand so was?«

Ihre Augen sind leer, ohne Kraft, suchen nach Verständnis. Wie schon so lange. Felix' Augen tun es ihr gleich. Der Schatten, der leblose Körper, der an der Galerie hängt, das Foto, das ihm zwar ähnlich sieht, aber nicht eindeutig zuzuordnen ist. Felix wird einiges klar. Saša ist um die Häuser gezogen, allein, ohne die Gang, hat nie ein Wort darüber verloren, wo er war, mit wem, wie lange. Felix sieht sie an, versucht, Kontakt aufzunehmen mit dem glasigen Weiß, das so weit entfernt scheint.

»Ich weiß es nicht, Milica. Ich weiß es nicht.«

Felix will Andrea nicht aus dem Kopf. Ein Kind im Körper eines zweiunddreißigjährigen Mannes. Ein ewiger Verlierer. *Willst du das bleiben, Felix Horvat? Bis zu deinem Lebensende? Da hilft dir auch dein gutes Herz nicht.*

Andrea steht am Spind, schlägt mit der Faust dagegen. Sie setzt sich auf die Bank, legt den Kopf in die Hände. Ein Seufzer, sie will aufstehen, eine Hand berührt sie am Nacken, bleibt darauf liegen. Nicht fest, beinahe zärtlich, väterlich. Die Hand streicht über den Rücken, bleibt darauf liegen, die Wärme eines übergewichtigen Körpers. Ein Druck, eine Aufforderung.

»Komm, wir gehen. Wir reden im Auto.«

Ein Nicken, eine Ladung abgestandener Luft aus der Umkleide, Andrea zieht sich um und geht zum Sharan. Es ist acht Uhr morgens, sie müssen in die Paracelsusstraße. Ein Betrunkener macht Schwierigkeiten, will die Zeche nicht zahlen. Unvernünftig – leider nur in nüchternem Zustand. Nach genug Alkohol erscheinen die dümmsten Sachen äußerst rational.

Der Nowak hat sich ans Steuer gesetzt und ist losgefahren. Schnell, damit sie auf dem Rückweg Zeit haben. Andrea hat die Schläfe ans Fenster gelehnt und die Häuser vorbeiziehen lassen. Wahrscheinlich sind die Kollegen vom Bahnhof schon vor Ort. Oder sie schlagen sich mit den Junkies herum. Auf jeden Fall nicht normal, dass sie gerufen werden. Vielleicht eine Schlägerei, etwas, wo sie ihre Wut abreagieren kann, eine Abwechslung.

Der Nowak parkt gegenüber, springt aus dem Wagen, Andrea soll die Situation überwachen und am Funkgerät bleiben. Wenn es ernst wird, kann sie eingreifen. Schade, aber ebenso egal.

Die Sanitäter sind schon da, packen den Mann, achtzehn Jahre und untergewichtig, hängen ihn an den Tropf. Nach der

Pizza auf dem Asphalt zu urteilen, hat er sich selbst erledigt. Das hätte sowieso keinen Spaß gemacht. So nimmt der Nowak die Aussagen auf. Wahrscheinlich kostet das eine Jause. Das ist eben des Nowaks Währung. Das ist wenigstens nicht teuer. Meist eine Leberkäsesemmel und ein Cola. Mehr braucht er nicht. Manchmal auch zwei.

Der Nowak hat diesen Blick aufgesetzt, der sagt, dass er gern zuschlagen würde. Verständlich, es ist nicht das erste Mal, dass sie hierhergekommen sind. Mit Betrunkenen zu reden, ist eine unbefriedigende Angelegenheit. Dazu kommt ein zwielichtiger Wirt, dessen Geschäfte nicht alle legal erscheinen. Anhand der Klientel eher unwahrscheinlich.

Doch der Nowak hat die Ruhe und Erfahrung. Das ist eine Jause allemal wert.

Er kommt zurück, setzt sich in den Wagen, legt die Kappe auf die Konsole.

»Und, was war?«

»Das, was du gesehen hast. Der Junge hatte Glück. Erstens ist er nicht an der Kotze erstickt und zweitens haben sie ihn nicht abgestochen. Wär ja nicht das erste Mal.«

Andrea schnaubt, sieht sich die Aussagen durch, dann ein leises »Danke, Nowak«.

Der Nowak setzt den Wagen in Bewegung, langsam, dreht sich zu ihr, fragt: »Hunger?«

Nicken, Frage: »Schrauna?«

Der Markt in der Schrannengasse. Ein guter Ort, um sich ein Paar Würstel in die Eingeweide zu werfen. Ein Bier täte gut in den Venen.

Der Nowak bestellt sich ein Cola und ein Paar Frankfurter mit süßem Senf, Andrea ein Paar Frische und ein Mineral. Kein

Senf. Wenn es nicht der bayrische ist. Gebäck gibt es zur freien Auswahl, der Nowak nimmt ein großes Salzstangerl. Er sagt der Frau hinter dem Tresen, dass die Kollegin bezahle, beißt von der Frankfurter ab.

»Also, was hat es mit dem Foto auf sich?«

»Das weiß ich nicht. Der, der es weiß, will es mir nicht sagen.«

Der Nowak verschluckt sich fast am Würstel.

»Du kennst wen, der vielleicht was weiß.« Keine Frage. »Du hast den Bericht von der Forensik nicht gelesen, oder?«

Kopfschütteln, abgelöst von einem Gefühl, das den Bauch hinaufkriecht und »Felix« schreit.

»Ätzkalk. Auch bekannt unter Kalziumoxid. Wird in der Bauindustrie verwendet. Damit kannst du Roheisen entschwefeln, Kalkmörtel herstellen oder«, Pause, die Wurst knackt zwischen den Zähnen, »jemand verätzen. Das haben sie früher auf die Katapulte geladen. Eher unmenschlich und nicht mehr zulässig.«

»Hat er noch gelebt?«

»Eher unwahrscheinlich. Nachher werden sie ihm kaum ein Loch in den Kopf gestanzt haben. 9 mm, Makarow.«

»Sie haben ihn vorher erschossen und dann mit dem Zeug übergossen.«

»Oder umgekehrt. Auf jeden Fall wollten sie ihn unkenntlich machen.«

»Warum dann die Sache mit der Hand?«

»Vielleicht haben sie gepatzt, ich weiß es nicht. Vom Anrühren haben sie auf jeden Fall keine Ahnung.«

Andrea zieht die Augenbrauen hoch.

»Die braune Farbe. Wenn du zu wenig Wasser nimmst, verbrennst du das Zeug. Dann kocht das viel zu heiß und explodiert. Dann heißt es: rennen. Wenn du zu viel Wasser nimmst, kocht das nicht richtig und säuft ab. Also nichts mit Verschwindibus. Das ist eine heikle Angelegenheit.«

»Woher weißt du das?«

Der Nowak zuckt mit den Achseln, seilt die Wurst in den Gaumen ab.

»Was viel interessanter ist, ist: Wer hat es getan und warum?«

»Was sagt das LKA?«

»Es gibt eine Vermutung.«

»Und die wäre?«

»Wenn ich dir das sage, musst du mir was versprechen. Und nein, kein Würstel.«

»Was dann?«

»Du musst zum LKA gehen. Du musst es denen sagen. Der Tote ist nicht als vermisst gemeldet, hat wahrscheinlich keine Freunde, Bekannten, irgendwas. Ist vielleicht schon jahrelang abhängig. Das heißt, ohne deine Hilfe oder die des Unbekannten wird die Sache im Sand verlaufen.«

»Auch wenn das heißt …«

»Du überlegst doch nicht wirklich?«

Nein, tust du nicht. Er war es nicht, aber ausschließen kannst du es auch nicht.

»Nein. Wenns so war, dann erfährst du es zuerst.«

»Dann bin ich beruhigt.«

»Okay.«

»Eins noch: Beeil dich damit. Das hat bis jetzt schon eine Menge Staub aufgewirbelt.«

»Gut. Und wer wars?«

»2003, als der serbische Ministerpräsident Zoran Đinđić ermordet wurde, gab es eine Menge Unruhen, sprich andere Tote, die man gern für immer verschwinden lassen wollte. Und wenn ich sage ›für immer‹, meine ich auch ›für immer‹. Sie haben sie eingegraben und mit Kalziumoxid verätzt. Das dauert seine Zeit, verwischt aber eine Menge Spuren.«

Andrea steht wie angewurzelt da, starrt den Nowak beinahe nieder.

»Die Mafia?«

»Möglich. Aber eben auch wahrscheinlich. Dein Unbekannter könnte Licht in die Sache bringen. Er ist vielleicht der Schlüssel.«

»Scheiße.«

»Du sagst es.«

Zumindest kannst du Felix als Täter ausschließen. Diese Mühe traut sie ihm nicht zu. Außerdem: ein Mörder? Niemals.

»Was würdest du tun?«

»Er ist ein Freund von dir.«

Sie schließt die Augen, nickt.

»Dann hätte ich doppelt Interesse, dass er zur Polizei geht.«

Darius schlurft dem Pfleger hinterher, taxiert, ob es eine Möglichkeit gibt zu entkommen. Die Freiheit ist nicht weit entfernt. Den Hügel hinab, die Einfahrt hinaus, zehn Minuten Fußmarsch. *Durch den Park, da fällst du nicht auf, da kannst du dich verstecken. In der Nacht gehst du ins Haus.*

Kann das so einfach sein? Warum versuchen die anderen das nicht? Weiß es einfach niemand? Ist er der Erste, der darauf kommt?

Sie werden versuchen, ihn einzufangen, zurückzubringen, es wird nicht besser für ihn. Aber er ist schnell. Schneller als die. Um ihn zurückzubringen, müssen sie ihn erst kriegen. Wer weiß, ob er bald wieder eine Chance bekommt.

Du brauchst etwas, jetzt. Der Dicke hat ihn getriggert. Fragt sich nur, warum das einen Tag gedauert hat. Eigentlich egal. Trotzdem: Der Dicke ist ein verdammter Idiot.

Darius stemmt die Styroporschuhe in den Asphalt, drückt sich weg. Ein Schritt, der nächste, der Körper wird leichter, benötigt weniger Kraft. Es läuft gut, die Fußballen haben kaum noch Bodenkontakt. Wie eine Gazelle rauscht er vorbei an der Hecke, nach rechts, er kann sie schon sehen, die Freiheit, sie ist nicht mehr weit.

Fünfzig Meter vor ihm die Rettung. Nicht weit hinter ihm zwei Turnschuhe, die sich schnell nähern. Schnell, aber bei Weitem nicht schnell genug. *Er kommt dir nicht nach, kann und wird dich nicht einholen. Du schaffst es, mit dem gestreckten Mittelfinger und einem Lächeln im Gesicht.*

Darius läuft die Straße bergab, ein Wagen streift ihn beinahe, eine Drehung wie ein Sprinter, es geht wieder vorwärts. Ein Blick zurück, zur Seite, niemand zu sehen.

Vielleicht hat er aufgegeben. Vielleicht hat er kapiert, was jeder weiß, der ihn kennt. Der Darius, den Läufer kennt.

Weiter, es ist nicht mehr fern. In fünfzig Metern winkt die Freiheit.

Der Hügel neben ihm wird flacher, eine Seitenstraße, Darius gibt alles, etwas berührt ihn an der Schulter, krallt sich fest, stoppt den Weltrekordversuch.

Eine Hand, ein weißer Ärmel, eine Umklammerung, die keine Diskussion zulässt. Aufbegehren, wie eine Katze, die nicht gestreichelt werden möchte, gefolgt von Resignation. Ein prüfender Blick, ob der Bub endlich brav ist, sie drehen um und schlendern den Hügel hinauf. Kein Wort verlässt die Lippen, sie hecheln, kein Vorwurf, man kennt die Pappenheimer. Hin und wieder eine Zuckung, die den Griff des Pflegers fester werden lässt. Die Frequenz lässt nach, erlischt, als sie die Tür der Station erreichen. Ein Schloss, das sich von innen nur mit dem Schlüssel öffnen lässt, versperrte Fenster, Flucht ausgeschlossen.

Lass dir was einfallen.

Darius schreit, er hat ihn geschlagen, stößt ihn gegen die Wand, läuft. Der Pfleger knallt mit dem Kopf gegen die Wand, kämpft, sinkt wie ein nasser Sack zu Boden. *Du Idiot, hättest du mich gehen lassen, hättest du jetzt keine Probleme.*

Darius greift zum Schlüsselbund, reißt daran. Eine Kette, die sich nicht lösen will. Er sucht das Ende, den Verschluss, drückt den Zapfen nach unten, zittert den Halbkreis vom Gürtel. Zehn Schlüssel, alle mit Zahlen versehen. Einer mit einer farbigen Plastikhülle. Das wird er sein. Darius springt zur Tür, versucht den Schlüssel, hinter ihm Lärm, Aufruhr, zwei Männer eilen herbei, eine Frau aus dem Seitengang. Sie sieht den Pfleger am Boden, dann Darius, geht in die Hocke und fühlt den Puls. Blut läuft vom Hinterkopf, sie macht eine Handbewegung, dass ihn die Männer wegzerren sollen und sie alles unter Kontrolle hat. Sie bewegt sich auf Darius zu, eine schlanke Frau, glatte Haare, wiegt den Kopf hin und her.

»Wohin wollen Sie, Darius?«

Sanft, gutmütig, ohne Vorwurf. Fast wie die Ogrisek. Wie aus der Klonfabrik.

»Gehen will ich! Jetzt!«

»Um was zu tun? Geht es Ihnen nicht gut?«

»Wie solls mir schon gehen? Eingesperrt habt ihr mich.«

»Wir haben das doch schon besprochen, Darius.«

»Nichts haben wir. Nazis seid ihr. Geklonte Scheiß-Nazis.«

»Ich weiß, dass das alles nicht einfach ist für Sie, Darius.«

»Nennen Sie mich nicht so. Hören Sie auf damit.«

»Wir werden über alles reden. Ich bin mir sicher, das lässt sich klären.«

Darius fingert einen Schlüssel ins Schloss. Nichts.

»Darius, was machen Sie da? Sehen Sie mich an. Bitte.«

»Einen Scheiß werde ich!«, schreit er, läuft von der Tür weg und hält den Schlüssel wie ein Messer vor den Körper. Sie weicht einen Schritt zurück, hält die Hände einen Augenblick vor die Brust, zwingt sich in eine entspannte Pose. Jetzt nimmt sie ihn ernst, oder? Jetzt hat er das Sagen. *Du siehst an, wen du willst, wann du willst.*

Der Blick streift die Tür links von ihm, der farbige Schlüssel, irgendwo gibt es einen zweiten Ausgang. Sicher. *Das sagen sie dir nicht.*

Er steckt den Schlüssel ins Schloss, passt, reißt die Tür auf, schlägt sie hinter sich zu.

Zweimal dreht er den Schlüssel um, dreht sich zum Fenster. Ein Aufenthaltsraum, eine Küche, eine Eckbank, ein Holztisch, Kaffeetassen in der Spüle. Er reißt die Laden auf, ein Messer wäre gut. Da haben sie Schiss. *Das wird dir den Weg freimachen.* Er hält das Ohr an die Tür, es ist leise geworden. Vielleicht ist niemand mehr da, vielleicht haben sie sich verkrochen in ihren Löchern. Er legt das Messer auf die Arbeitsplatte, dreht den Schlüssel im Schloss. Eine Tür geht auf, Schritte nähern sich. Darius nimmt das Messer, hält es vor den Bauch, öffnet vorsichtig die Tür.

Plötzlich reißt jemand am Türknauf, ein Fuß trifft die Hand. Schmerz, das Messer fällt, bleibt im Plastikboden stecken. Darius lässt sich fallen, knallt auf das PVC wie ein Ziegelstein, bleibt liegen, keine Regung. Wenn sie ihn nicht gehen lassen, müssen sie damit klarkommen. Dann müssen sie sehen, wo sie bleiben.

Ein Moment Stille, jemand tätschelt die Wange, kaum schmerzhaft, ein bisschen unangenehm. Ein Schrei, nicht aufgeregt, Schritte nähern sich. Schneller Atem am Ohr, noch ein Schrei, sie packen ihn unter den Achseln, an den Beinen, heben ihn auf. Er macht sich schwer, rührt sich nicht, sie legen ihn in ein Bett. Einer bleibt neben ihm stehen, der andere läuft. Zwei Hände drehen den Kopf, sehen ihn an, öffnen das Hemd, es ist kalt auf der Brust. Die Kälte wandert, zwei Finger umklammern den Arm. Ein schwerer Gegenstand am Ende des Bettes, ein Kabel zwischen den Beinen, etwas zwickt am Finger. Er wehrt sich, der Clip wandert zum Fuß. Die Zehen lassen die Maschine zum Leben erwachen. Monotones Piepen, gelangweilt, alles setzt sich in Bewegung. Anweisungen, deren Sinn Darius nicht verstehen kann, über den Gang, in ein Auto, ächzende

Hydraulik. Ein Motor, ein Ruck, nicht weit. Drei Stimmen um das Bett, quietschendes Linoleum, rechts, links, links, eine Tür geht auf. Das Bett kommt zum Stehen, jemand sagt seinen Namen, sie werden den Kopf ansehen. Er muss ruhig liegen bleiben, keine Lust, er spannt alles an, wehrt sich mit allem, was er hat.

Eine Hand gräbt sich in den Arm, eine Spritze, gleich wird es leichter. Sie werden sehen. Alles verschwimmt, er wird müde, ertrinkt in der Monotonie des Pieptons. Er will sich bewegen, die Gliedmaßen wollen nicht, alles will schlafen. Die Lider schwer wie Beton, um ihn herum dreht sich die Welt.

Minuten, vielleicht Stunden, die bekannte Hydraulik. Sind es Stunden, Tage? Zurück auf die Station. Sie schieben ihn in die Dunkelheit, angenehm, eine beruhigende Stimme, die ihm mitteilt, dass die CT in Ordnung war und alles gut wird. Er soll schlafen, wenn er möchte, sie reden später.

Verdammt, du wolltest doch, warum kannst du nicht?

Werner? Wo ist er? Er muss ihn doch suchen.

5

Es ist strahlender Nachmittag, der Kettenhund erwacht zum Leben. Andreas Gedanken gelten den Straßen hinter der Stadt. Der Winter hatte sich dieses Jahr lange gehalten, das Streusalz ist eine Zumutung für die grüne Schönheit.

Andreas Körper ist in Bewegung, stellt sich ein auf das, was kommt. Kurven, Kurven, Kurven. Den Vortrieb des Monsters zwischen den Beinen spüren. Ein Radler bei Sonnenuntergang, auf dem grünen Pferd nach Hause reiten. Mit den Gedanken woanders sein.

Felix hat sich nicht gemeldet, und wenn Andrea eines im Moment nicht hat, ist das Geduld. Ungeduld lässt sich gut durch Fliehkraft verdrängen.

Sie legt den Gang ein, schließt das Visier, als sie einen dumpfen Laut vernimmt. Wiederholtes Pochen, Fingerknöchel auf Fiberglas. Sie atmet durch, dreht den Kopf. Der Nowak. Schlüssel nach links, der 750er erlahmt, einen Moment lang möchte das Kevlar der Handschuhe dem Nowak die Zähne ziehen. Gib ihm eine Minute, vielleicht hat er etwas vergessen.

»Was gibts?«, fragt sie, zeigt auf den blauen Himmel.

»Hast du Zeit für ein Bier?«

Sie legt die Handflächen aneinander und wippt mit den Fingerspitzen in Richtung der Kawasaki. *Du störst die Messe, Nowak.*

»Dauert nicht lang. Versprochen.«

Der Nowak hat den ganzen Tag schon diesen Gesichtsausdruck. Etwas, das gerade noch als Lächeln durchgeht, wenn man ihn als bösen Menschen einstuft. Als sie ihn darauf ansprach, hat er nur gesagt, dass er nachdenke. Auch gut. Vielleicht weiß er etwas. Hoffentlich etwas, das nicht warten kann.

»Wohin?«

Am liebsten hätte sie die Kawa durch die Dreißigerzone ge-prügelt. In möglichst niedrigem Gang, damit die Umwelt den Ärger spürt. Vielleicht bringt das Bier Besserung.

Sie stellt die Kawa am Parkplatz ab, geht die Steintreppen hinauf, sucht zwischen den Kastanienbäumen nach dem Nowak.

Österreichs größter Biergarten. Am Fuße des Mönchsbergs, einem der Stadtberge, in klösterlichem Ambiente. Zwar nicht mehr ganz der Kirche zugehörig, aber das hat den Geschmack des Biers nicht gemindert.

Eine Hand sticht aus der Menge der runden Tische hervor, einer der wenigen, die nicht komplett besetzt sind. Andrea zwängt sich zwischen den Massen durch, den Kindern, Hunden, Touristen.

Vor dem Nowak stehen zwei Steinkrüge, jeweils ein Liter. Sie will sagen, dass einer zu viel ist, ob er vergessen habe, dass sie mit dem Motorrad da ist. Der Nowak hält ihr den Krug vor die Nase, lächelt.

»Sie schenken oft zu wenig ein. Nimm einen Maßkrug und kauf eine Halbe.« Er lässt den Krug auf den Holztisch zurücksinken, steckt die Hand in den Henkel.

Er wartet nicht, bis sie Platz genommen hat, nimmt einen Schluck. Dann wischt er sich mit dem Handrücken über den Mund und zeigt ihr die Zähne.

»Du hast mich hoffentlich nicht hierherkommen lassen, um mir deine Weisheiten zu erzählen.«

Er hält die Handfläche vor den Körper, das Lächeln auf-recht. Wenn es als solches gelten darf.

Sie sieht ihn an, er senkt das Kinn zu ihrem Krug, sie soll anstoßen.

»Du hast doch schon.«

Erneutes Nicken, sie gibt mit einem Seufzen nach und trinkt.

»Geh mir nicht am Arsch, Nowak. Sag es endlich.«

Er lehnt sich auf den Tisch, sieht sie an, lässt einen Moment vergehen. Die Augenbrauen wandern zur Nase, der Mund ist leicht geöffnet.

»Ich war gestern auf der Psychiatrie. Genauer gesagt, auf der S3.«

»Hast du endgültig den Verstand verloren?«

»Fast.«

Er greift in die Hosentasche, zieht ein Mobiltelefon heraus und schiebt es über den Tisch.

»Einfach nach rechts wischen.«

Andrea taxiert ihn, greift zum Handy. Sanft streicht sie über das Display, der Sperrbildschirm mit dem Foto seiner Kinder verschwindet. Sie sieht das Bild, dann den Nowak an, trinkt einen Schluck. »Auf der S3?«

Der ganze Oberkörper bestätigt.

»Und der Rest ist noch ganz?«

»Jep.«

»Warum zeigst du mir das?«

»Weil der Wenkhammer vom LKA heute bei mir war.«

»Ich war heute den ganzen Tag bei dir. Du kannst wen anders verarschen.«

»In der Früh, als du noch nicht da warst. Er hat mich gestern angerufen und mir gesagt, dass er mit mir reden will.«

»Und? Was hast du gesagt?«

»Ich habe ihm das Foto gezeigt. Und ihm gesagt, dass du mehr darüber weißt.«

Andreas Augen verengen sich zu gefährlichen Schlitzen. Sie atmet langsam, die Carotiden pulsieren den Ärger in den Schädel. Jetzt wäre es an der Zeit, das mit den Zähnen nachzuholen.

Er nippt gemächlich am Bier, stellt es ab, ein dumpfer Ton, der durch die Stille schneidet. Alles ist wieder da, der Lärm der anderen Gäste, der Geruch des Brathendls, des Steckerlfischs. Das alles möchte sie nach ihm werfen.

»Und? Was hat er gesagt?«

»Guten Morgen, Herr Bezirksinspektor Nowak.« Der Nowak zieht jede Silbe in die Länge, untermalt es mit einer infantilen Tonart.

»Du bist echt ein Arschloch, weißt du das?«

Ein Zwinkern, ein Schluck Bier, die hämische Visage verzieht sich. Er holt Zettel und Stift aus der Cargohose und schreibt einen Namen darauf.

Sie nimmt ihn, liest.

»Warum ist er dort?«

»Drogeninduzierte Psychose, soweit ich das beurteilen kann. Er wollte raus.«

»Wir wollen rein.«

»Viel Glück.«

»Das heißt, wir haben keine Chance auf einen Zugriff.«

Kopfschütteln.

»Außer dein Unbekannter hat eine Idee.«

Auffällige Betonung des letzten Wortes.

Er hat dem Wenkhammer einen Scheiß erzählt.

Er hat nichts gesagt, weil er weiß, dass die Ärzte Darius schützen. Oder er will die Gelegenheit nutzen, dem Wenkhammer eins auszuwischen.

»Dunkle Kanäle also.«

»Die müssen nicht dunkel sein. Du kannst auch so dein Glück versuchen.«

»Wie oft hat das schon funktioniert?« Eigentlich keine Frage. Sie legt den Kopf zur Seite, dreht die Hände nach außen.

Ein Seufzen vom Nowak, ein Schluck Bier in ungeahnter Synchronität.

»Bis jetzt noch nicht.«

Dunkle Kanäle also. Warum eigentlich nicht?

Felix parkt die Honda neben Andreas grüner Schönheit. Sie haben die Gegend mit den Vierzylindern beschallt, sind vor Hof in den Wald gebogen, Richtung Ebenau. Er ist knapp hinter ihr geblieben, das Leder betont ihre Taille unaufhörlich. Bei dieser Strecke eine willkommene Abwechslung. Sie haben sich in der Nähe des Tempolimits am Wiestalstausee gehalten, der auf beiden Seiten von Bergen begrenzt wird. Früher eine unfallträchtige Strecke, deshalb hat man die Schilder mit der Sechzig aufgestellt. Damit der Lärm die Fischer nicht stört, die sich bei diesem Wetter zahlreich dort aufhalten. Damit die Fischer keinen Schotter auf die Fahrbahn werfen, wie in früheren Zeiten.

Sie haben das Glitzern des Sees hinter sich gelassen und sind links in den Wald abgebogen, wo sich die Kurven aneinanderreihen. Ein Moment Vorsicht, wo der Bach die Gischt auf die Straße schleudert, dann haben sie der Gier der Motoren freien Lauf gelassen.

Bis hinauf zum Wirt, an der Kuppe, wo die Straße den Wald verlässt und sie die Maschinen abgestellt haben. Hinter der Kirche, die sich neben einem kleinen Friedhof befindet.

Von Andreas Wut ist nichts mehr zu spüren, offenbar hat sie anderes im Sinn.

Ihre Körperhaltung ist weich, entspannt, jeder Blick bemüht sich um ein Lächeln. Nicht zu viel, gerade so, dass er es merkt.

Sie bestellt sich einen Radler, er einen Kaffee. Die Sonne meint es gut mit ihnen, Felix ist sich nicht sicher, ob er das Lächeln auf das Wetter oder sich beziehen soll. Seit ihrem letzten Treffen hat sich nichts getan, sie haben nicht miteinander gesprochen.

Normalerweise lässt sie ihn das spüren, bis die Sache geklärt ist. Oder er sich entschuldigt.

Felix öffnet den Reißverschluss der Lederjacke und hält das Gesicht in die Sonne. Nur das Plätschern des Brunnens und der Zipper von Andreas Jacke. Ein Moment Entspannung nach diesen Tagen. Vielleicht hat sie eine gute Nachricht im Gepäck.

Der Wirt bringt die Getränke, Felix gibt zwei Stück Zucker in den Schwarzen. Sie zieht den Haargummi aus der Mähne, kreist den Kopf.

»Du trinkst noch immer nicht?«

Kopfschütteln, er antwortet: »Enissa. Julia sucht doch nur etwas, womit sie mich erpressen kann. Ein Bier ist zwar nicht schlimm, aber dabei bleibt es meistens nicht.«

»Die Lage hat sich nicht gebessert?«

»Kaum. Es wird eher schlimmer. Sie kann sich nicht verzeihen, dass sie mich geheiratet hat und Enissa heißt, wie sie heißt.«

»Sie könnte doch ihren Namen ändern.«

»Hat sie. Aber Enissa trägt die Hälfte meiner Gene und einen Namen, den sich meine Eltern gewünscht haben.«

»Wie ist die Beziehung zu ihr?«

»Gar nicht mal so schlecht, wenn ich Enissa glauben kann. Das Problem ist eher, wenn sie mich ablehnt …«

»… lehnt sie die Hälfte von Enissa ab. Eine verzwickte Situation.«

Sie streicht sich die Haare nach hinten, legt den Hals frei. Als ob sie sagen wollte, dass sie Felix' Gene nicht ablehnt.

»Hast du wenigstens herausfinden können, wer der Tote ist?«

»Ich habe eine Vermutung.«

»Und?«

»Igor ist vor zehn Jahren verschwunden, seine Ex wollte mir aber nicht sagen, warum. Nur, dass ihn die Türken geholt haben.«

»Eher unwahrscheinlich, dass er gerade jetzt auftaucht. Wenn, dann haben sie ihn verschwinden lassen.«

»Aber unmöglich ist es auch nicht.«

»Das glaube ich nicht.«

»Auf jeden Fall fehlt jede Spur von ihm.«

»Ich würde sagen, wir schließen ihn aus.«

»Saša hat sich das Leben genommen. Etwa zur gleichen Zeit. Zumindest im gleichen Jahr.«

»Wann haben wir uns kennengelernt?«

»Vor etwa zehn Jahren.«

»Eigenartig, findest du nicht?«

»Jetzt, wo du es sagst.«

»Dann wäre es an der Zeit, dass du mir mehr über die Gang erzählst.«

Sie betont das Wort »Gang« wie ein Kapitalverbrechen.

Ein Verbrechen, dem Felix vehement auszuweichen versuchte. Es ist abgeschlossen, eine Vergangenheit, die als Gegenwart schon schwierig war.

»›Gang‹ ist aus heutiger Sicht eine maßlose Übertreibung. Das Schlimmste, das wir je gemacht haben, kennst du ja.«

»Aber den Rest nicht.«

»Der Rest ist schnell erzählt. Wir haben uns in der Lehener Hauptschule kennengelernt. Darius, Igor, Saša, Werner und ich. Außenseiter, Migranten, wie man so schön sagt. Menschen, die keinen richtigen Platz hatten. Unsere Eltern waren mit den Nachwehen des Krieges beschäftigt und wir mit dem, was wir hier vorgefunden haben.

Anfangs exotische Wilde, haben wir uns schnell zu einem geduldeten Übel entwickelt. Dem wir auch gerecht werden wollten. Selbst die Lehrer haben das erkannt. Keine Probleme zu machen, hieß einen Abschluss zu bekommen. Daran haben wir uns auch gehalten. Zumindest in der Schule. Ansonsten hat sich nicht viel getan. Damals war das aufregend. Sich zu betrinken, Zigaretten zu rauchen, wenn möglich gestohlen.« Nicht die ganze Wahrheit, aber auch nicht die Essenz der Gang of Five. »Die Sache mit Igor und Saša verstehe ich nicht so ganz.«

»Vielleicht haben sie den Halt verloren, als sich die Gang aufgelöst hat.«

»Möglich. Aber sie waren noch immer zu viert. Das hätte es nicht gebraucht. Sie hätten weitermachen können.«

»So leicht ist das nicht.«

»Das musst du erklären.«

»Die Guns N' Roses ohne Axl. Oder Slash. Je nachdem, wer du lieber sein möchtest.« Das war nicht dasselbe. »Nur, dass Izzy, Duff und Matt sich nicht umgebracht haben oder ermordet wurden.«

»Aber die glorreiche Zeit war vorbei.«

»Wegen meines Solo-Projekts.«

»Das ist ihre eigene Verantwortung. Aber durchaus denkbar.« Sie sieht ihn an, bindet die Haare zur Exekutivfrisur zusammen.

»Also ist es Werner?«

»Am ehesten. Darius ist schwarz. Ein wenig.«

»Und auf der Psychiatrie.«

»Sag das noch einmal.«

»Darius ist auf der Psychiatrie.«

Verdammt. Fast die ganze Gang of Five.

Ausradiert oder wahnsinnig. Felix verliert gerade den südlichen Teint.

»Woher weißt du das?«

»Mein Kollege, der Nowak, hat es mir gesagt.«

»Was hat er verbrochen?«

»Ich tippe mal auf Drogenmissbrauch.«

»Da muss doch noch was sein. Sonst würde die Polizei nicht kommen.«

»Wir werden geholt, wenn einer rabiat wird und das Personal der Lage nicht Herr werden kann. Meistens beruhigen sich die Leute, wenn die Polizei vor Ort ist.«

»Also nichts weiter?«

Kopfschütteln. »Ein kleines Problem haben wir da.«

»Erstens: Ich brauche Informationen über Werner.«

»Zweitens?«

»Wir kommen nicht an Darius ran.«

»Wie soll ich dann rankommen?«

»Ich würde sagen, wir fangen bei erstens an.«

Sie holt einen Notizblock aus der Jacke, wartet auf Informationen.

»Werner Hangler, irgendwann 82 geboren, wo er wohnt, weiß ich nicht. Seine Eltern haben in der Friesachstraße gewohnt, hinter der Hauptschule, nicht weit von meinen Eltern weg. Mittelgroß, an die eins achtzig, Inländer. Braune Haare, meistens rasiert, nicht kahl, normale Statur. Auf den Bauch hat er sich *unscarred* tätowieren lassen. Nach Panteras Lead-Sänger Phil Anselmo. Das Zeichen an der Hand kennst du ja. Beruflich weiß ich nicht, was er gemacht hat. Er wollte nie darüber reden. Auf jeden Fall nichts Fixes. Meistens irgendeinen Schas. Sonst weiß ich nicht viel über ihn. Wie das eben so ist unter Jugendlichen. Man konzentriert sich aufs Wesentliche. Alkohol, Zigaretten, Dummheiten, das erste Mal.«

»*Unscarred*. Narbenlos. Unzerkratzt. Auf dem Bauch. Okay. Das ist ja zumindest etwas. Aber wir können Darius erst vernehmen, wenn er wieder draußen ist. Und in seinem jetzigen Zustand kann das noch dauern. Außerdem lässt mich der Gedanke nicht los, dass zwischen Darius und Werner eine Verbindung besteht, die wir jetzt noch nicht kennen. Deshalb müssen wir zu ihm rein.«

»*Du* mit Sicherheit nicht.«

Sie reißt die Augen auf. »Warum?«

»Mit der Polizei hatte er noch nie was am Hut. Wenn, dann spricht er mit mir. Wenn überhaupt.«

Sie überlegt, legt den Notizblock zur Seite. »Dann versuch ich mein Glück woanders. Kennst du jemand, der dich reinbringen kann?«

»Möglich.« Wenn sich die Welt so verhält, wie es Felix' Vermutungen suggerieren. »Wenn die Bezahlung stimmt.«

»Und die wäre?«

»Wir sollten unten im Wald stehen bleiben.«

Ein verwegenes Grinsen, ein Hüftschwung.

»Vielleicht sollten wir das.«

6

Der Richter war da. Nur Darius nicht bei ihm. Er sei noch nicht so weit, müsse weiter untergebracht bleiben. Vielleicht am Dienstag, wenn er sich sittsam verhalte, keinen mit dem Messer bedrohe. Ein Tag ohne Zigaretten, allein im Zimmer, angegurtet. Paragraf acht hat sich zu neun gewandelt. Gefahr im Verzug. Die Ärztin hat ihm gesagt, er solle sagen, was er genommen hat, dann könnten sie die Therapie adaptieren, ihm einen Ersatzstoff verschreiben. Darius' Lippen blieben versiegelt. Das geht niemand etwas an.

Wenn sie dich schon nicht gehen lassen, wirst du sie quälen. Dann überlegen sie sich das noch einmal.

Darius hat nicht mit dem langen Arm des Personals gerechnet. Wenigstens die Zigaretten hätten sie ihm gönnen können. Deshalb ist er heute in ein Flehen verfallen, eine hundeartige Liebäugelei.

Irgendwann hat sich einer erbarmt und ihn zum Raucherpavillon begleitet. Vielleicht ist er auch wegen der Sonne mit ihm gekommen, heute soll es an die fünfundzwanzig Grad warm werden. Egal, er hat seinen Frieden. In den Styroporschuhen und dem Krankenhaushemd.

»He, Mike.«

Abfälliges Nicken, Darius setzt sich auf die Bank, den Rücken gekrümmt, die Beine überschlagen. Gleich kommt er, der Schub Nikotin, auf den er so lange gewartet hat. Ein Klicken, das Feuerzeug setzt den Tabak in Brand, Knistern, Erleichterung. Darius saugt den Rauch gierig in die Lunge, lässt ihn sitzen, atmet langsam aus. Das Hirn wird nebelig, die Gedanken setzen aus, jetzt ist sie da, wo sie hingehört, die ölige, gelbe Flüssigkeit, die sich in Rauch auflöst.

Ein Blick streift den Dicken, der in Erwartung darbt. Die aufgedunsenen Bäckchen, die braunen Verfärbungen an den Zähnen und die Frisur, die er aus *Dumm und Dümmer* gestohlen haben muss. Ein kaum erträglicher Anblick.

Er dreht sich weg, ein Blick, das Bild verändert sich nicht, ein Gefühl steigt in Darius auf, das sich in der rechten Hand manifestiert.

»Was ist?«

Die Grinsekatze intensiviert die Fixierung. »Du bist noch da.«

»Schlauberger. Gut erkannt.«

»Gestern war doch Freitag. Da kommt der Richter.«

Darius schließt die Augen, presst die Lippen aneinander und die Luft aus der Lunge.

»Und? Weiter?«

»Hast du mit ihm geredet?«

»Schau ich so aus, als ob ich mit ihm geredet hätte?«

»Nein, so schaust du nicht aus.« Stoisch. Infantil. Unabsichtlich.

»Warum dann diese Scheiß-Fragerei?«

Die Mundwinkel sind zum Bersten gespannt, er sagt: »Weil ich was weiß.«

»Das hätte ich dir gar nicht zugetraut.«

Darius zieht an der Zigarette, bläst demonstrativ den Rauch in Richtung des Dicken.

»Das geht mir oft so. Ich weiß aber nicht, warum.«

Ich schon.

»Ich war auch mal so wie du.«

Das glaube ich nicht. Kognitiv, als ich drei war vielleicht.

»Wie ist denn ich?«

»Ich wollte raus und durfte nicht.«

»Und was hast du gemacht?«

»Mit dem Richter geredet.«

»Aha.«

»Du musst nur wissen, wie.«

»Willst du mir auch sagen, wie?«

»Kannst du dich noch an Mittwoch erinnern?«

»Das war vor zwei Tagen. Mein erster Tag ohne. Seit Monaten.«

»Da habe ich dich gefragt, ob du was besorgen kannst.«

Du wolltest Werner anrufen, verdammt. Warum hat er das nicht getan? Da war doch was. Ah, die Sache mit dem Fluchtversuch.

»Das hast du.«

»Und?«

»Du Idiot hast mich getriggert.«

Der Dicke zwinkert, lässt sich zurückfallen, legt die Arme auf der Wampe ab.

»Und, kannst du?«

»Jetzt nicht mehr.«

»Dann kann ich dir auch nichts sagen.«

»Dann eben nicht.«

Darius lehnt sich zurück, verschränkt die Arme, lässt das Kinn auf die Brust sinken. Dieser fette Idiot entwickelt sich zu Plage. Er hätte ihn abstechen sollen.

»Außerdem …«, sagt Darius, macht eine Kopfbewegung in Richtung des Pflegers.

»Der telefoniert.«

Darius dreht den Kopf, die Miene des Pflegers entgleist zunehmend. Der Pfleger sieht zu Darius, dreht sich weg, wieder zu ihm, geht einen Schritt rückwärts, streckt Darius den Finger entgegen und hackt ihn in Richtung des Bodens. Dann steckt er das Handy ein und läuft.

Darius drückt hastig die Zigarette aus, will aufstehen, der Dicke räuspert sich.

»Lass das. Warte ein paar Tage. Die fangen dich sowieso wieder ein. Du gehörst ihnen. Bis du freigesprochen wirst.«

Soll er jetzt auf den Idioten hören oder einfach rennen? *Scheiß doch auf den. Der hat doch keine Ahnung. Eine Dosis geht sich sicher aus.*

»Hast du gutes Zeug?«

Ein Nicken, getränkt in Überzeugung.

»Dann verrate ich dir, was du sagen musst, wenn du Dienstag vor dem Richter sitzt.« Die Lippen haben sich normalisiert, bilden eine Linie. »Aber du musst auch was für mich tun.«

Darius atmet durch. »Was?«

»Was hast du? Ganja, Speck, Coca, Heroin? Methadon, Substidol?«

»Glas.«

Die Augen des Dicken weiten sich zu Melonen. »Scheiße.« Er verharrt einen Augenblick auf dem Wort, beugt sich zu ihm, fragt: »Woher? Tschechien, Serbien? Kolumbien? Sag.«

»Deutschland.«

»Deutschland?«

Ein Nicken, der Dicke fragt: »Geil?«

»O ja. Sehr geil.«

Putzfrau, euphemistisch: Reinigungsdame, der Berufswunsch Krankenschwester. Die Krankenhaustassen mit dem Logo.

Du hast Glück. Vielleicht ist das die Möglichkeit, dein Schlüssel.

Felix drückt die Klingel, der Summer ertönt. Uringeruch, flackerndes Licht, dann steht er vor der Tür. Die schwarzen Haare und die grünen Augen erscheinen im Spalt, ein Lächeln auf den Lippen.

Danica zieht die Kette ab, bittet ihn herein. Ihr Blick gleitet von oben nach unten, sie geht voraus ins Wohnzimmer, mit den Hüften wackelnd. Sie setzt sich an die Kante der Couch, zieht Felix an sich.

Geöffnete Lippen, geschlossene Augen, er drückt sie weg.

»Deswegen bin ich nicht da.«

»Ich aber.«

Sie nimmt Felix' Hand, führt sie an ihren Körper. Die Taille entlang, hinauf, nach vorn. Ihre Hand fährt über sein Knie nach oben, der Griff wird fester. Sie öffnet die Augen, sieht ihm in den Schritt, nimmt die Hand weg.

»Schwul?«

Kopfschütteln, hängende Schultern.

»Verliebt.« Pause, ein Atemzug, ein Griff zu den Zigaretten am Tisch. Sie zündet sich eine an und saugt den Rauch ein. Eine Wolke verlässt mit den Worten den Mund.

»Scheiße, warum sagst du nichts?«

»Wollte ich ja.«

Sie zieht die Augenbrauen hoch, wackelt mit dem Kopf.

»Warum bist du dann hier?«

»Ich muss mit dir über Igor sprechen.«

»Das alte Lied. Du hättest nur seinen Namen erwähnen müssen, dann hätte ich mich nicht zum Affen gemacht.«

»Du hast dich nicht …« Er schüttelt den Kopf. »Lassen wir das, okay. Es geht ja auch nicht direkt um Igor. Aber vielleicht bringt das, was ich vorhabe, Licht in die Angelegenheit.«

Danica hackt die Zigarette in den Aschenbecher, streicht die Haare hinter die Ohren. Ihr Blick weicht ihm aus, der Kopf senkt sich. »Hör mal, Srečko, die Sache mit Igor war echt schwer. Ich meine, so richtig. Ich habe gehört, dass er eine Kalaschnikow aus Albanien gekauft hat.«

»Vielleicht hatte er Angst.«

»Einen Scheiß hatte der. Der hats nicht kapiert. Das sollte ein Ansichtsexemplar sein. Eines von weiß Gott wie vielen. Der Idiot wollte Waffenhändler werden.«

»Und die Türken wollten ihn weghaben, bevor er groß einsteigt.«

»Das muss mal einer verstehen. Wir waren nicht reich, aber soweit ich das beurteilen kann, glücklich. Ich weiß nicht, warum ihm das nicht gereicht hat.«

»Hat er gewusst, dass du …«

»Nein, hat er nicht. Ich wollte es ihm sagen, aber auch, dass er mit dem Scheiß aufhören soll. Und dann haben sie ihn geholt. Verdammt, ich hätte es ihm sagen sollen, vielleicht hätte das alles verändert. Das hört man doch immer, dass, wenn Jungen Väter werden, sie zu Männern reifen. Du hast eine Tochter, Srečko. Das stimmt doch, oder?«

Ein Seufzen, ein zögerliches Nicken. »Vielleicht. Ich weiß es nicht. Vielleicht merke ich es auch nicht.«

»Du bist ein guter Vater, ich spüre das. Du liebst sie und bist für sie da, das ist doch alles, was zählt.«

Argument. Möglicherweise.

»Dann bin ich an allem schuld?«

»Es geht nicht um Schuld, Danica. Es geht um Lösungen. Du hast getan, was du tun konntest.«

»Nimm mich in den Arm.«

Nicken, sie legt den Kopf auf seine Brust, er umschlingt sie, streichelt ihr den Rücken. Ein paar Minuten, sie schnieft, nimmt ein Taschentuch.

Danica sieht ihn an, sagt: »Danke. Hast was gut bei mir.«

Frauentränen. Eine Achillesferse. *Reiß dich zusammen.* Er will sprechen, sie kommt ihm zuvor. »Weshalb bist du gekommen?«

»Darius ist im Krankenhaus.«

Ein Augenblick Stille, Stirnrunzeln. »Ist ihm was passiert? Geht es ihm gut?«

Nicht schlecht, du hast ihre Mutterinstinkte geweckt. Vielleicht funktioniert es auf diese Art.

»Ich weiß es nicht. Ich darf nicht zu ihm. Niemand darf das.«

»Wo liegt er?«

»Auf der S3, wie ich gehört habe.«

Sie taxiert ihn, der leidende Gesichtsausdruck verschwindet. Sie hat seine Absicht gewittert.

»Und jetzt willst du, dass ich etwas in Erfahrung bringe. Das könnte ich machen. Da bin ich oft.«

»So einfach ist das nicht«, sagt Felix. »Ich muss zu ihm.«

Ein Hammerschlag in ihr Gesicht, sie zieht eine Augenbraue hoch, steht auf. Dann stemmt sie die Hände in die Hüften, beugt sich zu ihm hinab.

»Srečko Horvat, du mieses Arschloch. Reicht dir nicht, was mit Igor passiert ist? Lässt du die Sache niemals ruhen? Du warst es doch, der alle angestiftet hat zu diesem Keine-Zukunft-Scheiß.

Als sie es gefressen haben, macht sich der feine Herr vom Acker. Wenn es brenzlig wird, wenn Opa Hermann nichts mehr tun kann für ihn. Dann lässt er sie alleine mit ihren Flausen und Kinderträumen.«

Sie schnaubt, stampft die Füße in den Boden, zischt:

»Verschwinde von hier, Srečko Horvat. Lass dich nie wieder blicken.«

Felix steht auf und verlässt die Wohnung. Offensichtlich hat er doch nichts gut bei ihr.

Eierschalen zerbrechen am Rand der gusseisernen Pfanne, verlieren ihre Transparenz im Knistern des Öls. Ein Kochlöffel vermischt den Dotter mit dem Eiweiß. Eine Prise Salz, Pfeffer und Petersilie.

Alles in der Pfanne knackt, dampft, erzeugt Speichelfluss. Das Holz kratzt das Braune vom Boden der Pfanne und befördert es auf den Teller. Feierlich dringt die Gabel in die Eierspeise ein und führt sie zum Mund. Fast.

Ein Fluch, das kann nicht sein, warum gerade jetzt? Felix schnaubt, nimmt das Telefon in die Hand, wischt über das Display. Andrea. Es ist kaum ein Tag vergangen. Hat sie Neuigkeiten? Verlangt der gestrige Besuch im Wald nach mehr?

»Was gibts?«, fragt er in freundlichem Ton.

»Leider nichts Gutes.«

Felix legt die Gabel in den Teller und schiebt ihn zur Seite.

»Das heißt?«

»Der Nowak war heute bei mir. In Zivil. Das ist immer schlecht.«

»Dein Kollege?«

»Genau. Der Wenkhammer macht Druck.«

»Wer ist das?«

»Ein unnetter Mensch vom LKA.«

»Was hast du ihm gesagt?«

»Irgendeiner muss ihm gesteckt haben, dass ich was weiß.«

»Scheiße. Hast du ihm etwas erzählt?«

»Er hat den Nowak bedroht, Felix. Er hat ihm gesagt, dass uns die Sache den Job kosten wird.«

»Hat er was in der Hand?«

»Ich glaube nicht, sonst würde er nicht drohen. Aber wir können sicher sein, dass er uns beobachtet.«

»Dich, meinst du.«

»Zur Zeit. Das ›dich‹ könnte sich bald zu ›uns‹ ausweiten.«

»Was schlägst du vor?«

»Egal was wir tun, wir müssen geschickt sein und uns beeilen. Hast du was erreicht?«

»Kann man so sagen. Ich weiß, wie ich hineinkomme, aber das dauert. Da ist noch Überzeugungsarbeit nötig.«

»Dann sieh zu, dass du das erledigst. Ich werde mein Möglichstes tun.«

»Warum sagst du dem Wenkhammer nicht einfach, was du weißt? Und dass du nicht sicher warst, ob das wichtig ist.«

»Dann hat er den Beweis auf dem Tablett serviert. Der Wenkhammer ist eine richtige Arschwarze, Felix. Er und der Nowak, die hassen sich. Aber so richtig. Da bin ich nur Kollateralschaden.«

»Wenn du meinst.«

»Ja, das meine ich.«

Freizeichen. Keine Aufforderung zum Waldspaziergang.

Felix betrachtet die Eierspeise eine Weile und beginnt zu essen. Lauwarm. Er dreht die Herdplatte auf, wirft die Eier in die Pfanne.

Brutzeln, Umrühren, Probieren, alles gut. Wiederholung.

Ebenso das Läuten des Telefons. Dieses Mal legt er die Gabel nicht hin, er wirft sie. Ein Blick auf das Display, hochgezogene Augenbrauen, fragende Gedanken.

Er nimmt ab, beginnt mit einem vorsichtigen »Hallo«.

»Srečko?«

»Jep.«

»Ich weiß nicht, wie ich das sagen soll, aber …«, Pause, »es tut mir leid.«

»Ich verstehe das schon. Ist ja nicht so, dass mir der Gedanke noch nie gekommen wäre.«

»Welcher?«

»Dass ich die Jungs im Stich gelassen habe. Aber ich hatte mich verliebt und wollte mich wieder engagieren, sobald unsere Beziehung auf einem soliden Fundament stand.«

»Was hat dich gehindert?«

»Enissa. Ich war auch noch ein Kind, ein Bub mit Flausen. Gott sei Dank, sonst wäre sie nicht auf der Welt.«

»Ich habs doch gewusst.«

»Was?«

»Dass du ein gutes Herz hast.«

»Wenn du meinst.«

»Ja, das meine ich.«

»Danke. Sonst?«

Ein Augenblick Stille. Schwerer Atem, Herzklopfen.

»Wann hast du Zeit?«

»Wofür?«

»Darius zu sehen.«

»Wie soll das gehen?«

»Ich mach das schon, vertrau mir. Sag mir nur, wann.«

»Heute Abend.«

»Okay. Heute Abend. Du kommst zu Fuß. Wir treffen uns beim Eingang um halb sieben. Keine auffällige Kleidung, nichts Neues, auch nicht zu abgefuckt. Um halb sieben ist Dienstübergabe, dann gehen die Schwestern durch die Zimmer. Dann hast du etwas Zeit.«

»Hört sich nach einem Plan an.«

Sie wartet einen Moment. »Ist es auch. Versau es nicht, Srečko Horvat. Sonst grab *ich* dich im Wald ein.«

7

Der Nowak ist still geworden. Ungewohnt still. Offenbar macht ihm die Sache mit dem Wenkhammer zu schaffen. Bis jetzt hat er jeglichen Anflug eines Gesprächs abgewehrt. Irgendwie versteht sie ihn ja. Er hat nicht mehr so lange wie sie. Und der Wenkhammer ist einer, der zu allem bereit ist. Trotzdem: Da muss er jetzt durch.

Der Nowak hat es vorgezogen, den Kopf gegen die Scheibe zu lehnen und aus dem Fenster zu sehen. »Stille Observierung«, hat er gesagt, wovon auch immer. Er dreht den Kopf erst wieder zurück, als sie nach der Brücke abbiegen. Nach rechts, fünfzig Meter, Andrea fährt die Scheibe in die Fahrertür und spricht mit dem Portier.

Ein Witz, den sie nicht versteht, aber höflich lächelt, der Schranken hebt sich. Sie tritt ins Gas, den Hügel hinauf, damit der Nowak weiß, dass sie es ernst meint. Sie parkt den Sharan vor der Psychiatrie, dreht sich zu ihm.

»Ich weiß, das passt dir nicht. Aber ich muss es zumindest versuchen.«

Bevor der Nowak auch nur ein Wort sagen kann, ist Andrea aus dem Wagen und im Gebäude verschwunden. Soll er doch weiter an der Scheibe lehnen. Davon wird die Sache nicht besser.

Sie drückt die Klingel, ein Pfleger erscheint hinter der Tür, fragt, was sie möchte.

»Zu der behandelnden Ärztin von Darius Hermann.«

»Sie wissen, dass Darius nicht vernehmungsfähig ist.«

»Ja, das weiß ich. Machen Sie das. Bitte.«

Die Tür fällt ins Schloss, es vergehen Minuten, dann kommt er wieder zurück. Eine Kopfbewegung, ein Stuhl mit gepolsterten Lehnen, sie soll Platz nehmen.

Andrea nimmt die Kappe, legt sie auf den Tisch, ein Mann geht vorbei. Er dürfte an die vierzig sein, trägt ein Grinsen im Gesicht, das er ihr zuteilwerden lässt, während er sie eindringlich mustert. Er murmelt etwas von »schönes Kapperl«, zieht wieder seine Bahnen. *Gott sei Dank kannst du wieder raus. Wenn dich das mal erwischt, siehts schlecht für dich aus.* Andrea verdrängt den Gedanken, widmet der Uhr die Aufmerksamkeit. Die Schuhspitze beginnt zu wippen, ein Blick, die Uhr. Der Nowak wird nicht ewig warten. Die Situation ist angespannt genug.

Beeil dich da drin, wer auch immer du bist.

Stimmen hinter der Tür, das Knacken der Klinke, eine Phrase, die man beim Handschlag murmelt, freundlich. Bis sie Andrea sieht. Frau Dr. Maria Ogrisek. Fachärztin für Psychiatrie. Die Miene unter den schwarzen Haaren bleibt bestimmt, hat aber das Mütterliche verloren. Dennoch: Die Augen sehen treu und ehrlich aus. *Vielleicht hast du Glück.*

Die schmalen Lippen formen eine Linie, bevor sie sagen: »Ich denke, ich war klar genug.«

»Können wir das drinnen besprechen?«

»Sie haben eine Minute.«

Ein runder Tisch, fünfzig Zentimeter Durchmesser, daneben ein Computer mit einem Bürostuhl an der Wand. Die Jalousien sind unten, der Geruch des Patienten liegt in der Luft. Zigaretten, in Milchkaffee getränkt, und eine Note mangelnder Hygiene. An den Geruch der Verwahrlosung kann sie sich einfach nicht gewöhnen. Sie drängt den Kloß in den Hals, folgt der Einladung der Ärztin.

»Also, worum geht es? Herr Hermann ist noch nicht vernehmungsfähig, das hat Ihnen der Pfleger schon gesagt. Und es wird sicher noch etwas dauern. Paragraf neun, wenn Sie verstehen.«

»Das habe ich gehört. Gefahr im Verzug.«

Ein Nicken, die Ärztin fragt: »Also?«

»Sie wissen ja, dass mir die Handhabe fehlt, die Lage zu ändern, aber ich möchte dennoch an Sie appellieren, dass Sie mich zu ihm lassen. Es geht mir dabei nicht um einen Straftatbestand, sondern den Schutz des Patienten.«

»Da sind wir schon zwei. Da ich aber meiner Aufgabe gerecht werden kann, würde ich sagen, dass ich Sie dabei nicht brauche.«

»Seien Sie sich da nicht so sicher.«

»Vielleicht können Sie etwas konkreter werden.«

»Sie wissen, dass ich das nicht kann.«

»Versuchen Sie es wenigstens.«

»Darius steckt in Gefahr. *Das* kann ich Ihnen sagen.«

»Dann kann ich Ihnen sagen, dass hier niemand hereinkommt, der nicht hereinsoll. Das wäre das erste Mal.«

»Hören Sie, Frau Doktor Ogrisek. Für mich ist die Sache nicht allein dienstlicher Natur.«

»Das kann man nie ganz ausblenden. Auch wenn man es versucht.«

»Das meine ich nicht. Ich kenne einen Freund von ihm. Privat.«

»Er hat niemand angegeben. Wir wollten jemand anrufen, der ihm Sachen zum Anziehen bringt, aber er hat keinen. Zumindest hat er das so gesagt. Es gibt niemand. Außer einen, den wir nicht erreicht haben.«

»Sie wissen nicht zufällig, wie er heißt? Vielleicht wollte er ihn anrufen. Wäre das eine Möglichkeit?«

Die Ärztin sieht ihr in die Augen, taxiert Andreas Absichten. Sie ist nicht das erste Mal um derlei Dinge gebeten worden. Und es war immer eine Ausnahme. Sie wird es nicht tun. Verdammt.

»Wir haben schon genug geredet. Ich habe getan, was ich konnte, Sie mit Sicherheit auch. Ich muss jetzt nach den Patienten sehen.«

»Eine Sache noch.« Andrea nimmt den Notizblock aus der Brusttasche, notiert, hält der Ärztin ihre Nummer vor die Nase.

»Falls Ihnen noch was ein- oder auffällt, rufen Sie mich an.«

Sie zögert einen Augenblick, reißt ihr den Zettel aus der Hand und lässt ihn in der Manteltasche verschwinden. Sie hat ihn nicht zerknüllt. Wenigstens eine Chance.

18:30 Uhr. Eingang Klinikum *Links der Glan*. Danica steht neben dem Portierhäuschen, zieht heftig an der Zigarette. Sie hat sich zehn Jahre jünger geschminkt und die Figur gekonnt betont. Sie sieht ihn, fast erkennt er so etwas wie ein Lächeln, bevor die Miene zu Eis erstarrt.

»Gehen wir«, sagt sie, drückt die Zigarette mit dem Lederstiefel aus.

Felix senkt das Kinn und folgt ihr den Hügel hinauf. Sie geht einen Schritt vor ihm, die Hände vor der Brust verschränkt. In ein Gebäude, mit dem Lift in den Keller, einen langen Gang entlang. Sie steckt den Schlüssel in eine Tür, sieht sich um, geht hinein. Ein Umkleideraum, sie greift an einen Spind, zieht einen Schlüssel hervor und schließt auf. Eine Kopfbewegung, er soll sich umziehen. Graue Hose, ein weißes T-Shirt von der Reinigungsfirma, Schuhe kann er die eigenen anbehalten. Ein Namensschild, Avram Mukic. Sie sieht ihn an, verkneift sich ein Lachen. Felix sieht sie fragend an, sie sagt: »Steht dir gut. Wenn du einmal einen unterbezahlten Job suchst, melde dich einfach.«

»Hab ich, danke. Und jetzt?«

»Du gehst den Gang entlang, dann kommt eine Stiege. Da gehst du hinauf, sperrst auf und schnappst dir den Putzwagen. Dass du jetzt durchgehst, ist nicht normal. Wenn dich jemand fragt, tust du so, als ob du kein Deutsch verstehst. Du fährst mit dem Wagen durch und wechselst die Müllsäcke, auch wenn sie fast leer sind. Gleiche Farbe gegen gleiche Farbe, gleiche Größe gegen gleiche Größe. Darius liegt in einem Zweierzimmer ganz hinten. Allein. Du dürftest also Zeit haben, mit ihm ein paar Worte zu wechseln. Dann kommst du wieder, nimmst die Müllsäcke mit. Ich warte hier.«

»Passt.« Felix verlässt den Checkpoint und schlurft den Gang entlang. Das ist das Reich der Putzkolonnen, Bettenfahrer und der Technik. Eine andere Dimension, ein alternatives Universum, in das die Patienten erst hinüberwechseln, wenn sie sterben.

Die Beschreibung war gut, Felix betritt die Station, nimmt den Wagen und schlendert durch die Gänge. Es sind weder Pfleger noch Patienten zu sehen. Eine beklemmende Stille, die sich über den PVC-Boden legt und die Wände hinaufkriecht. Felix' Carotiden schleusen vermehrt Blut ins Gehirn, die Pupillen sind weit offen, der Atem geht langsam. Er sondiert die Gänge, in der Ferne ein Gespräch zwischen normalen und phlegmatischen Tonlagen. Er hält das Tempo, tauscht die ersten Säcke, setzt den Weg fort. *Das wird schon gut gehen, wenn du erst mal bei Darius bist.*

Er geht durch ein Zimmer, zwei Patienten sehen fern, beachten ihn nicht. Offensichtlich sind sie an die Anwesenheit der Reinigungsmenschen gewöhnt. Felix' Blick ist starr auf den Wagen gerichtet, den er unaufhörlich weiterschiebt. Plötzlich kommt eine Schwester um die Ecke, überlegt, ob sie etwas sagen soll. Er nickt, setzt ein Grinsen auf, sie weicht dem Blickkontakt aus und geht an ihm vorbei.

Felix stellt den Wagen im nächsten Raum ab, nimmt sich zwei Müllsäcke vom Wagen und geht zu den Eimern. Er behält Darius im Blick, wechselt die Säcke. Darius hat ihn nicht bemerkt. Vielleicht ist es zu lange her. Felix stellt sich neben das Bett, sieht ihn an. Darius zieht die Lider zusammen und reißt sie im nächsten Moment auf. Horvat legt den Zeigefinger auf die Lippen, ein seichtes Nicken von Darius.

»Wir müssen leise sein«, flüstert Felix.

»Was machst du hier?«

»Nicht das, wonach es aussieht. Außerdem könnte ich dich dasselbe fragen.«

»Das ist Ewigkeiten her.«

»Scheiße, Darius, was ist mit dir passiert? Hast du überhaupt eine Ahnung, was draußen los ist?«

»Ich habe versucht, Werner zu erreichen. Er meldet sich nicht.«

»Deshalb bin ich hier. Sie haben ihn in der Akademiestraße gefunden. In der alten Germanistik.«

»Was heißt ›gefunden‹?«

»Den Rest von ihm. Irgendjemand hat es nicht so gut mit ihm gemeint.«

Darius' Gesichtsfarbe wechselt zu fahlem Weiß. Er schließt die Augen, drückt die Augäpfel in die Höhlen, atmet langsam aus. »Das ist nicht lustig.«

»Ganz und gar nicht. Hattest du etwas mit ihm zu tun? Weißt du, wer das getan haben könnte?«

Die Augen weichen Felix aus, kehren vorsichtig zurück. »Wir haben zusammen gewohnt, ein paar Bier getrunken, Playstation gespielt, ferngesehen.«

»Sonst nichts?«

»Sonst nichts.« Zögerlich.

»Sicher? Ist dir klar, dass du auch in Gefahr sein könntest?«

Darius packt ihn an der Hand, überträgt Felix die Kälte seiner Finger.

»Du musst mir helfen, Felix. Ich pack das nicht.«

»Vielleicht erzählst du mir, was passiert ist.«

»Du warst nicht da. Du warst nicht da!«

»Jetzt bin ich da.«

»Ohne dich ist alles vor die Hunde gegangen. Du warst nicht da.«

»Was ist passiert, Darius? Wer hat ihn auf dem Gewissen?«

»Dir ist das sowieso egal.«

»Wäre ich dann hier?«

»Damals wars dir egal.«

»Ich habe ein Kind, Darius. Und Julia hatte ich auch. Das ging nicht mehr.«

»Und jetzt soll das anders sein? Dein Kind lebt ja noch.«

Felix spürt den Satz in den Fingerknöcheln, unterdrückt den Impuls. Er legt die Hand auf Darius' Hinterkopf und drückt ihn an die Brust, wiegt den Kopf wie den eines Kindes. Seines Kindes. »Noch einmal. Was ist passiert?« Weich, ohne Aggression.

»Die Serben haben Werner gesagt, wir sollen damit aufhören, sonst würden wir die Konsequenzen spüren. Doch das haben wir nicht getan. Scheiße, Felix, das haben wir nicht getan.«

»Womit aufhören, Darius? Womit aufhören?«

Aus dem Nebenzimmer hallen Schritte in ihre Richtung. Behutsam legt er Darius' Kopf auf das Polster und widmet sich den Säcken. Eine Schwester erscheint im Türrahmen, vor ihr ein Wagen mit Patientenakten.

Sie macht eine Kopfbewegung, dass Felix verschwinden soll. Er verknotet die Säcke und verlässt die Station.

Deine Sinne haben sich nicht getäuscht, Horvat.

Der Zusammenhang zwischen Darius und Werner. Das kann kein Zufall sein. Er muss das nur zusammensetzen. Die Sache mit Igor und Saša kann er später klären.

Er hat dich im Stich gelassen. Wäre er nicht gegangen, hätte er ihn nicht verlassen, wäre alles gut geworden. Und jetzt taucht er wieder auf und will die Angelegenheit regeln. Es ist zu spät. Saša, Igor und Werner sind tot, Geschichte. *Jetzt liegt es an dir, den dafür büßen zu lassen, der das verbrochen hat.* Wegen eines Kindes. Eines. Er hätte alles für ihn getan, und als er ihn gebraucht hat, wo war er? Er hat ihn aufgegeben, einfach aufgegeben. Es ist an der Zeit, ihn das spüren zu lassen. Er kommt wieder, dann konfrontiert er ihn damit. Er will die Angst in seinen Augen sehen, die Furcht vor der Konsequenz. Das kann nicht ungesühnt bleiben.

Darius liegt im Bett, auf der Seite, die Beine angezogen, den Kopf in den Handflächen vergraben. Der Körper zittert, will diese Ungerechtigkeit abschütteln. Die Beine drängen sich in den Bauch, schützen die Eingeweide vor dem Gram, der den Körper hinaufkriecht, sich ausdehnt und alles verschlingt. Die Gravitation wiegt schwer, lässt ihn in der Matratze versinken. Alles ist fern, es gibt nur ihn und den Feind, den er einst Freund nannte.

Plötzlich dringt Lärm zu ihm herein, hektisches Treiben, wie er es am eigenen Leib erfahren musste. Namen peitschen durch den Raum, Pantoffeln graben sich in Plastik, alles ist in Aufruhr. Auf jeden Fall einer, der ebenso wenig hier sein will wie Darius.

Er steht auf, geht zur Tür, nähert sich der Störung. Nur wenige Schritte, wenn sie ihn sehen, werden sie ihn wegschicken und ans Bett ketten. *Scheiß-Nazis.* Da sind sie. Draußen am Gang, zu dritt. Sie drücken ihn nieder, eine Frau redet auf ihn ein, er solle sich beruhigen. Die Muskeln spannen sich an, die Sehnen treten hervor, wehren sich gegen die Ungerechtigkeit.

Der Mann auf der Liege schreit, spuckt, tritt, versucht, sich zu befreien. *Er hat dunkle Haut, wie du, genau. Deshalb.*

Einer in Weiß läuft herein, holt das Bett, das neben Darius' steht, bringt es hinaus auf den Gang. Sie zerren ihn hinüber, fesseln ihn und fahren ihn in Darius' Zimmer. Eine mobile Wand, damit er nichts sieht, dann verketten sich die Stimmen ineinander. Wie er heißt, wo er herkommt, was er genommen hat. Keine Antwort, gequälte Laute, Metallösen, die am Bettrahmen anstoßen. Darius setzt sich an den Rand der Matratze, beobachtet das Spektakel. Einer hält den Arm, der Arzt, ein großer blonder Jüngling, zittert ihm eine Nadel in die Vene. Dann holt er eine Spritze aus der Brusttasche, zieht den Kolben nach hinten, beäugt die Markierung und injiziert den Inhalt. Ein Augenblick vergeht, die Muskeln verlieren an Spannung, der Kopf rollt zur Seite. Er hat eine Tätowierung hinter dem Ohr, ein Z, geschwungen, nicht kunstvoll, ausgebleicht. Das Personal entspannt sich, Ruhe kehrt ein. Die Schwester rollt den Wagen mit den Krankenakten herein, schreibt etwas. Sie nimmt ein rotes Band heraus, versieht es mit einem Aufkleber, auf dem sich ein Strichcode und der Name des Mannes befinden. Srdan Golubic.

Das Letzte, das Darius hört, bevor er sich unter der Decke vergräbt: »Wir brauchen einen serbischen Dolmetscher.«

8

Ignaz-Harrer-Straße. Kebab-Stand. Zwischen Wettbüros, Handyläden und muslimischen Kultusgemeinden. Nach Kebab ist Felix nicht, er ist schon lange Vegetarier und Eier sind das einzig Tierische, das bei ihm auf dem Speiseplan steht. Er ist aus anderen Gründen hierhergekommen. Deshalb hat er den Vormittag gewählt, da sind die Kunden überschaubar und er kann reden.

Hinter der Theke steht ein Türke in mittlerem Alter mit gelangweiltem Blick, wartet auf Felix' Bestellung. Bio-Hühner- oder Rinderkebab oder vegetarisch. Felix bestellt sich einen vegetarischen Kebab und verlangt nach dem Chef. Der Angestellte setzt eine überraschte Mimik auf, gibt das Brot in den Toaster und geht nach hinten. Zwei Minuten vergehen, dann kommt ein groß gewachsener Mann wieder. Er trägt einen Bart um den Mund und ein Lächeln in der Mitte. Er überlegt, sagt: »Dich kenn ich doch. Du hast früher immer Ganja gekauft.«

»Das ist lange her.«

»Brauchst du was?«

»Ich brauche etwas anderes.«

Das Lächeln verschwindet, er gibt dem Angestellten hinter der Theke ein Zeichen, dass der Kebab aufs Haus geht. Mit alles? Scharf? Okay, zum Hieressen.

»Wir gehen nach hinten.«

Felix schnappt sich den Kebab, der anstatt des Fleischs Falafel enthält, und folgt ihm. Sie gehen durch das Café, das sich im hinteren Teil befindet, durch eine Tür mit der Aufschrift *Privat*.

Ein Raum mit einem Schreibtisch, Standard aus Schweden, ein runder Tisch mit zwei Stühlen. Er soll Platz nehmen und nicht auf den Tisch kleckern. Der Chef setzt sich, mustert Felix, dem die Soße vom Gesicht läuft, fragt: »Also, was brauchst du? Coca, Heroin, Glas?«

Felix schluckt den Batzen Falafel hinunter. »Es ist schon etwas spezieller.«

»Das ist alles, was ich habe. Ganja ist es ja offenbar nicht.«

»Kannst du dich an Werner erinnern? Mittelgroß, kurze Haare, normale Statur, immer einen irren Gesichtsausdruck.«

Er denkt nach, drückt die Lider zusammen, sagt: »Was ist mit ihm?«

»Er soll etwas Spezielles im Programm haben.«

»Warum fragst du ihn nicht selbst?«

»Die Situation ist schwierig.«

»Was soll das heißen? Du gehst hin und fragst ihn.«

»Ich frage aber dich.«

»Da musst du schon etwas genauer werden.«

»Ich habe nur gehört, dass das Zeug Bombe ist.«

»Da habe ich mehrere Sachen, die Bombe sind. Das tschechische Glas zum Beispiel. Die Jungs wissen, was sie tun.«

»Die Tschechen interessieren mich nicht. Es geht nur um das Zeug von Werner.«

»Da muss ich nachschauen.«

Gar nichts muss er. Er weiß ganz genau, was Felix meint.

»Mach das.« Er wischt sich die Soße von den Lippen, knüllt das Papier zusammen und wirft es in den Mülleimer.

»Ich brauche ein bisschen Zeit. Hast du was zu tun?«

»Ich kann warten.«

»Geh rüber, schau dir einen Kampf an. Dann kommst du wieder.«

Ein Nicken, Felix geht zur Tür, der Chef sagt:

»Wenn du mich reinlegen willst, das irgendeine Bullennummer ist, dann …«

»Schon klar.«

Was haben die beiden auf den Markt geworfen? Hatten sie ein Labor? Unwahrscheinlich. Sie alle haben die Schule vernachlässigt, wo es nur ging. Wenn, dann hatten sie ein gute Quelle, haben Leuten ins Handwerk gepfuscht, die das zu verhindern wussten.

Felix öffnet die Tür mit der Aufschrift *Fight Club*. Dahinter befindet sich ein Boxring, wo sich zwei Dunkelhäutige die Handschuhe ins Gesicht drücken, darum stehen ein paar Männer, die sie anfeuern.

Einer geht durch, spricht die Leute an, nimmt Geld, gibt es in einen Beutel und lässt ihn in der Hosentasche verschwinden. Er kommt zu Felix, fragt ihn, wer gewinnen wird.

Felix greift in die Tasche, zündet sich eine Zigarette an, schüttelt den Kopf.

»Ich wette nicht.«

Der Mann sieht ihn an, hält ihm die flache Hand hin.

»Gib mir einen Fünfer, dann kannst du zusehen.«

»Bist du der Manager hier?«

»Pass auf, Junge, sonst …«

»Sonst *was*? Ich warte nur, bis der Chef fertig ist.«

»Das ist trotzdem nicht gratis. Sonst wartest du im Café. Kapiert?«

Der stämmigere Kämpfer startet eine Serie, die Leute geraten in Aufruhr, der Mann verschwindet wieder, geht durch, spricht jeden an. Offenbar haben sich die Quoten geändert und die fünf Euro von Felix an Bedeutung verloren.

Es dauert nicht lange, der andere geht zu Boden und der Mann kassiert ab. Felix verlässt den *Fight Club* und geht nach vorne. Der Chef kommt ihm entgegen. Da ist es wieder, das Lächeln des Geschäftsmanns. Er kneift die Augen zusammen, hält ihm die Tür zum Büro offen. Felix folgt der Aufforderung, nimmt Platz. Der Chef geht zum Schreibtisch, holt ein Säckchen mit Tabletten heraus und legt es auf eine Waage.

»Wie viel brauchst du? Zehn, zwanzig?« Er mustert Felix, wiegt den Kopf. »Eher zehn. Das Zeug ist rein, sehr rein. Das macht dich nicht kaputt wie das Glas aus Tschechien oder Serbien. Is geiles Zeug, Alter. Das kannst du Blech rauchen, spritzen, alles, was du willst. Ohne, dass du ausschaust wie ein Zombie.«

»Das ist das von Werner?«

Er nickt, schiebt die Lippen vor.

»Wann hat er das zum ersten Mal angeboten?«

»Wird das jetzt doch noch eine Bullennummer, oder was?«

Die Augenbrauen des Mannes haben sich zu einer verbunden. *Nimm das, was du kriegst.* Das ist zumindest etwas.

»Vergiss es. Gib mir zehn. Wenn ich was brauche, komme ich wieder.«

»Wenn dann noch was da ist.«

»Was soll das heißen?«

»Dein Freund war schon eine Zeit lang nicht mehr da und die Nachfrage ist groß. Für Glas, wenn du weißt, was ich meine.«

»Groß, aber nicht so groß wie bei Ganja oder Koks.«

Er schnalzt mit der Zunge, kaut auf einem unsichtbaren Kaugummi.

»Also, mein Freund. Zwanzig?«

»Wie viel?«

»Hundert.«

»Eigentlich reicht mir eine.«

»Das glaubst du jetzt.«

Nicht billig, aber was macht man nicht alles für seine Freunde?

Eine Nacht, die unruhiger nicht hätte sein können. Neben einem Serben mit einem Z hinter dem Ohr. Mit Hand- und Fußfesseln, die sie ihm irgendwann abnehmen werden. Darius kann das Messer an der Kehle schon spüren. Der Mann ist nicht durch Zufall hierhergekommen, so viel ist sicher. Darius kennt die Tätowierung, irgendwoher kennt er sie.

Nur woher? Gesehen hat er sie hier zum ersten Mal.

Ohne das Zeug kann er sich nicht konzentrieren, keinen klaren Gedanken fassen. *Das muss dir doch einfallen.*

Hat jemand darüber gesprochen, hat er ein Foto gesehen? Woher bloß? Verdammt. Egal, vielleicht später.

Darius widmet sich dem Frühstück, das aus wässrigem Kaffee, Semmeln, Analogschinken und Käseersatz besteht. Nicht das Beste, nicht weit weg von dem, was er zu Hause zu sich nimmt. Das Zeug aus der Dose, dem Plastik, alles, was schnell geht und in der Mikrowelle Platz findet. Meist nicht viel, das Glas unterdrückt den Hunger ebenso wie das Schlafgefühl. Heute ist der erste Tag, an dem er zumindest ein bisschen Appetit hat, sich der Hunger überhaupt blicken lässt.

Er ist abgemagert in den letzten Monaten, hat mindestens zehn Kilo verloren. Er sieht den Körper hinab, die Beine, Arme, die einiges an Umfang verloren haben.

Sein ganzer Körper verlangt nach Nahrung, nach dem, was ihm das Glas genommen hat. Verdammt, hätte er das nie gefunden. Dann wäre alles anders verlaufen. Dann wäre Werner noch am Leben, er wäre nicht hier und sie würden immer noch Bier trinkend und Playstation spielend im Wohnzimmer hocken und über das Schicksal schimpfen. Vielleicht ein Ofen, ein bisschen Ganja, etwas zur Beruhigung. *Scheiße, Werner, was haben wir getan?* Was haben sie sich dabei gedacht? Dass sie in einem Mercedes herumfahren wie in einem Scheiß-Video? Dass ihnen die Frauen nachlaufen, weil sie die Obergangster sind? Das ist doch alles scheiße.

Darius versucht, die Tränen zurückzuhalten. Er spuckt die Semmel auf den Teller, stößt das Tablett weg und setzt sich aufs Bett. Den Rücken gekrümmt, die Ellbogen auf die Knie gestützt und den Kopf im See, der über die Hände läuft. Einen Moment lang übertönt das Schluchzen jedes Geräusch, bis sich ein anderes einmischt.

Ein Lachen, dreckig, langsam, auskostend. Ein Moment Pause, es wiederholt sich und wird lauter. Darius hebt den Kopf, die Augen folgen der Störung, die vom Bett des Serben herrührt. Er sieht ihn an, die Mundwinkel bei den Ohren, dreht die Fäuste in den Handfesseln. Er genießt es, das Schniefen von Darius, wie ein wärmendes Bad. Dann, erneut ein Lachen.

»Na, mein Kleiner, was hast du denn? Warum bist du so traurig?« Das letzte Wort zieht er in die Länge, betont es möglichst infantil. Sein Akzent ist stark, fast ein wenig russisch, hart, erbarmungslos.

»Leck mich«, sagt Darius und dreht sich weg.

»Wenn du mich losbindest, mein Freund, können wir darüber sprechen.«

Er lässt sich Zeit beim Reden, rastet auf den Worten. Darius holt das Tablett zurück und isst weiter.

»Du willst nicht mit mir sprechen, trauriger Junge? Warum denn? Bin ich dir nicht gut genug? Sollten wir Schwarze nicht zusammenhalten?«

»Du bist nicht schwarz.«

»Ich bin kein Neger so wie du. Aber dunkel genug, mein Freund.«

Ein Lachen, er wirft sich vor und zurück, schlägt mit den Metallösen gegen das Bett. »Von deiner Sorte hab ich viele erledigt.«

»Halts Maul.«

»Bist du Moslem? Einer von den Mulatten? Oder Bosnier? Die schreien wie die Kinder, die Neger, wusstest du das?«

Darius dreht sich weg, das Herz schießt das Blut nach oben. Seit der Schulzeit hat das niemand mehr gewagt, ihn so zu nennen. Gerade schwarz genug, um als solches durchzugehen. »Milchbimbo«, »Käseneger« haben sie ihn genannt und gelacht dabei. Diese Fratzen, am liebsten hätte er … Ach, scheiß drauf, echt.

»Ach komm schon, ich will doch nur mit dir reden.«

Darius sieht ihn an, fragt stoisch: »Was willst du denn mit mir reden?«

»Über das, worüber dein Freund nicht mit mir reden wollte.«

Darius schluckt den Brocken. Ist das Werners Mörder? Er steht auf, geht hinüber zu dem Bett. »Hast du Werner auf dem Gewissen?«

»Ich glaube eher, dass du ihn auf dem Gewissen hast. Wer wollte denn nicht aufhören? Wer hat denn unsere Warnungen ignoriert?«

Darius nimmt das Polster und drückt es auf den Kopf des Serben. Ein Lachen entweicht ihm, bis die Luft enger und enger wird. Ein Röcheln, er schlägt mit den Armen gegen das Bett, Darius' Griff wird fester. *Gleich ist es vorbei, mein Freund. Dann wirst du bereuen, dass du jemals hierhergekommen bist.* Plötzlich nähern sich Holzpantoffeln im Stakkato, darin steckt ein Pfleger mit fassungsloser Miene. Darius sitzt am Bett und widmet sich dem Frühstück. Das Grinsen ist Genugtuung gewichen.

»Irgendwas hat er«, sagt Darius und schiebt sich ein Stück Semmel in den Mund.

Die Pantoffeln entfernen sich, ein Moment vergeht, das Klacken der Pantoffeln ist in Begleitung. Der blonde Arzt hetzt zum Bett, fühlt den Puls, ein Nicken.

»Herr Golubic, Herr Golubic, Srdan, Srdan.« Der Arzt leuchtet in die Pupillen, hängt das EKG an. Der Pfleger fragt Darius: »Seit wann hat er das? Hast du was gesehen?«

Kopfschütteln, Schulterzucken. Endlich ist der Appetit zurück.

Rossfeldpanoramastraße. Der höchste Punkt der Deutschen Alpenstraße. Die Stadt ist in der Ferne verstummt, man kann die Salzach sehen, an einem klaren Tag wie heute Hallein, die umliegenden Dörfer, bis zu den Alpen. Alles ist fern, eine Brise weht Andrea die Gedanken aus dem Kopf. Hinter ihr das Knacken des Metalls der Kawasaki. Ab und zu rauscht ein Auto vorbei, bleibt kurz stehen, ein Foto, taucht ab hinter der nächsten Biegung. Der Schnee hat sich lange gehalten, klebt auf den Alpen wie feuchter Zucker.

Sie hat die Ellbogen an der Lehne der Bank eingehängt, die Jacke offen, die Augen zu. Der Organismus fährt in den Ruhezustand, das Herz übt sich in Monotonie. Die Lunge drängt sich an die Rippen, dehnt sie aus, lässt sie langsam zurückgleiten. Der Magen grummelt geduldig vor sich hin, erinnert an ein Frühstück.

Später. Um diese Zeit sind noch wenige Leute hier oben. Es ist fast Gesetz, dass die Straßen um halb elf erwachen. *Noch eine halbe Stunde, dann bekommst du etwas zu essen.* In der Innenstadt, wo man draußen sitzen, Leute beobachten und den Tag vorbeiziehen lassen kann. Vielleicht kommt ihr dort eine Idee, wie sie der Sache eine positive Wendung verpassen kann. Sie hat sich da hineinziehen lassen, ihre Position gefährdet, sich den Wenkhammer zum Feind gemacht. Das will sie nicht, sonst wird das nie was mit dem LKA. Er mag nicht die ganze Welt sein, aber zu sagen hat er allemal was. Das riskiert sie für ein großes Kind, einen, der in seiner Jugend gefangen ist, sich nicht herauswinden kann aus der vergangenen Trostlosigkeit. Will sie das wirklich? Gibt es keine Alternative?

Das Herz wacht auf, gewinnt an Fahrt. Normalerweise funktioniert diese Entspannungsübung.

Die Kurven, der Wald, die Aussicht. *Verdammt, Felix Horvat, vielleicht bist du auch wichtiger, als ich es wahrhaben will.*

Sie verschränkt die Arme vor der Brust, spürt eine Vibration an der Hand, die sich kontinuierlich steigert. Sie zieht das Telefon aus der Tasche, ein Seufzen, streicht den Finger über das Display.

»Birnhofer.« Lakonisch.

Pause, Atemgeräusche aus dem Lautsprecher.

»Birnhofer?«

Nichts. Sie sieht auf das Display, prüft die Nummer. Niemand, den sie kennt. Die Klassenlotterie, ein Meinungsforschungsinstitut? Es ist Sonntag, außerdem hätten die bereits tausend Floskeln herausposaunt, versucht, sie in ein Gespräch zu verwickeln. Eine Situation, in der man den Zeigefinger parat haben sollte.

»Frau Inspektor Birnhofer?«

»Wenn Sie so freundlich wären, mir Ihren Namen zu verraten?«

»Ogrisek. Maria.«

Du hast es gewusst. Sie hat den Zettel nicht weggeworfen.

»Worum geht es?«

»Können wir uns treffen?«

»Waren Sie schon frühstücken?«

»Nein.«

»Das Stadtcafé, *Haus der Natur*, in einer halben Stunde. Reservieren Sie einen Tisch. Am besten draußen.«

Andrea parkt die Kawa unter dem Café, ein Blick auf die Uhr. Achtundzwanzig Minuten. Was will Sie? Sie hat sich nicht so angehört, als ob sie ihr helfen würde. Eher, als ob eine Psychiaterin eine Psychiaterin braucht.

Andrea geht die Stufen hinauf, die Terrasse entlang. Die Ogrisek sitzt ganz hinten, an einem Zweiertisch und starrt in die Luft. Sie hat etwas zu sagen, sonst hätte sie nicht den Tisch in der hintersten Ecke reserviert.

Andrea setzt ein Lächeln auf und sich neben die Ogrisek. Kein Shakehands. Andrea legt den Helm auf den Boden, verschränkt die Arme, sieht die Ogrisek eindringlich an. Die Ogrisek weicht dem Blick aus, rutscht mit dem Sessel näher an den Tisch, legt die Hände darauf. Andrea klopft mit dem Finger auf den Tisch, ein Blick zur Kellnerin. Keine Beachtung. Eine zögerlich gehobene Hand, ein Blick zu Andrea, die gerade die achtundzwanzig Minuten verwünscht. Sie hätte ruhig noch etwas sitzen bleiben können.

Eine Minute Ewigkeit, die Andrea mit einer Frage beendet.

»Warum haben sie mich vom schönsten Platz der Welt geholt?«

»Sie haben mir die Nummer gegeben.«

»Ist Ihnen was ein- oder aufgefallen?«

Sie wippt mit dem Kopf, drückt die Lippen aneinander, saugt Luft in die Lunge. Ein Griff in die Handtasche, ein Päckchen Parisienne, ein hastiger Zug. Die Wolke verschwindet im Himmel, sie sagt: »Vielleicht haben Sie recht.« Noch ein Zug, sie lässt die Zigarette im Aschenbecher liegen. Andrea schiebt ihn zur Seite.

»Womit hatte ich recht?«

Andrea spricht langsam, das hat sie sich im Dienst angewöhnt. Wenn die Leute nervös sind, fragen sie zehn Mal nach. Eine Technik, mit der man die Fragen auf fünf Mal reduzieren kann.

Die Ogrisek verdreht die Augen, drückt die Augenbrauen nach unten.

»Was haben Sie gesagt?«

»Womit ich recht hatte. Das weiß ich immer gerne. Ich bin ja auch nur eine Frau.«

»Dass er in Gefahr ist.«

Eine Volkskrankheit. Die Leute glauben dir erst, wenn sie der Zug bereits erfasst hat.

»Was haben Sie gesehen?«

»Er wollte einen anderen Patienten ersticken. Mit dem Kopfpolster.«

»Wer hat das noch gesehen?«

»Außer dem Pfleger, der mir das erzählt hat, niemand, glaube ich.«

»Und warum glauben Sie, dass er in Gefahr ist?«

»Weil ihn sonst noch jemand umbringt oder er sich selbst.«

»Was habe ich damit zu tun? Das ist doch wohl Ihre Aufgabe.«

Die Kellnerin kommt, nimmt die Bestellung auf. Die Ogrisek bestellt ein Vitalfrühstück, Andrea das Altstadt. Schinken, Käse, ein weiches Ei, einen Cappuccino. Kein Tag für Vitalität.

»Ich glaube, dass er Angst hat.«

»Selbe Antwort.«

»Begründete Angst.«

»Ich kann ihn nicht schützen. Zumindest nicht in Ihren Wänden.«

»Ich glaube, Sie wollten mit ihm reden.«

»Ja, das wollte ich.«

»Dann tun Sie es auch. Das ist das einzige Mal, dass ich Ihnen das anbiete. Und auch nur Ihnen. Das ist eine prekäre Sache, verstehen Sie das? Die anderen drehen durch, wenn sie mitkriegen, dass die Polizei auf meiner Station Patienten vernimmt. Abgesehen von den dienstlichen Konsequenzen.«

»Ich soll also privat kommen?«

»Das wäre das Mindeste.«

»Eher abends?«

Stumme Bestätigung.

»Wann?«

»Ich schicke Ihnen eine Nachricht.«

9

Felix hat es bei einer Tablette belassen. Er hat genug am Hals, das Letzte, was er braucht: Abhängigkeit von einer Substanz, die einen ins Grab oder auf die Psychiatrie bringt. Den Alkohol hat er aus seinem Leben gestrichen, der hat ihn damals schon zu viel gekostet. Wie wäre es mit solch einem Mittel? Immerhin liegt der Schluss nahe, dass Darius selbst davon abhängig geworden ist.

Felix sitzt auf der Couch, den Laptop aufgeklappt, die Pille liegt vor der Tastatur. Er nimmt sie, prüft, analysiert. Kein Spalt in der Mitte, keine Prägung, beinahe weiß mit einem leicht gräulichen Stich. Wie ein Medikament aus früheren Zeiten. Oder einem Hinterhoflabor. Er hat Glas für etwas gehalten, das man in Pulverform und am besten gar nicht konsumiert. Nichts, was harmlos daherkommt.

Trotzdem tippt er *Chrystal Meth* in die Suchleiste ein, erhält Bilder von grünen, blauen und weißen Kristallen, Pulver, verfaulten Zähnen und Menschen, die mit dreißig aussehen wie mit fünfzig. Nichts, das dem ähnelt, was er in der Hand hält. Er ändert die Suche auf *Chrystal Meth Pillen*, Bilder in allen Farben und Formen. Mit Botschaften wie *Kiss me*, *sky*, mit Schmetterlingen, Rosen, Logos von Automarken. Er streicht am Touchpad nach unten, findet weitere Varianten. Dann, ein optischer Ausreißer, deutsche Soldaten, er klickt auf das Bild.

Pervitin. Weiter nach unten, ein oranges Plastikröhrchen mit diesem Namen, eine Pille liegt daneben, die dieselbe Farbe wie die von Felix hat. Darüber steht: *Der Großvater des Chrystal Meth wird 75 Jahre alt.*

Fünfundsiebzig Jahre. Deutsches Reich. Die Nazis.

Woher hat Darius Nazi-Meth? Und wieso hatten die Nazis das?

Er scrollt hinauf, gibt *Pervitin* ein, erhält eine Fülle an Ergebnissen. Er folgt *Pervitin*, wird weitergeleitet zu *Metamphetamin*. Die chemische Formel erscheint, Erklärungen, die Geschichte. 1893 erstmals durch einen Japaner synthetisiert … 1919 in Reinform kristallisiert … 1921 patentiert … 1934 Entwicklung in den Temmler-Werken in Berlin … 1937 folgt das erweiterte Patent zur Herstellung von Metamphetamin … 1938 unter der Marke *Pervitin* in den Handel gebracht … die noch immer die Rechte halten … fand Verwendung im Blitzkrieg … auch bekannt unter Panzerschokolade, Stuka-Tabletten, Fliegersalz, Hermann-Göring-Pillen … ein Mittel zur Dämpfung des Angstgefühls und der Steigerung des Leistungs- und Konzentrationsvermögens bei Soldaten, Fahrzeugführern und Piloten … die Wehrmacht … von April bis Juni 1940 fünfunddreißig Millionen Tabletten … Oktober 1940 … ein Allheilmittel … 1941 Reichsopiumgesetz … nicht mehr frei erhältlich … Bundeswehr und NVA lagerten das Medikament bis in die 70er Jahre … Bestandteil der Verpflegung für Fallschirmjäger … bei Übungen ausgegeben … bis 1988 im Handel.

Felix sucht weiter, befragt andere Suchmaschinen, sieht sich Videos an. Ohne Pervitin wäre der Blitzkrieg nicht möglich gewesen, bei Kriegsende wurde das den Zweimann-U-Boot-Selbstmordkommandos gegeben, sonst hätte sich niemand hinein gewagt. Die Bomberpiloten hätten ohne Pervitin über England schon geschlafen, in der Heimat beruhigte es die Hausfrauen. Arbeitsname: Hausfrauenschokolade.

Verdammt, woher hat Darius das Zeug? Hat er einen Bunker gefunden? Irgendein Armeelager überfallen?

Denk nach, Felix, denk nach. Nein. Dafür ist er zu faul und zu feige. Das war er immer schon. Einer, der mitgekämpft hat, wenn die Gegner schon fast am Boden lagen. Ein Maulheld, einer, den sie mitgetragen haben. Der hätte nie etwas gestohlen. Wahrscheinlich hat er sich das Zeug nur reingezogen und Werner hat damit gedealt. Trotzdem interessant, wo es herkommt. Genau das gilt es herauszufinden. Felix schlägt sich die Handfläche auf die Stirn. Da wäre noch eine Möglichkeit, ein kleiner Funke. Was, wenn ...? Nein, das kann nicht sein.

Das hätte er ihm nie gelten lassen. Da hätte selbst er Darius verprügelt. Außer, er ist mit von der Partie ...

Der Regen hat früh am Morgen eingesetzt. Die ZAMG hat die Vermutung der meteorologischen Kloake mit einer Statistik bestätigt. Es regnet jeden zweiten Tag, den Niederschlag im Winter ausgenommen. Wenn sich dieses Wetter an den Bergen hält und über Salzburg ergießt, lässt es sich Zeit, sie wieder zu verlassen. Dann bekommt alles einen trüben Anstrich, begleitet von der rauen Wildheit der Salzach, die die Gemäuer in immer engeren Abständen mit Hochwasser quält.

Wenn man dem Wetterbericht glauben darf, vergehen die Tropfen in den nächsten Tagen. Dann drängen die Touristen nicht mehr in die Innenstadt und die Massen müssen nicht davon abgehalten werden, ins Stadtzentrum zu fahren. Ernüchternde Tage, die Andrea die Polizeiarbeit zuwider machen.

Stundenlang dieselben Erklärungen, warum sie nicht hinein dürfen, vor dem Neutor wenden müssen, um sich einen Platz in der Mönchsberggarage zu suchen und den Weg zu Fuß fortzusetzen.

Der Nowak betrachtet sie den ganzen Vormittag aus dem Augenwinkel, wenn sie sich ihm zuwendet, dreht er sich weg und widmet sich den Autofahrern. Er war still, selbst als sie hergefahren sind. Nur fünf Minuten, aber sie konnte es spüren. Irgendetwas passt ihm überhaupt nicht. Wahrscheinlich die Sache mit dem Wenkhammer.

Andrea sieht auf die Uhr, die Ablöse sollte gleich kommen. Sie überzeugt noch fünf Autofahrer, die Garage zu nehmen, ein VW Passat bleibt hinter ihnen stehen und zwei Kollegen steigen aus. Sie setzen die Kappen auf, ziehen die Warnwesten an. Ein Nicken, der Nowak und Andrea gehen zum Auto. Er wirft die Tür ins Schloss, legt die Kappe auf die Seite und dreht den Schlüssel um. Bevor sie etwas sagen kann, tritt er aufs Gas, lenkt das Fahrzeug in die Innenstadt. Andrea spannt den Arm an, hält sich an der Beifahrertür fest.

»Willst du mir nicht sagen, was los ist?«

Der Nowak beachtet sie nicht, sieht starr geradeaus.

»Hat der Wenkhammer etwas damit zu tun?«

Er spitzt die Lippen, lässt Luft aus der Lunge entweichen. Dann reißt er das Lenkrad nach rechts, tritt in die Bremse, ein Auto fährt hupend vorbei.

Er streckt die Arme durch, drückt sich in den Sitz, den Blick geradeaus.

»Der Wenkhammer ist nicht das Problem.«

»Wo liegt dann das Problem?«

Er wartet einen Augenblick, schlägt mit der flachen Hand auf das Lenkrad, dreht sich zu ihr, fixiert ihre Augen.

»Du kapierst das nicht?«

»Sonst würde ich nicht so dämlich fragen.«

»Echt sinnlos.«

»Was ist echt sinnlos?«

»Ich habe geglaubt, dass ich dich kenne.«

»Weißt du was, lass es einfach. Schweig mich weiter an. Gehen wir etwas essen, irgendwann wird es schließlich vier werden, dann gehen wir nach Hause. Vielleicht kannst du es mir ja morgen sagen.«

Der Nowak öffnet den Mund, schüttelt den Kopf, klatscht in die Hände.

»Wen deckst du da eigentlich? Ich möchte verdammt noch mal wissen, für wen ich meinen Job aufs Spiel setze.«

»Ist es so schlimm?«

»Ich war beim Chef. Du kannst dir vorstellen, was da los war. Der Chef vom Wenkhammer hat ihn angerufen.«

»Scheiße.«

»Das kannst du laut sagen. Entweder du rückst jetzt mit der Wahrheit raus, oder ich machs. Ich hab ein Haus abzubezahlen, verstehst du das? Eine Familie, die mich braucht. Ich habe also jeden Grund und jedes Recht, zu erfahren, wen du verdammt noch mal deckst.«

»Dieselbe Frage hab ich mir auch schon gestellt.«

Der Nowak zuckt, verdreht die Augen, ein »Hä?«, er fragt: »Kennst du ihn?«

»Da bin ich mir manchmal nicht sicher.«

Der Nowak reißt die Augen auf, seufzt, der Körper verliert an Spannung.

»Echt?«

»Was echt?«

»Du bist verliebt. Diese Augen, die Art, wie du über ihn redest. Was du alles riskierst. Du … bist … verliebt.«

»Red nicht so einen Scheiß.«

Ein Schnauben, beinahe ein Lachen, er fährt sich mit der Hand über den Kopf, lässt sie einen Moment im Nacken liegen. »Frauen. Immer dasselbe.« Er schüttelt den Kopf, sagt: »Schlag eine Lösung vor.«

Du musst es ihm sagen. Er hat ein Recht, zu erfahren, was sie tut. Sonst hat sie nicht mal mehr ihn.

»Die Ärztin hat mich angerufen. Sie will mir ein Gespräch mit Darius ermöglichen. Vielleicht krieg ich da was raus.«

»Du spinnst. Was anderes kann ich nicht sagen. Du bist einfach durchgeknallt. Gaga, plemplem, völlig irre.«

»Das ist unsere einzige Chance.«

»Deine.«

»Nowak, sei mir nicht böse, aber wir hängen da beide drin. Wenn du beichten gehst, zerquetscht dir der Wenkhammer im Beisein des Chefs die Eier.« *Armer Nowak, schau, wie hoch seine Stimme geworden ist.* »Dann kannst du armer Kastrat die Wache verlassen wie ein geprügelter Hund. Willst du das?«

»Vorher hatte ich ein bisschen Lust, dich zu schlagen, jetzt juckts schon gewaltig.«

»Dann verpfeif mich. Sag, was du gesehen hast. Schieb alles auf mich. Sag, dass ich dir nichts sagen will. Dass du nicht weißt, was da los ist. Wenn dir dann leichter ist, ok. Ich hab damit kein Problem.«

Hoffentlich macht er das nicht. *Er soll der Nowak sein, den du magst. Bitte.*

»Wie lange brauchst du?«

»Zwei, drei Tage vielleicht. Vielleicht eine Woche.«

»Keine Minute mehr. Dann mach ichs.

Dann lass ich mich vom Wenkhammer persönlich kastrieren. Unser Kater ist seither ziemlich entspannt.«

Andrea klopft ihm auf den Oberschenkel, drückt ihm einen Kuss auf die Wange. »Gehen wir etwas essen, geht auf mich.«

»Leck mich, Birnhofer. Aber so was von …« Er spart sich die letzten Worte, formt sie mit den Lippen.

»Bist der Beste, Nowak.«

»Was macht man nicht alles für die Liebe?«

Gute Frage, Nowak, gute Frage.

Sie haben ihn weggebracht, einen Haufen Untersuchungen durchgeführt, nichts gefunden und ihn heute wieder zurückgebracht. Keiner hat es gesehen, also ist es nie passiert. Der Serbe hat den ganzen Nachmittag geschlafen, keine Regung gezeigt. Darius hat die Gelegenheit genutzt, ihn angesehen, von oben bis unten. Die haarige Brust, die viele Narben bedecken. Einige sehen aus wie Schnitte, andere wie Einschüsse. Sie sind nicht mehr rosa, eher weiß, stehen im Kontrast zur dunklen Haut. Die Venen treten aus den Armen hervor, enden in den großen Händen. Sicher einer, der nicht unbedingt eine Waffe benötigt, um jemand umzubringen. Darius hat seinen Kopf vor den des Serben gehalten, ihm zugeflüstert, dass er das nächste Mal ernst machen würde.

Dann hat er ihm die Wange getätschelt. Der Serbe hat nicht reagiert, keinen Laut von sich gegeben, als ob er sagen wollte, dass es ihm egal wäre. Er sieht nicht aus wie jemand, der viel zu verlieren hat.

Sie haben dem Serben die Fesseln abgenommen, wahrscheinlich in dem Glauben, dass er in dem Zustand sowieso nicht handlungsfähig sei. Zu Darius haben sie nichts gesagt. Er hat auch nichts zu ihnen gesagt, auch nicht, dass ein mutmaßlicher Mörder neben ihm liegt, den er ins Jenseits befördern wollte. Vielleicht erledigt den Rest ja die Natur. Dann hat die Welt eine Sorge weniger.

Darius liegt auf dem Bett, die Hände hinter dem Kopf. Der Fernseher läuft ohne Ton, irgendein Actionfilm, der ihn nicht interessiert. Jede andere Beschäftigung lehnt er ab. Langsam versinken die Arme im Polster, die Schwerkraft verstärkt sich, die Lider werden schwer wie Beton. Er drückt den Ausschaltknopf an der Fernbedienung, löscht die Nachttischlampe. Es dauert nicht lange, bis er einschläft.

»Hey, Milchbimbo«, hallt es im Ohr, »hey, Milchbimbo.« Darius kann ausmachen, woher das Geräusch kommt. Er dreht sich im Kreis, sieht sich im Haus seines Großvaters. Es ist in Dunkelheit gehüllt, nur in der Ferne ein Licht. Er folgt dem Schein, die Stimmen werden lauter. »Käseneger«, tönt es durch den Raum. »Käseneger.« Darius geht die schmale Treppe hinauf, Schritt für Schritt, behutsam, er will das Knarren verhindern. Er ist oben, das Brummen des Kühlschranks mischt sich dazu. Dort bewahrt er das Bier auf, der Opa. Tabu für die Jugendlichen. Darius dreht sich nach links, geht ins Wohnzimmer, der Blick schweift durch den Raum. Sein Großvater sitzt auf der Eckbank, der Serbe daneben. Auf den Stühlen mit den geschnitzten Herzen haben Werner, Igor und Saša Platz genommen. Sie halten ein Bier in der Hand, führen es zueinander. Er macht einen Schritt weiter zu ihnen, sie sehen ihn an, prosten sich zu, singen: »Käseneger, Milchbimbo.«

Darius möchte laufen, aber es zieht ihn unaufhörlich zum Gesang. Bis die Stimmen im Kopf verweilen, sich dort reflektieren, verstärken, dass ihm beinahe der Schädel explodiert. Er schreit, stemmt die Fersen in den Boden, hält sich die Ohren zu, sie wollen nicht aufhören. *Warum macht ihr das? Scheiße, warum macht ihr das? Wir waren doch Freunde.* »Der Serbe hat es uns verraten. Er hat uns gesagt, wer du wirklich bist. Ein Mörder, Darius, ein Lügner. Wir sind weg, aber er kann es noch erzählen. Und er wird es erzählen.« Darius laufen die Tränen übers Gesicht, er stützt sich auf die Ellbogen, will schreien, als eine Handfläche seinen Mund verschließt.

»Ganz leise, mein Freund.« Darius öffnet die Augen, die einen Moment brauchen, um sich an die Dunkelheit zu gewöhnen. Ein Schatten hat sich über ihn gebeugt. Er ist dunkel, mächtig, weit größer als er. Und hat einen russischen Akzent. »Ich bin wieder da, mein Freund. Und dieses Mal werden mich keine Fesseln daran hindern, das zu tun, was ich imstande bin, zu tun.«

Wie kann jemand flüstern und schreien zugleich?

Was bist du, verdammt? Ein Geist? Wieso stirbst du nicht?

»Und ich bin nicht so inkonsequent wie du. Ich habe dir schon gesagt, was ich mit Leuten wie dir anstelle, mein Freund.«

Er muss etwas sagen, zumindest einen Satz, bevor ihn der Serbe erledigt.

Deine Hand schmeckt nach Zwiebel und Knoblauch, weißt du das? Dein ganzer Scheiß-Körper stinkt danach. Dein ganzer Scheiß-Körper stinkt danach.

»Ich stelle jetzt meine Frage. Einmal. Du kannst antworten oder auch nicht. Aber sei dir sicher, mein Freund. Du wirst uns nicht davon abhalten zu nehmen, was uns zusteht. Hast du das verstanden?«

Ein Nicken, Darius murmelt gegen die Handfläche.

»Also. Wo ist das Meth?« Er lässt die Hand liegen, flüstert: »Wenn du schreist, stirbst du.«

Der Geschmack verschwindet vom Gaumen, Darius sagt:

»Leck mich.« Dann schreit er wie ein hungriges Kind, der Serbe lässt die Hand zurückschnellen. Schritte nähern sich, das Licht brennt in den Augen, ein Pfleger beugt sich über ihn.

»Ist alles in Ordnung?«

Darius schluckt, nickt. »Ich habe nur geträumt.«

»Brauchst du etwas zum Einschlafen?«

Verdammt, nein, oder doch, dann kriegst du es wenigstens nicht mit, wenn er dich im Schlaf erstickt.

»Kann ich noch eine rauchen gehen?«

»Ausnahmsweise.«

Sie verlassen das Zimmer, Darius dreht sich zu dem Serben, der mit den Lippen die Worte formt: »Versprochen ist versprochen.«

10

Felix war lange nicht hier. Es muss an die fünfzehn Jahre her sein, dass er das Haus das letzte Mal betreten hat. Der Putz stammt aus den Sechzigern, war ursprünglich gelb und ist seitdem notdürftig in Eigenregie ausgebessert worden. Die Fenster sind aus den Achtzigern. Das Holz scheint unter der blättrigen Lackierung hervor, der Haustür geht es ähnlich. Das Moos zwischen den Dachschindeln drückt sie nach oben, manche fehlen ganz. Alles eingebettet in einen kleinen Garten, in dem der Rasen nicht gemäht und die Hecken nicht gestutzt werden. Eigentlich ein Wunder, Opa Hermann hat großen Wert darauf gelegt.

Felix hat fast seine ganze Jugend hier verbracht. Es war das Hauptquartier der Gang of Five, nicht weit vom Lehener Park entfernt, in den sie Zigaretten rauchen und Bier trinken gingen. Wenn es dann zu viel oder das Geld knapp wurde, gingen sie hierher. Opa Hermann hat für sie gekocht, Geschichten aus der Zeit erzählt, in der er bei der Kriminalpolizei war. Wie er Verbrecher gejagt hat, ihm die Frauen zu Füßen lagen, jeder in der Nachbarschaft wusste, wer er war und dass man ihn holen sollte, wenn es Probleme gab. Heutzutage reicht es nicht einmal mehr für einen ordentlichen Gaunerzinken am Gartenzaun. Statt eines senkrechten Strichs mit drei Querbalken nur ein Quadrat mit überzeichneten Ecken. Hier gibt es nichts zu holen. Wenn Felix den Erzählungen Glauben schenken darf, hätten sie früher nicht nur dieses Haus gemieden, sondern die ganze Nachbarschaft. Ein Gefühl kriecht ihm den Bauch hinauf, erfüllt die Brust. Zwischen Wehmut und Hilflosigkeit.

Vergangene Zeiten, die vergehen wie die Schindeln im Moos, nach unten fallen und zerbrechen. Sie interessieren niemand mehr, man weiß nur noch, dass hier etwas war, das dieses Haus beschützt hat. Eine Gemeinschaft, die Sturm und Regen keinen Einlass gewährte. Dinge, die alleine nicht zu bewältigen sind. Sobald die Erste ausbricht, das Kollektiv verlässt, entsteht eine Schwachstelle, die alle anderen gefährdet. Dann sieht der Rest selbst im Sonnenlicht schäbig aus. Etwas, das einst unkaputtbar erschien, ist nicht wiederherzustellen. *Du warst diese erste Schindel, die sich aus dem Staub gemacht hat. Das warst du.* Es bleibt nur der kleine Rest. Darius und Felix.

Felix greift über das gusseiserne Tor, zieht den Hebel nach oben, drückt es auf. Die Mülltonne ist leer, der Postkasten quillt über. Er nimmt die Post heraus, sieht sie durch. Nur Werbung, die er in die Mülltonne wirft. Er geht in Richtung des Hauses, versucht, einen Blick hinein zu erhaschen. Die Vorhänge sind zugezogen, die Vormittagssonne erschwert zusätzlich die Sicht. Er geht zur Scheibe, schirmt mit der flachen Hand die Augen ab, stellt sich auf die Zehenspitzen. Vielleicht kann er etwas durch den Spalt erkennen. Nichts außer seinem Spiegelbild. Ein bärtiger Räuber. Ein Migrant auf der Suche nach einer Möglichkeit. Fast muss er bei diesem Gedanken schmunzeln. Opa Hermann war einer der ewig Gestrigen, scheute sich nicht, schon damals nicht salonfähige Bezeichnungen für fremde Volksgruppen zu verwenden. Trotz der verschiedenen Ethnizitäten, denen sie beinahe alle angehörten. Darius ist halber Jamaikaner, Saša Bosnier, Igor Albaner und Felix selbst Serbe. Flüchtlinge, die den Krieg nie verstanden. Genauso wenig wie die hiesige Kultur. Eine Verbindung, die sie eng aneinanderband. Trotz der Einstellungen der Eltern.

Der einzige echte Einheimische war Werner. Er war auch der, der das Wort gegen Opa Hermann erhob, wenn er eine »rassische Rede«, wie er es selbst wohl genannt hätte, hielt.

Meistens ruderte Opa Hermann zurück, sagte, dass das für die Gang nicht gelte. Aber sie alle wussten, dass dem nicht so war. Opa Hermann war einer, der das Ende des Dritten Reichs nie verwunden hatte, sich dahin zurück wünschte. Sie taten es meist mit einem Schulterzucken ab und akzeptierten, dass sie es nicht ändern konnten. Dennoch freut er sich jetzt, dass er Opa Hermann gleich zu Gesicht bekommt. Ohne ihn hätte jeder von ihnen mindestens eine Vorstrafe.

Felix geht zur Haustür, klopft, wartet, keine Antwort. Die Klingel gibt keinen Ton von sich, er klopft erneut. Nichts rührt sich. Felix will ums Haus gehen, als er von hinten eine Stimme hört. Sie ist alt, schmerzt in den Ohren, der Tonfall ist alles andere als höflich. Doch sie kommt ihm bekannt vor. Eine alte Frau vor der Gartentür, der Oberkörper lehnt auf dem Rollator. Über den gräulich-blonden Haaren trägt sie eine beige Wollmütze mit einer goldenen Brosche. Dazu einen hellbraunen Trenchcoat, der offen vom krummen Rücken hängt. Felix geht einen Schritt auf sie zu, sie sieht sich um, sucht nach anderen Menschen.

»Keine Angst, ich tue Ihnen nichts.«

Sie taxiert ihn, sagt: »Vor dir habe ich keine Angst, Felix.« Sie überlegt, setzt fort: »Du bist es doch, oder?«

Jetzt ist es Felix, der sie mustert. Er kennt sie, aber das ist lange her.

»Frau Obermaier?«

Sie nickt. »Du hast dich kaum verändert. Hast du Kinder? Eine Arbeit?«

»Beides.«

»Und, läuft es gut? Das muss doch Jahre her sein.«

»Fünfzehn mindestens.«

»Wie die Zeit vergeht. Ich bin jetzt siebenundachtzig, musst du wissen. Da ist jeder Tag ein Geschenk. Magst auf einen Kaffee vorbeikommen?«

»Tut mir leid, ich habe keine Zeit. Sie wissen nicht zufällig, wo der Herr Hermann ist?«

»Diese Jugend, die hat nie für etwas Zeit. Mein Sohn arbeitet den ganzen Tag. Den sehe ich vielleicht einmal im Jahr. Dann bleibt er eine halbe Stunde und spielt mit dem Telefon. Das hats zu unserer Zeit nicht gegeben. Der Vater hätte uns den Gürtel spüren lassen, wenn wir am Tisch mit so was gespielt hätten. Aber heutzutage, diese Erziehung. Mit achtzehn ein Auto, flott auf Urlaub, von der Arbeit keine Ahnung. Ach, ich sags dir.«

Sie setzt sich auf den Rollator, seufzt, senkt den Kopf. Eine Träne verlässt die Wange, zerplatzt auf dem Asphalt. Felix möchte vorbei, die Situation hinter sich lassen, sieht sich nach Fluchtmöglichkeiten um. Nur Hecken und eine alte Frau, die in Selbstmitleid versinkt.

»Frau Obermaier, wissen Sie, wo der Herr Hermann ist?«

»Abgeholt. Deportiert. Vor Jahren schon. Vom eigen Fleisch und Blut. Ich habs gesehen, wie sie dagestanden haben, die Tochter mit dem Afrikaner. Froh waren sie, dass er endlich aus dem Haus ist. Da fragt man sich, ob man nicht der nächste ist. Die brauchen einen nicht mehr. Nur das Geld soll man pünktlich abliefern, verstehst du? Aber du bist anders, ich sehe das. Du bist ein guter Junge.«

»Frau Obermaier, wissen Sie auch, wo der Herr Hermann hingebracht wurde?«

»Der lebt sicher nicht mehr. Das ist die letzte Fahrt, die man macht. In so eine Todesfabrik, wo sie dir das Geld aus der Tasche ziehen, bis du weg bist.«

»Wissen Sie auch, wo diese Todesfabrik ist?«

»Du siehst das auch so, gell? Der arme Winfried. Der arme Winfried. Er war doch so ein guter Mensch. Ohne den, ich sags dir Felix, ohne den wär ich ganz verloren gewesen.«

»Frau Obermaier, wo ist er?«

»In Nonntal, glaub ich. Da hast du den Ausblick in den Garten. Damit sie dich quälen können, weil hinaus lassen sie dich sowieso nicht. Dann lachen sie dich aus, weil du nicht mehr kannst. Du musst mir versprechen, dass sie mich da nicht hinbringen, Felix. Versprich mir das.«

Felix senkt das Kinn, füllt die Backen mit Luft, presst sie leise hinaus.

»Du kommst mich einmal besuchen, ja? Nicht so wie mein Bub, die undankbare Krätzen.«

»Wenn es nicht heute sein muss.«

»Aber bald. Vielleicht rufst vorher an, dann koch ich uns was, ja? Trinkst du Bier? Dann musst' mir sagen, welches. Ich mag ja das Stiegl überhaupt nicht. Viel zu viel Kohlensäure. Da krieg ichs mit dem Magen …«

Nicht nur du. Hoffentlich hat sich das ausgezahlt und Opa Hermann ist noch in der Todesfabrik.

Haldol und Gewacalm haben den erhofften Schlaf gebracht. Der Serbe hat sich nicht gerührt, Darius hat den Pfleger gebeten, nach ihnen zu sehen. Wahrscheinlich wartet er auf die Gelegenheit, *seine* Gelegenheit, ihn zu ersticken, abzustechen, totzuprügeln. Aber nicht, bevor er hat, was er will. Das Glas bekommt er nicht, dafür war alles Bisherige zu kostspielig.

Du musst hier raus, verdammt. So schnell wie möglich. Wenn er draußen ist, müssen sie ihn erst mal finden.

Darius steht vor dem Dienstzimmer des Pflegepersonals, klopft verhalten. Niemand meldet sich, er verstärkt das Klopfen. Der, mit dem er gestern eine rauchen war, kommt heraus, sieht ihn an, fragt: »Willst du rauchen gehen?« Ein Grinsen, das ihm gleich vergeht.

»Was ist los? Geht es dir nicht gut?«

Wie solls dir schon gehen? Der Serbe will ihn umbringen. Wie würde es ihm denn gehen?

»Ich will den Richter endlich sehen.«

»Warte einen Moment. Ich komme gleich wieder.«

Der Pfleger geht zum Telefon, spricht mit gedämpfter Stimme, kommt zurück zu Darius.

»Diese Woche sieht es schlecht aus. Der für uns zuständige hat sich krank gemeldet. Und seine Vertretung auch. Du wirst Geduld haben müssen.«

»Ich will sofort mit ihm sprechen. Das ist mein Recht.«

»Ich kann dir nur sagen, was mir die Ärztin gesagt hat.«

Verdammte Nazis. Das machen die absichtlich. Darius sieht ihn an, zieht die Augenbrauen zusammen. »Da lässt sich echt nichts regeln? Ich weiß, ich habe Schwierigkeiten gemacht, aber ich will mich bessern. Ehrlich.«

Ein ungläubiger Blick, den Darius ignoriert.

»Ich verstehe dich ja. Aber ich kann dir nur sagen, was ich dir gerade gesagt habe.«

»Dienstag?«

Der Pfleger nickt. »Dienstag. Fix.«

Darius streckt ihm den Zeigefinger entgegen, schmunzelt, wiegt den Kopf hin und her. »Dann will ich mal nicht so sein. Ist ja doch recht schön hier.«

Darius' Zeigefinger wippt mit dem Takt der Worte. Ein Lächeln, in Unglauben getränkt, im Widerstand verebbt.

Eine Woche in diesem Loch. Eine Woche überleben.

Wie soll das denn gehen?

Darius dreht sich um, schleppt sich in Richtung des Zimmers, der Pfleger läuft ihm hinterher. »Darius, bleib mal stehen.«

Er kommt zu ihm, nimmt ihn am Hinterkopf, vorsichtig, drückt ihn nach vorn.

»Wann hast du das gemacht?«

»Wann soll ich was gemacht haben?«

Der Pfleger nimmt Darius' Finger, führt ihn hinter sein Ohr. Der Finger kreist ein wenig, fühlt die Kruste, behutsam, es brennt. Ein Moment vergeht, der Pfleger kehrt zurück, mit einer Flasche und ein paar Tupfern. Er drückt die Spitze gegen den Mull, sagt: »Das kann ein wenig brennen.«

Es fühlt sich kühl an, dann kommt das Brennen. Der Tupfer in der Hand des Pflegers hat sich rot gefärbt. Darius fährt die Wunde entlang, horizontal, schräg hinab, horizontal. Wiederholung, die Sache wird klarer.

Alles in ihm fällt, die Schwerkraft zieht ihn unaufhörlich an. Plastik knallt auf den Boden, ein Griff unter seine Achseln, alles wird weich, schmiegt sich an das Linoleum.

Die Welt wird dunkel, verschwindet hinter einem Schleier, das Herz tanzt Tango. Ferne Stimmen, verlangsamt, dumpf, eine Hand berührt die Wange. *Scheiße, wann hat er das gemacht?*

Verliebt. Das Wort klingt in Andreas Ohr wie eine Kirchenglocke. Ein Gefühl, das sie schon lange herumträgt, gegen das sie sich stets gewehrt hat. Srečko, Felix Horvat, ein großes Kind, das mit der Vergangenheit nie richtig abschließen konnte. Ein Kind, das nicht mit seinen Eltern spricht. Warum, will er ihr nicht sagen. Verschlossen wie ein Banktresor, dessen Kombination er selbst vergessen hat.

Entspricht das deiner Vorstellung von Familie?

Ein zerrüttetes Geflecht? Kinder ohne Großeltern?

Freundschaft ja, ein bisschen Spaß o. k., aber eine Beziehung? Er geht nicht einmal einem richtigen Beruf nach. Personenschutz in einer Detektei, von der jeder weiß, dass sie mit unlauteren Mitteln arbeitet, was aber niemand beweisen kann. Beschattung untreuer Ehemänner, Fahrzeugrückholung für Versicherungen, ein dubioses Geschäft. Auch wenn manchmal Informationen für sie abfallen, bleibt es am Ende doch eine zwielichtige Angelegenheit.

Ab und zu den Clown mimen für eine Unterweltgröße, unter der Hand, versteht sich. Leute, die sich dem Gesetz entziehen, mit einem Grinsen im Gesicht. Sie kann in so einen Typen nicht verliebt sein. In diesen großen Jungen mit dem südländischen Touch, den Muskeln, dem ... *Scheiße, hör auf.*

Das bringt sie keinen Schritt weiter. Sie muss sich aus dieser Lage befreien, den Nowak schadlos halten.

Sonst ist ihr Ruf ruiniert, sind die Anstrengungen umsonst gewesen. Das kümmert dann niemand mehr. Jetzt ist es wichtig, einen kühlen Kopf zu bewahren.

Zieh dich an, geh raus und lauf dir den Gram von den Rippen.

Andrea ist nach Siezenheim gefahren, an die Saalach, hat die Kawa an den Steg gestellt. In kurzen Hosen und Laufschuhen. Den Helm hat sie mit einem Stahlseil an die Sitzbank angeschlossen und ist im Wald verschwunden. Über einen schmalen Pfad, im Schatten der Bäume. Ein beliebter Weg bei Hundehaltern, Radfahrern und anderen Joggern. Unter der Woche sind wenige unterwegs. Sie passiert einen kleinen See, umrundet ihn fast, läuft durch ein militärisches Übungsgebiet.

Im Herbst hält sich der Nebel über der Wiese, hüllt die Stände der Jäger in etwas Mystisches. Als ob Geister über die Wiese tanzten.

Sie beschleunigt die Schritte, als John Bonham den *Immigrant Song* eröffnet, Robert Plant ins Mikrofon schreit. Sie bewegt die Lippen dazu, reißt den Mund auf, hört die Schritte nicht mehr, die sich in den Schotter hacken, den Wald näher zu ihr ziehen. Ein Wald, zu symmetrisch, um natürlich zu sein. Baumstämme, die am Wegrand liegen, Laken, die sich auf dem Weg breitmachen, die sie einfach überspringt. Es ist wie fliegen, als ob die Füße den Boden nicht berühren würden. Sie biegt ab, an die Saalach, die im Frühjahr letzten Jahres Freilassing unter Wasser setzte, über den Hammerauer Steg.

»Hey, hey, mama said the way you move gonna make you sweat, gonna make you groove«, kreischt Robert Plant ins Mikrofon. Jimmy Page steigt ein, lässt die Finger über die Bünde gleiten. Die Hüften folgen dem Takt, schaukeln einen Moment, drücken sie weiter vorwärts.

Das Herz hämmert das Blut in den Schädel, ihre Beine sind Baumstämme. Zehn Minuten, gefühlte zwei, sie erreicht den Steg, Robert Plant kommt zur Ruhe, jammert: »*Babe, baby, baby, I'm gonna leave you.*« Sie reißt sich die Stöpsel aus den Ohren, hängt sie um den Hals und kreuzt den Fluss, wo ihre treue Freundin wacht. Sie sperrt den Sitz auf, hängt den Helm an den Seitenspiegel, zieht sich ein frisches T-Shirt an und wirft einen Blick aufs Telefon.

Heute Nachmittag, drei Uhr. Maria.

Hatten wir nicht den Abend vereinbart? LG, Andrea.

Ich riskiere genauso viel wie Sie. Vertrauen Sie mir einfach.

Anders geht es wohl nicht. Antwort: *In Ordnung.*

Hoffentlich bringt das Gespräch Besserung. Er ist ein Junkie, sonst wäre er nicht dort. Bei Junkies dreht sich alles nur um das Eine: Wie komme ich zur nächsten Dosis?

Vielleicht hilft Bargeld. Wäre das Bestechung?

Nennen wir es eine Investition in die Zukunft.

11

Eine geübte Nase könnte alles erkennen. Die feine Note von Kot und Urin, Hirschtalg, Zink, Dexpanthenol und Eucerit. Der Geruch erfüllt das ganze Haus, schwebt in der Luft wie ein Nebel. Er übertönt die letzten Stunden, das nahende Ende. In einem Gebäude, das viele dorthin begleitet hat. Vor dem großen Park, dem breit angelegten Weg, in dem die noch Gehenden ihre Kreise ziehen. Hier ist die Zeit relativ, dehnen sich die letzten Jahre zur Unendlichkeit. Hier sitzen die Alten, warten auf das Unausweichliche, meist in Stille. Ihre Blicke gehen ins Nirgendwo, verharren dort, bis sie vom Duft der Mahlzeiten zurückgeholt werden.

Felix hat nach Winfried Hermann gefragt, einen erstaunten Blick geerntet. Besuch bekomme er selten, und wenn, von seiner Tochter, die nicht lange bleibe. Ihn kenne sie nicht, aber wenn er ihn kennen würde, ginge er nicht zu ihm. Felix hat geantwortet, dass er ein Freund von Darius sei, nicht gewusst habe, dass Winfried hier liege. Sie hat ihm die Zimmernummer gesagt und den Rat gegeben, nicht zu viel zu erwarten. Schwere Demenz, mit einem leichten Hang zur Aggression. Wenn es Schwierigkeiten gebe, solle er läuten und sich in Sicherheit bringen. Er wäre nicht der Erste, der einen Biss abbekäme.

Felix hat nur genickt, sich in den zweiten Stock aufgemacht. Klopfen, er öffnet die Tür, neugierig, ein Blick durch den Spalt. Staub tanzt durch die Luft, wirbelt herum. Opa Hermann sitzt in einem Rollstuhl, betrachtet den Park durch die halb geöffnete Jalousie. Um den Bauch ein Laken, das hinter dem Rollstuhl zusammengebunden ist.

Er trägt eine Weste aus Wolle, ein Hemd, noch ohne Flecken, eine gebügelte Cordhose. Dazu Schuhe mit einem Reißverschluss in der Mitte. Ein Farbton zwischen Blau und Grau, passend zur Hose und dem Rollstuhl. Felix nähert sich langsam.

»Herr Hermann, ich bin es. Felix.« Keine Reaktion.

Felix nimmt sich einen Stuhl, setzt sich neben ihn. Er dreht den Kopf, mustert die Falten, die schwer tragen an der Vergangenheit, die müden Augen, die aus Kubikmetern Trauer bestehen. Felix legt ihm die Hand auf die Schulter. Alles kommt in ihm hoch. Die Jugend, die Flausen, die Gang, wie es hätte enden können mit ihm. Winfried Hermann: Ein Brauner, der etwas für die Jugend übrig hatte, alles dafür tat, dass ihnen durch die eigene Dummheit die Zukunft nicht verloren geht. Ob der Erfahrungen im Dezernat für Ausländerkriminalität. »Besser es nimmt uns einer die Arbeit weg als unsere Kinder«, hat er des Öfteren gesagt. Damals war er voll der Überzeugung, in jeder Hinsicht.

Ein eigenartiges Gefühl überkommt Felix, als er ihn berührt. Als ob er ihm etwas zurückgegeben möchte, das er nicht zurückgeben kann.

»Herr Hermann. Können Sie mich verstehen?«

Er dreht den Kopf langsam zu Felix, taxiert ihn, sein Blick bleibt auf ihm haften. Er hebt die Schultern, drückt das Kinn nach oben, sucht krampfhaft in der Erinnerung.

»Ich bin wegen Darius hier.«

»Hmmm. Darius. Wer soll das sein?«

»Ihr Enkel.«

»Enkel hätte ich gern gehabt. So ein Großvater sein, das wär doch was. Die Greti heiraten, vielleicht zwei, drei Kinder. Aber Darius würde der nicht heißen. Eher Florian, wie der Heilige.«

»Herr Hermann, wissen Sie, wer ich bin?«

»Felix hast du gesagt. Haben dich auch die Amis erwischt?«

Die Amis. Felix hat darüber gelesen. Dass mit dem Grad der Demenz die Erinnerung verloren geht, erst in der Kindheit Halt macht. Es trifft ihn, erschlägt ihn beinahe. Der einst stolze Mann, ihr Retter, ist nicht mehr da.

Verloren im Krieg, *seiner* Gang.

Spiel mit, möglicherweise erfährst du etwas. Helfen wird er ihm nicht können.

»Ja, das haben sie.«

»Die sind um nix besser. Lassen unsere Leute verhungern. Bald kommt der Winter und wir sind noch immer hier eingesperrt. Wir müssen weg, Felix, weg von da. Sonst erfrieren wir. Verstehst, wir erfrieren. Bitterer Reis, bitterer Reis.« Pause, ein Seufzer. »Kannst du schießen?«

Felix senkt den Kopf, Opa Hermann erwacht aus der Starre.

»Du schaust aus wie ein wilder Hund. Da vorn steht ein Jeep, den schnappen wir uns. Ich fahre, du schießt. Dann schlagen wir uns nach Westen durch und weiter nach Süden. Ich bin nicht von der Ostfront weg, damit mich die Amis verhungern lassen.«

Felix, ein wilder Hund also. Felix presst Luft durch die Nase, schließt die Augen, bevor er sagt: »Winfried, weißt du etwas über das Pervitin?«

»Die waren ganz wild auf das Zeug. Ich hab das nie genommen. Die sind alle eingeschlafen. Dann ist der Russe gekommen und hat sie über den Haufen geschossen. Einfach so. Fast hätten sie mich gehabt. Hätte mich nicht eine Granate in den Heuhaufen geschossen, ich wär tot. Ich sags dir, ich wär tot. Die haben alle niedergemäht, alle …« Er fährt mit dem Daumen quer über den Hals, nickt, noch einmal, sieht aus dem Fenster.

»Bitterer Reis, bitterer Reis.«

»Hast du was mit heim genommen?«

»Siehst du das Haus da vorne? Da war ein Kommandoposten. Das schaut verlassen aus. Vielleicht finden wir da was.« Pause. »Schau in der Schublade, ob du was findest. Wir brauchen Verpflegung, wenn wir bis heim kommen wollen.« Pause. »Was schreiben wir drauf? Felix, was schreiben wir drauf? Ich weiß, was wir draufschreiben. Spanns ein, schreib: *Verstärkung der Heimatfront.* Weißt du, was das ist? Unser Fahrschein in die Heimat. Hoffentlich hat es die Greti geschafft. Die Tschechen, bei denen weiß man nie. Die machen alle einen Kopf kürzer. Schnell, Felix, wenn uns einer sieht. Die Kisten packen wir in den Stoewer und decken sie zu. Daheim teilen wir auf. Das lässt sich gut verkaufen. Besser als Zigaretten, sag ich dir. Hast du welche?«

Felix gibt ihm eine, kein Feuer, der Rauchmelder würde sie verraten.

»Amerikanische! Wo hast du die denn her?«

Opa Hermann nuckelt daran herum, sieht aus dem Fenster.

»Winfried? Winfried?«

Felix kneift ihn in die Schulter, Opa Hermann schüttelt die Hand ab.

»Weißt du eigentlich, was damals alles passiert ist? Wie wir gelitten haben? Hunger, Kälte, Mord und Totschlag. Das kannst du dir nicht vorstellen, Felix. Das kannst du dir nicht vorstellen. Bitterer Reis, bitterer Reis.«

Blick auf den Park, keine Regung mehr.

Besser als Zigaretten, mehrere Kisten. Wie viel von dem Zeug hast du wohl mitgehen lassen, Winfried?

15:00 Uhr. Eingang Psychiatrie, Klinikum *Links der Glan*. Die Ogrisek kommt aus dem Gebäude, ein Handschlag, sie sagt, dass es nicht so einfach mit ihm wäre und Andrea selbst sehen solle. Sie gehen in den Raum, wo sie sich zuvor getroffen haben, Andrea nimmt Platz. Die Ogrisek verlässt das Zimmer und kommt mit Darius zurück. Er würdigt sie keines Blickes, lässt sich mit hängenden Schultern in den Sessel gegenüber fallen. Die Ogrisek kommentiert, dass sie draußen warte.

»Wir kommen zurecht, danke.«

»Kommen wir das?«, murmelt Darius.

»Ja, ich denke schon. Wenn du weißt, wer ich bin.«

»Wer bist du denn?« Betonung auf »du«.

»Ich bin eine Freundin von Felix. Felix Horvat, falls du mehrere kennst. Deshalb finde ich es auch in Ordnung, Du zu sagen. Passt das für dich?«

»Ich bin kein Kind.«

»Wir können uns auch siezen, wenn Sie das möchten, Herr Hermann.«

»Sag, was du willst.«

»Was hast du hinter dem Ohr?«

»Nichts.«

»Das sieht aber nicht nach nichts aus.«

»Ist es aber. Nichts.«

Wie du meinst. Du bist also Felix' Freund.

Kein Wunder, dass er das Weite gesucht hat. Wobei man sich fragen muss, mit welchen Leuten er unterwegs war.

»Ich komme zur Sache. Du bist in Gefahr, das ist dir hoffentlich klar. Ich weiß zwar nicht, warum, aber es hat wahrscheinlich etwas mit Drogen zu tun.«

»Du bist ja ganz schlau. Hat er dich deshalb geschickt?«

»Er hat mich nicht geschickt. Ich bin selbst gekommen.«

»Noch besser. Hast du keine Freunde?«

»Felix zum Beispiel. Das sagte ich bereits.«

»Der hat keine Zeit, deshalb gehst du Psych-Patienten auf die Eier, oder was?«

»Ja, aber nur denen, die welche haben.«

»Sehr witzig.«

»Ich glaube, du weißt gar nicht, was los ist. Wenn du rauskommst, wartet die Polizei auf dich. Das Erste, was die machen werden, ist, dich mit auf die Wache zu nehmen und zu verhören. Bist du schon einmal die ganze Nacht verhört worden?«

»Du willst das verhindern? Bist wohl Batgirl oder so was.«

»Wenn schon, dann Catwoman.«

»Catwoman, Batgirl, Freakazoid. Wen kümmerts?«

»Warum genau willst du nicht mit mir reden?«

»Weil ich mit der Kieberei nicht rede.«

»Ich bin nicht als Polizistin da. Ich will dir helfen.«

»Ach so, die Leier.«

»Na gut, wie du meinst«, sagt Andrea, steht auf, geht zur Tür, klopft. »Wenn du nicht mit mir reden willst, dann mit den Uniformierten, dem LKA oder denen, die deinen Freund umgebracht haben.«

Ein Moment vergeht, die Ogrisek öffnet.

»Wir sind fertig«, sagt Andrea, die Ogrisek schließt ab und macht eine Kopfbewegung in Richtung der Teeküche. »Wir lassen ihn einen Moment. Vielleicht beruhigt er sich.«

»Tee, Kaffee?«

»Kaffee. Milch und Zucker bitte.«

Die Ogrisek leert Filterkaffee in eine Tasse, ein Schuss Milch, legt ein Säckchen Zucker dazu.

»Ich habe gesagt, es ist schwierig. Warum Sie sich die Mühe machen, mit ihm zu reden, ist mir ein Rätsel. Das Erste, was er machen wird, ist, sich etwas zu beschaffen.«

»Warum machen *Sie* sich die Mühe?«

»Weil es manchmal funktioniert, wir die Leute in ein normales Leben begleiten können. Nicht bei allen und nicht beim ersten Mal, aber für die, bei denen es funktioniert, lohnt sich das. Und bei Ihnen?«

»Wir haben schon einen Toten. Ich denke, dass sie auf ihn warten. Bei den Serben dreht sich viel um Respekt um Ehre. Die lassen sich ungern verarschen.«

Die Ogrisek verharrt in der Bewegung, reicht ihr den Kaffee. »Serben, sagen Sie?«

»Ja, Serben. Irgendein Klan, Mafia, Ex-Regierungsorganisation, Paramilitärs. So etwas in der Art. Leute, die zum Lachen in den Keller gehen. Um eine Geisel zu foltern.«

»Die Serben also?«

»Jep.«

Die Ogrisek lehnt sich über den Tisch, fixiert Andrea.

»Wir haben eine Neuaufnahme. Drogeninduziert, aber nicht so wie die anderen. Er sieht nicht aus wie ein Junkie, trägt nicht die Gebrauchsspuren. Sicher ein Milieu, aber nicht das.«

»Das könnte einer von denen sein. Was können wir dagegen tun?«

»Nichts. Er ist Patient und hat ein Recht auf Behandlung. Da sind mir die Hände gebunden.«

Andrea steht auf, schnalzt mit der Zunge, die Ogrisek folgt ihr.

Sie geht zu Darius, wirft die Tür ins Schloss, stützt die Handgelenke auf den Tisch und starrt Darius an.

Er dreht sich weg, verschränkt die Arme, vergräbt den Kopf im Kragen.

»Was wird das? *Good cop*, *bad cop* für Arme?«

»Du bist ein richtiger Idiot. Nicht nur so ein bisschen. Das muss man erst mal schaffen. Nicht nur, dass dein Freund tot ist. Du tust alles dafür, dass es dir genau gleich ergeht, wehrst ab, die dir helfen wollen. So ein richtiger Idiot eben. Typisch Junkie. Nur das Zeug im Kopf. Was hast du eigentlich genommen?«

»Das geht dich gar nichts an.«

»Sag ich ja, ein Idiot.« Sie schüttelt den Kopf, klatscht die Hand auf den Tisch. »Wie lange glaubst du, lässt dich der Serbe noch am Leben? Ein, zwei Tage? Bis er weiß, wo das Geld oder die Drogen sind?«

Darius setzt sich auf, sieht sie an.

»Woher weißt du von ihm?«

»Das geht dich nichts an. Ich weiß es eben. Und ich habe so eine Ahnung, dass er wegen dir hier ist.«

»Soll er mich doch umbringen. Dann ist es wenigstens vorbei.«

»Ja, das ist eine Lösung. Du könntest uns auch helfen, ihn zu schnappen.«

»Wie soll ich das anstellen?«

»Du wirst randalieren, aber so richtig. Du musst verlegt werden. Auf der Forensik bist du erst mal sicher. Dass er dir folgen kann, ist unwahrscheinlich.«

»Aber nicht unmöglich.«

»Überleg es dir. Ich werde noch mal mit deiner Ärztin sprechen. Aber es ist wichtig, dass er nichts mitkriegt. Es muss so
aussehen, als ob sie nicht anders können.«

»Und dann?«

»Dann wird er versuchen, so schnell wie möglich hinauszu-
kommen. Dann haben wir ihn. Sobald er nur einen Zeh vom
Gelände bewegt, gehört er uns.«

»So wie ich.«

»Bist doch gar nicht so dumm.«

Darius schiebt den Unterkiefer vor, dreht die Pupillen zur
Nasenspitze, salutiert mit gespreizten Fingern.

»Dankeschöööön.«

Andrea geht zur Tür, pocht die Fingerknöchel dagegen. Sie
geht raus, sagt der Ogrisek, dass er Bescheid wisse. Die Ogrisek
nickt, sperrt das Schloss in die normale Welt auf.

Gott sei Dank kannst du raus.

12

Felix hat auf die Dämmerung gewartet, das Haus observiert. Niemand ist hineingegangen, niemand herausgekommen. Keine Spur von der Obermaier. Er hat die Fireblade zwei Häuser weiter abgestellt, geht hinter das Haus, die Treppen zum Keller hinab. Er holt den Schlüssel unter dem Blumentopf hervor, Bingo, sperrt die Tür auf. Es dauert einen Augenblick, bis sich die Augen an das karge Licht gewöhnt haben.

Die Falltür an der Decke ist verschlossen, es riecht nach fauligen Äpfeln und Moder. Er schließt die Tür, knipst die Taschenlampe an und schwenkt sie durch den Raum. Regale aus Holz, zwei Kisten brauner Äpfel, die sich kaum merklich bewegen, wahrscheinlich Würmer, eine Kiste Bier, ein paar staubige Flaschen Wein. Die meisten Regale sind leer, wirken ausgeräumt oder nie benutzt. Er öffnet die Falltür, hängt sie an den Haken, streicht den Lichtkegel die Wand entlang. Hinter ihm das Bad, klein gehalten in Blau-Weiß. Eine Badewanne, ein vergilbter Duschvorhang, eine Waschmaschine. Zwei Becher mit jeweils einer Zahnbürste, eine Tube Zahnpasta vom Discounter. Keine Kisten.

Er geht an der Falltür vorbei, nach rechts ins Schlafzimmer, hört das Brummen der Kühltruhe. Er schaltet die Lampe ab, geht am Fenster vorbei in den Abstellraum, dem Brummen nach. An die fünfhundert Liter, die Dichtungen lassen sich nur schwer voneinander trennen. Vereistes Fleisch, Gemüsemischungen in Plastik, Fertignahrung. Felix sieht sich um, dreht sich im Raum, zündet sich eine Zigarette an. Was, wenn hier nichts ist? Opa Hermann ist dement, Darius könnte alles weggeschafft haben.

Bleib ruhig, such weiter.

Darius ist kein kreativer Mensch. Er hat die Kisten maximal heraufgetragen, damit sie die Feuchtigkeit nicht noch mehr beschädigen kann. Er geht zurück in die Küche, eine Bank in der Ecke, ein handgemachter Holztisch und ein Schwarz-Weiß-Fernseher. Er sucht in den Kästen, unter dem Tisch. Nichts, das einer Kiste ähneln könnte. Ein tiefer Zug, ein Blick, die Fersen knarren die Treppe hinauf.

Das Schlafzimmer von Darius' Großvater. Ein Bett unter dem Aquarell einer Madonna, zwei Nachtkästchen. Auf dem linken: Kopfhörer und ein Pornomagazin, am Fußende des Bettes hängen Hoodie und Jeans. Daneben ein Eimer, Alufolie und Einwegspritzen. Die eine Hälfte verpackt, die andere benutzt. Auf der Alufolie sind Pulverreste, die der Farbe der Tablette ähnlich sehen. Die Jalousien sind geschlossen, Felix drückt den Lichtschalter und beugt sich hinab. Unter der Alufolie liegt ein silberner Teelöffel, auf der Unterseite angeschwärzt, in der Mulde sind gelbliche Reste.

Er geht zum Fußende des Bettes, öffnet den Kleiderschrank und findet, was er sucht. Vier Kisten, die den Reichsadler tragen, die oberste ist offen, darin befinden sich die Röhrchen, die Felix im Internet gesehen hat.

Pervitin. Wachhaltemittel. Vorsicht!

Anhand des Preises beim Türken ein kleines Vermögen. Eigentlich klar, dass das jemand haben wollte. Vor allem, wenn das Zeug wirklich so rein ist.

Worauf hast du dich eingelassen?

Die haben Werner getötet, ohne mit der Wimper zu zucken. Wenn Darius nicht in der Psychiatrie wäre, gäbe es ihn auch nicht mehr.

Felix wirft die Tür des Kleiderschranks zu und geht ins Esszimmer. Dort präsentiert sich ein ähnliches Bild. Alufolie auf dem Tisch, leere Bierflaschen und ein überquellender Aschenbecher.

Felix drückt die Zigarette aus, sieht aus dem Fenster. Nichts. Offenbar wissen sie nicht, wo er das Zeug gelagert hat, wahrscheinlich nicht einmal, dass er hier wohnt. Möglicherweise ist er woanders gemeldet. Das musst du Andrea sagen. Sie muss es wissen. Felix nimmt das Telefon, lädt ihren Kontakt. Solltest du nicht zuerst Darius mit der Wahrheit konfrontieren?

Darius geht in sein Zimmer, setzt sich aufs Bett, sieht zu dem Serben hinüber. *Überleg dir, was die Polizistin gesagt hat. Das ist deine Chance.* Er zwinkert ihm zu, schreit, stürzt auf ihn los. Er packt ihn am Hals, der Serbe schreit ebenfalls, schüttelt ihn ab. Darius nimmt die gesamte Kraft zusammen, bündelt sie in der Schulter und rennt auf ihn zu. Der Serbe weicht aus, Darius springt ins Leere. Der Serbe packt ihn von hinten, klemmt den Kopf im Ellbogen ein, lässt seinen Arm einrasten. Darius windet, streckt sich, rammt ihm den Ellbogen in den Magen. Der Serbe krümmt sich, Darius wirft sich auf ihn, packt ihn an der Gurgel, drückt zu.

Jetzt gehört er dir. Jetzt machst du Schluss mit ihm, dem Hund.

Eine Faust trifft Darius in der Flanke, ein Brennen durchzieht den Brustkorb, einen Moment bleibt ihm der Atem weg. Nichts, was ihn abhält, den Serben festzuhalten. Noch ein Schlag, Darius ringt nach Luft, hält sich die Flanke. Er lässt ab von dem Mann, setzt sich neben ihn, atmet gegen den Schmerz.

Darius sieht ihn an, sein Brustkorb hebt und senkt sich im Stakkato, der Serbe hält sich den Hals. Er versucht etwas zu sagen, aus der Kehle entweicht nur ein Gurgeln.

Darius setzt ein Grinsen auf, die Atmung geht heftig, er schließt die Augen. Nur einen Augenblick. Dann trifft ihn eine Faust, er sieht nur Sterne, liegt am Boden, der Serbe über ihm. Darius' Arme fixiert er unter den Knien, ein bohrender Schmerz, der Serbe greift in die Gesäßtasche und holt ein Messer hervor. Nicht groß, aber scharf und spitz. Das könnte die Klinge sein, die ihm das Z hinter das Ohr geritzt hat. Der Stahl an Darius' Kehle, der Atem wird flacher, die Augen fixieren die Bedrohung.

»Mach doch. Dann erfährst du nie etwas.«

»Keine Sorge, mein Freund, das krieg ich schon raus.«

Der Serbe führt das Messer über den Hals, die Klinge bleibt, warme Flüssigkeit läuft auf der Seite hinab. Darius ergibt sich der Ungewissheit, lässt sich sinken. Wenn er die Arme frei hätte, würde er sie ausbreiten und sich dem Schicksal stellen. So spürt er nur die Kniescheiben des Serben, die das Blut nicht in die Unterarme lassen.

Der Serbe nimmt das Messer weg, fährt über den Schnitt, ein Brennen, Darius zuckt weg. Der Serbe führt den Finger zum Mund, sieht ihn an und wischt ihm das Blut ins Nachthemd.

»Früher haben sie das Blut der Feinde getrunken, um deren Stärke aufzunehmen. Bei euch Junkies wohl keine gute Idee.«

Darius sammelt Spucke im Mund, schleudert sie ihm entgegen. Er weicht aus, die Ladung trifft die Wange. Der Serbe legt den Kopf nach hinten und lässt ihn auf Darius niederfahren. Ein Augenblick im Nichts, im Reich der Sterne, dann ist er zurück im Diesseits. Alles ist dumpf, fern, der Schmerz aus den Armen verschwunden. Darius zwinkert krampfhaft die Sicht herbei. Der Serbe ist verschwunden, das Messer liegt vor ihm auf dem Boden. Darius stützt sich auf die Ellbogen, der Serbe hängt in den Armen zweier Hünen in Weiß, die bei jeder Bewegung den Griff enger machen.

Er grinst Darius an, formt die Worte mit den Lippen: »Du bist tot, mein Freund. Tot.«

Ein Arzt stürmt herein, kniet sich neben Darius, begutachtet ihn.

»Alles in Ordnung?«

Er nickt, der Arzt sieht sich die Wunde am Hals an.

»Ich habe angefangen.«

Der Arzt seufzt, blickt ihm tief in die Augen. »Wir werden uns was überlegen müssen.«

Dann dreht er sich zu den Hünen um, sagt: »Strikte Trennung der beiden. Ich will, dass ihr sie im Auge behaltet. Wir brauchen hier keine Toten.«

13

Ein Telefongespräch mit Andrea. Bestandsaufnahme, Planung weiteren Vorgehens. Sie kennen die Fakten, haben Puzzleteile ausgetauscht. Das Pervitin, der Serbe, alles findet zusammen.

Felix will mit Darius sprechen, er soll sich beeilen. Wenn er ihrem Plan folgt, ist er nicht mehr lange auf der Station, wird auf die Forensik verlegt. Dort hat niemand mehr Zugriff auf ihn. Danica scheidet aus, das würde unter Umständen zu lange dauern. Andrea hat ihm die Nummer der Ogrisek gegeben, er ihr eine SMS geschickt, wer er ist und was er möchte.

Die Ogrisek: *Kommen Sie um 14:00 Uhr zu uns.*

Felix steht vor der Tür, klingelt. Es dauert nicht lange, ein Pfleger kommt, öffnet ihm die Tür und führt ihn in ein Zimmer. Darius sitzt auf einem Sessel, wendet den Blick nicht vom Fenster ab. Felix nimmt ihm gegenüber Platz, sucht Blickkontakt. Ein Augenblick vergeht, bis Darius versteht, wer er ist. Er steht auf, umarmt ihn wie einen verlorenen Sohn.

Felix erwidert die Nähe, sagt ihm, dass er sich setzen soll, er etwas zu besprechen habe. Darius sieht ihn an, Unverständnis im Blick.

»Ich war im Haus von deinem Großvater.« Pause. »Nachdem ich bei ihm im Heim war.«

Eine gefühlte Ewigkeit vergeht, bis Darius antwortet:

»Du gibst also zu, dass du in mein Haus eingebrochen bist.«

Felix nickt. »Er hat es dir vermacht?«

»Wem sonst? Meiner Mutter vielleicht? Du weißt ja, mit wem sie verheiratet war.«

Mit einem, der dunkler ist als du und seine Gene nicht in sich trägt.

»Er hätte es der Kirche vermachen sollen. Gott sei Dank ist er dement.«

»Bist du gekommen, um mich zu beleidigen? Dann ist es besser, wenn du gehst.«

»Ich bin gekommen, weil ich gesehen habe, dass du Schwierigkeiten hast. Blech rauchen, Glas spritzen. Was ist los mit dir?«

»Seit wann interessierst du dich für das, was mit mir passiert?«

»Immer schon. Du wolltest doch keinen Kontakt mehr mit einem, der nicht zu hundert Prozent bei der Gang war. Dann lieber ohne mich, hast du gesagt.«

»Wir hätten dich gebraucht. Erinnerst du dich nicht an unseren Schwur?«

»Hast du das gesagt oder nicht?«, fragt Felix.

»Ja, vielleicht … aber der Schwur, Felix.«

Niemals erwachsen werden, sich niemals dem System ergeben wie die Eltern. Wenn es einer aus dem sozialen Sumpf schafft, muss er den anderen helfen. Verblasst, versandet, ertrunken in der Zeit.

Du wusstest doch, dass das nicht ewig halten würde.

Ihr alle wusstet das.

»Immer sind die anderen schuld. Hat sich nichts geändert.«

»Weißt du noch, als wir mit dem Einkaufswagen durch den McDrive gefahren sind? Nichts an außer Unterhosen. Die haben geschaut, aber gekriegt haben wir trotzdem was. Denkst du nie daran zurück?«

Das Kapitel muss ein Ende haben. Das reibt dich nur auf. »Was ist das mit dem Pervitin? Was soll der Scheiß? Haben wir dem Alk abgeschworen, damit du jetzt als Junkie endest, oder was?«

»Denkst du nie daran zurück, wie wir das Auto von Werners Oma genommen haben, er sich aufs Dach gelegt hat und wir im Kreis gefahren sind, bis er in der Wiese gelandet ist? Ist dir das alles egal? Geht es dir nur um die Drogen?«

»Sagt der Junkie.«

»Ich bin kein Junkie.«

»Und im Gefängnis sitzen nur Unschuldige.«

»Solls geben.«

»War Werner auch süchtig?«

»Der hat das Zeug nicht angerührt. Der hat nur an das Scheiß-Geld gedacht. Von Märkten geredet. Einen Chemiker wollte er, damit wir es nachkochen können.«

»Warum haben das die Serben nicht getan? Warum haben sie euch bedroht?«

»Der Werner hat gemeint, dass man dazu eine große Menge davon braucht. Eine Menge, die wir hatten. Die wollten sich den Markt nicht verderben lassen.«

»Und du hast nichts damit zu tun gehabt? Bist harmlos zu Hause gesessen und hast dir eine Dröhnung nach der anderen verpasst. Sag doch einmal die Wahrheit, Darius, nur ein einziges Mal.«

»Du musst reden. Bist du schon zur Polizei gegangen? Hast du denen schon alles erzählt?«

»Fang nicht wieder mit dem Scheiß an. Das ist Schnee von gestern.«

»Mord verjährt nicht.«

Felix' Eingeweide winden sich in der Vergangenheit. Warum fängt er damit an? Das ist lange vorbei.

»Das war ein Unfall, kein Mord.«

»Mindestens Totschlag.« Das erste Wort spricht er geduldig, betont jede Silbe.

»Verübt von einem arbeitslosen Ausländer. Unterlassene Hilfeleistung, Fahrerflucht und so weiter.«

Darius wedelt mit dem Finger den Worten hinterher, setzt ein Grinsen auf, das ihm Felix gerne entfernen möchte. Mit der Faust oder einer Kugel aus der ČZ. Dann hätte die Sache einmal ein Ende. Darauf würde es nicht mehr ankommen.

»Du warst genauso dabei, steckst genauso mit drin.«

»Was sollen sie mir denn tun? Niemand kann mir was, solange ich hier drin bin. Da ist selbst so was egal. Hat mir deine Freundin erzählt.«

»Irgendwann kommst du raus. Dann haben sie dich.«

»Das ist leichter, als du denkst. Ich hab mich schon informiert. Das kann Jahre dauern. Die du in Stein oder Garsten verbringst. Wo sie dich jeden Tag ficken, während du an dein liebes Töchterlein denkst. Dass du sie nie wiedersehen wirst. Und dich selbst dabei fühlst wie ein kleines Mädchen.«

Felix krallt die Hände in die Stuhllehnen. *Eigentlich musst du dich nicht zurückhalten.* Ein Mord mehr oder weniger macht keinen Unterschied.

»Was willst du?«

»Ich will, dass du das für mich regelst, wie es deine verdammte Pflicht ist, Scheiße noch mal. Du hast dich lange gedrückt vor deiner Verantwortung. Wir sind die einzigen zwei, die noch am Leben sind. Hast du keine Ehre? Bei den Serben geht es doch immer um Ehre und Respekt und so Scheiß. Hast du das verloren?«

»Wie soll ich das regeln? Hast du dir das schon überlegt?«

»Dir fällt sicher was ein. Du warst doch immer der Schlaue, der alles im Griff hatte, uns die Zukunft im Mund wässrig gemacht hat. Srečko Horvat, einer, dem die Jugos nicht genug sind, einer, der sich Felix nennt und irgendeine Schlampe heiratet und sesshaft wird. Das hast du doch selbst nicht geglaubt.« Er sieht ihn an, lässt den Blick auf ihm liegen, flüstert infantil: »Du bist einer von uns, Felix. Aus der Gang steigt niemand aus. Alles Bisherige war eine Pause, aber jetzt … sind wir wieder zusammen. Nur du und ich.«

Der ist verrückt. Völlig durchgeknallt. Da läuft das Rad im Dreck. *Sei froh, dass du weg bist von der Gang.* Wenn die alle so drauf waren wie der: Habe die Ehre. Trotzdem: *Denk an Enissa, zieh die Sache durch.* Dann ist endlich Schluss.

»Ich regle das für dich. Dann ist die Sache von damals aus der Welt. Wenn du das jemals erwähnst, bringe ich dich um. Kapierst du das?«

Darius nickt verhalten, schluckt, Felix wiederholt die Frage. Ein eindringlicheres Nicken folgt.

»Zuerst brauche ich Informationen. Wer sind die Serben? Es gibt viele Klans dort unten. Hast du einen Hinweis?«

»Eine Tätowierung. Ein Z hinter dem Ohr.«

»Immerhin. Hattest du Kontakt mit irgendwem, eine Adresse, Telefonnummer?«

Darius schüttelt den Kopf. »Das hat alles Werner gemacht.«

So wie er es sich vorgestellt hat. Faul und feige, lässt die anderen die Drecksarbeit machen. *So wie dich jetzt.*

»Dachte ich mir fast. Hatte er ein Notizbuch, ein Nummernverzeichnis, irgendwas?«

»Der hat alles im Handy gespeichert. Das hatte er immer dabei. Da war der echt paranoid.«

»Das werden sie ihm abgenommen haben.« Felix starrt durch ihn hindurch, lehnt sich vor. »Gib mir den Namen von dem Serben.«

Darius überlegt, verlangt nach Stift und Schreiber.

»Srdan Golubic?«

»Ist auf seinem Erkennungsband, oder wie man das nennt, gestanden. Das kriegt hier jeder.«

Er hält das weiße Band in die Höhe, dreht den Unterarm.

»Super. Sonst noch was?«

»Ja, er wollte mich abstechen.«

»Da ist er sicher nicht der Einzige.«

»Das solltest du auch noch regeln.«

»Das kann ich nicht regeln, du Idiot.«

»Dann hol jemand, der das kann. Du kennst doch Leute. Deine Jugofreunde. Die sollen das machen. Wär das was? Die haben eh alle Dreck am Stecken.«

Alles in Felix' Gesicht zieht zur Nasenspitze.

Warst du schon immer so ein Arschloch oder ist das ein Junkie-Issue?

»Übertreibs nicht, du …«

»Neger?«

»Arschloch. Wichser. Ruaß, Gschwerl, Krätzen.«

Darius grinst ihn an. »Ist das nicht dasselbe?«

Felix steht auf, tätschelt ihm die Wange. Darius lehnt sich dagegen, reibt sich daran. Felix streicht ihm über den Kopf, rubbelt durch das Haar.

»Nein, sonst wäre es dasselbe Wort.«

Gymnasium Zaunergasse. Felix lenkt die Fireblade vor die Schule, stellt sie in Sichtweite ab, gibt einmal Gas. Enissa steht mit ihren Freundinnen vor dem Gebäude, winkt ihm zu, lacht, sagt etwas zum Abschied. Er wendet das Motorrad, sie kommt näher, nimmt den Helm vom Sozius, setzt ihn vorsichtig auf.

Nicht, ohne sich vorher die Haare zurechtzulegen. Ein Blick zurück, sie richtet die Umhängetasche, hält sich an Felix' Jacke fest.

Erster Gang, das Publikum entschwindet aus dem Blickfeld. Rudolf-Biebl-Straße, vorne an die Kreuzung, an den stehenden Autos vorbei. Danach: grüne Welle, ein einziges Dahingleiten. Nach links, Neutorstraße, Tunnel, wieder runter in den Ersten. Der Motor heult auf, böllert, den Herbert-von-Karajan-Platz, die Münzgasse hinab, vorbei an der Getreidegasse, der Sankt-Blasius-Kirche. Reflektierender Schall, hie und da ein Finger im Ohr eines Passanten, Grinsen unter Felix' Helm.

Unauffällig gedrehte Köpfe der Gäste im Café, ein Augenblick Leerlauf, klick, Schlüssel, baden im Meer der Blicke.

Sie hängen die Helme an den Spiegel, setzen sich an einen der wenigen freien Tische.

Eine Brise zieht durch Enissas Haar, unterstreicht ihr strahlendes Lächeln. Ein Blick, der gerne erwidert wird. Er bestellt einen Espresso, Enissa einen Cappuccino. Entgegen dem Willen ihrer Mutter. Grenzwertig, aber mit seinem Gewissen durchaus vereinbar. Felix trinkt Kaffee, seit er vierzehn ist. Allein die Sache mit den Zigaretten will er ihr nicht gelten lassen. Zumindest nicht in seinem Beisein. Nur deshalb verzichtet er selbst darauf.

Einige Minuten stille Zweisamkeit, der Kellner bringt Kaffee, sie hat den Rücken durchgestreckt, die Beine übereinandergeschlagen. Gemächlich verrührt sie die Milch im Cappuccino, kein Zucker, um die Taille nicht unnötig zu verbreitern. Fast entweicht ihm ein Grinsen, das er im Ansatz erstickt und durch eine Frage ersetzt.

»Waren das deine echten Freundinnen oder nur welche, die du beeindrucken wolltest?«

Sie schnaubt, schwingt den Löffel durch den Milchschaum. »Wo ist da der Unterschied?«

»Keine Ahnung. In deinem Alter gibt es wahrscheinlich keinen.«

Er schiebt die Unterlippe vor, rollt mit den Augen.

»Wahrscheinlich nicht. Mit den Meisten kann ich sowieso nichts anfangen.«

»Das geht mir heute noch so.«

Sie sieht ihn prüfend an, verkneift sich das Lachen.

»Hattest du Freunde in meinem Alter?«

Er zuckt mit den Schultern, lässt die Hände hinter den verschränkten Oberarmen verschwinden. »Niemand, den mein Vater gut gefunden hätte.«

»Warum?«

»Die Zeiten waren einfach anders, die Menschen auch. Du kennst doch deinen Großvater.«

»Zu mir hat er nie etwas gesagt.«

»Das ist zwischen Großeltern und Enkeln anders.«

»Was ist anders?«

»Die Erwartung, denke ich. Die Wünsche, die Anforderungen. Die sind weniger oder gar nicht da.«

»War das bei deinen Großeltern genauso?«

»Keine Ahnung, ich kann mich nicht erinnern. Ich war zu klein, als wir geflüchtet sind.«

»Glaubst du, dass es so wäre?«

»Möglich. Die Zeiten waren irgendwie … härter.«

»Wegen dem Krieg?«

»Ich glaube nicht. Wegen den Menschen, der Armut, der ungewissen Zukunft.«

Felix stößt Luft durch die Lippen, hebt die Achseln. Schweigen, sie atmet tief ein, sieht an ihm vorbei, nähert sich langsam seinen Augen, flüstert: »Ich fahre heute zu ihm. Vielleicht kannst du mich hinbringen, ich meine, wenn du schon mal da bist, könntet ihr doch reden. Über Erwartungen, Anforderungen und so. Wenn du magst.«

Die Haltung vernachlässigt, die Unterlippe vorgeschoben, einen Moment sein kleines Mädchen, die Prinzessin.

»Spricht er manchmal über mich?«

»Wir reden generell nicht viel. Oma macht uns Essen, wir sehen fern oder gehen in den Park. Er fragt mich, wie es mir in der Schule geht, ob ich einen Freund habe. So Sachen halt.«

»Hast du einen?«

Sie überlegt, ob sie lügen soll, sagt: »Ich glaube, nicht.«

»Was soll das heißen, du glaubst nicht?«

»Das ist dasselbe wie mit den Freundinnen.«

»Versteh ich.« Er senkt den Blick, trinkt vom Espresso, der zur kalten Brühe verkommen ist. »Ist dir das wichtig mit Opa? Dass wir miteinander reden?«

Sie zieht die rechte Schulter ein wenig nach oben, gibt vor, dass sie am Cappuccino nippt. »Ich weiß nicht. Ich meine, es wäre schon ganz gut, wenn wir zu dritt … oder zu viert … wenigstens an meinem Geburtstag oder zu Weihnachten …«

Felix' Brust schrumpft auf die Hälfte zusammen. Das Herz pocht ihm den Gram aus dem Kopf. Jetzt wäre es an der Zeit für eine Zigarette. Oder zwei. Oder eine ganze Stange.

Hat sie recht? Wäre es mit einem einzigen Gespräch getan?

»Ich werde drüber nachdenken.«

Enissa taxiert ihn, setzt ein Grinsen auf.

»Nein, wirst du nicht. Das sagst du nur so.«

»Nein, das sag ich nicht nur so. Ich … werde … darüber … nachdenken.« Jedes Wort ein Paukenschlag.

»Versprichst dus mir?«

Felix schlägt sich die Faust auf die Brust, zweimal, sagt: »Versprochen. Vielleicht reden wir gleich heute. Wer weiß?«

»Sag nichts, was du nicht machst.«

»Deswegen habe ich ›vielleicht‹ gesagt. Ich würde unseren Eid nie brechen. Das weißt du. Dafür bist du mir zu wichtig.«

»Okay.« Pause. »Du mir nämlich auch.«

Felix gibt dem Kellner ein Zeichen, dass er zahlen will. Dann steckt er Enissa einen Hunderter zu, mit dem Sags-nicht-deiner-Mutter-Blick. Sie überlegt kurz, setzt das Nein-ich-kauf-mir-schon-keine-Zigaretten-Lächeln auf und steckt den Schein in die Tasche. Eine Umarmung, bis sie beim Motorrad sind, ein verhaltener Kuss auf die Wange, der Felix' Inneres zum Beben bringt.

Das Café vergeht im heiseren Röhren des Vierzylinders, der sich den Müllner Hügel hinaufschiebt, durch den Tunnel in die Gaswerkgasse, wo der Motor ein einziges Kreischen hinterlässt. Fast möchte er die Augen schließen, den Moment nie vergehen lassen. Bis sie die Friesachstraße erreichen und ihn sein Versprechen trifft wie ein Fausthieb. In die Magengrube. Immer wieder.

Seine Mutter steht vor der Treppe, neben seinem Vater, hinterlässt ein Kopfschütteln und einen Stich in der Brust.

Felix überlegt, sein Vater allein, eine Möglichkeit?

Wäre da nicht das Ziehen in der Brust.

Jetzt nicht, nur ein Vielleicht.

Du willst jetzt nicht reden mit der Säule, die nur auf Enissa wartet und nicht auf dich.

Er wird darüber nachdenken, versprochen.

Wenn der Zeitpunkt gekommen ist.

Enissa steigt ab, hängt den Helm auf den Sozius, ein eindringlicher Blick zu ihm, dann zu Opa Davor. Eine Hoffnung, die die Kälte nicht zu unterbrechen vermag, die Enissa zwischen den Horvats einklemmt. Er möchte die Hand ausstrecken, Enissa festhalten, ihr sagen, dass es vielleicht das letzte Mal ist, dass sie sich sehen. Dass seine Mission gefährlich wird, er nicht sagen kann, ob er zurückkehrt.

Doch nicht, um anzugeben, den Harten zu markieren.

Eher aus dem Wunsch, selbst getragen zu werden.

14

Felix steht am Balkon und zieht sich eine Zigarette bis in die unterste Bronchiole. Jede Minute kontrolliert er das Handy, sieht nach, ob Andrea eine Antwort geschrieben hat. *Ich regle das.*

Was für ein Idiot ist er eigentlich? Lässt sich erpressen von einem Junkie, der einmal sein Freund war. Lässt sich beleidigen, bedrohen, weil er etwas weiß, das sonst niemand weiß.

Genau das ist der Punkt. Hätten sie das damals gemeldet, wäre die Sache aus der Welt und er wäre keine willfährige Marionette von Darius Hermann. Wie er gejammert hat. Das könne sein Opa nicht für sie richten. Er wolle nicht in den Bau. Er sei zu schwach dafür. Das halte er nicht lange durch. Felix hat ihm stattgegeben, unwissend, was für ein Mensch ihm gegenübersteht, welche Konsequenzen das nach sich zieht.

Bruder habt ihr euch genannt, nicht nur im Geiste, auch im Schicksal. Gangsterschicksal. So eine Scheiße.

Felix ist einen halben Millimeter vor dem Filter, als das Handy einen Piepton ausspuckt: *Mach auf, ich steh vor deiner Tür.*

Felix geht zum Eingang, schiebt das Metallplättchen zur Seite. Tatsächlich.

Andrea hat die Hände in den Hosentaschen, wippt auf den Fersen vor und zurück. Der Schlüssel dreht sich, sie drückt ihm die Tür entgegen, geht hinein und setzt sich auf die Couch. »Kaffee?«

Ein Nicken, sie lehnt den rechten Ellbogen auf das abgewinkelte Knie und sucht mit ihren Blicken die Wohnung ab. Sie steht auf, lehnt sich gegen den Türrahmen in der Küche.

»Was sagt er?«

»Dass ihn der Serbe abstechen will.«

Felix holt den Zettel aus der Tasche und legt ihn auf die Arbeitsplatte. Sie nimmt ihn, studiert das Geschriebene und steckt ihn ein. »Ich schau mal, was ich tun kann.«

Srdan Golubic. Das kann er sich merken. Die Hiesigen eher weniger. Da ist dann nur das *-ic* übrig. Deswegen nennen sie sie auch so. Die Itsches.

»Er hat ein Z hinter dem Ohr.«

»Der Serbe?«

»Eine Tätowierung. Wahrscheinlich das Erkennungszeichen des Klans. Möglicherweise Zemun. Ein Belgrader Stadtteil. Eine sehr einflussreiche Bande. Es gibt aber noch einen: Zora Plava.«

»Darf ich mir jetzt was aussuchen?«

»Vielleicht findest du mehr raus. Ich hab ja keine Polizeidatenbank.«

»Ist vielleicht besser so. Wenn du gewisse Dinge über deine Nachbarn wüsstest, würdest du die Fireblade mit in die Wohnung nehmen.«

»Hier oben reichen mir deine Kurven.«

Sie grinst ihn an, streckt die Hüfte heraus. Sie wechselt von dienstlich zu privat in einer Millisekunde. Eine Eigenschaft, die ihr vorbehalten ist. Ungeachtet der momentanen Situation. Andrea braucht nur den richtigen Auslöser, dann ist ihr der Rest relativ egal.

Sie kommt näher, er dreht sich zum Nasenbär, lässt einen Doppelten herunter.

»Du bist knuffig, weißt du das?«

Sie presst sich an ihn, er atmet aus, drückt sie weg. »Jetzt nicht. Sei mir nicht böse.«

»Der Mann da sagt aber was anderes«, skandiert sie, zeigt auf das Zelt in den Jeans.

»Der hat jetzt nicht das Sagen.«

»Schade. Wer hat dann das Sagen?«

»Momentan ich.«

Stimmt nicht, verdammt. Dieser Scheiß-Darius hat das Sagen.

»Mir geht die Sache mit Darius an die Nieren.«

Ihre Gesichtsmuskeln lassen nach, sie seufzt, dreht sich im Kreis, fuchtelt mit den Armen umher.

»Bist du Kindergärtner, oder wie? Der soll das alleine regeln.«

»Google mal den Namen des Serben. Dann sag das noch mal.«

»Vielleicht sagst du es mir auch einfach.«

»Srdan Golubic. Der Bäcker.«

»Der Bäcker?«

»Scheinbar hat er damit auch mal Geld verdient. Der Rufname kommt eher von seiner Leidenschaft, Leute in den Backofen zu schieben.«

»Was macht der hier?«

»Was Konventionelles. Sich einliefern lassen, Darius abstechen, sich für unzurechnungsfähig erklären lassen und in einem unbedarften Moment flüchten. Kannst du dich noch an den Afghanen erinnern?«

»Der sogar in die Hose geschissen hat, um eine Lähmung vorzutäuschen? Und dann geflüchtet ist, als sie ihm das bescheinigt haben?«

»Habt ihr ihn jemals gefunden?«

»Könnte ich nachsehen, muss ich aber nicht.«

»Genau dasselbe wird der Serbe vorhaben. Dann warten seine Kumpels und es geht wieder ab in die Heimat, wo niemand mehr Zugriff hat.«

»Was schlägst du vor?«

»Er braucht Schutz.«

»Sieh mich nicht so an. Sieh mich verdammt noch mal nicht so an.«

»Ach komm schon. Nur bis er auf die Forensik kommt. Das ist so gut wie erledigt.«

»Du kostest mich noch Kopf und Kragen.«

»Nur diesen einen Gefallen. Andrea. Binschki. Komm, sei nicht so.«

»Lass den Scheiß-Hundeblick. Bitte. Sonst lass ich dich abführen. Der Nowak ist sowieso schon auf hundertachtzig. Nicht wegen seinem Blutdruck, falls das jetzt kommt. Für den einen Scheiß-Junkie sollen vier Leute alles riskieren. Das wird mir jetzt zu bunt. Ich geh zum Wenkhammer, beichte, hoffe, und dann ist das hier erledigt.«

»Was ist jetzt los?«

»Ich habe keine Lust mehr. Das ist los. Würdest du das für mich tun, Felix? Schau mir in die Augen und sag es mir.«

Felix versucht den Stasi-Trick. Auf die Nasenwurzel.

»Ich hab die Doku auch gesehen. Siehst du, du schaffst nicht einmal das.«

»Wieso eigentlich vier?«

»Überleg mal.«

»Der Nowak, du, ich. Wer noch?«

»Enissa? Deine Tochter?«

Felix trifft es wie ein Blitz.

»Ich hatte dich für einen guten Vater gehalten, Felix. Scheinbar habe ich mich getäuscht.«

Sie geht zum Eingang, reißt die Tür auf, verharrt eine Sekunde.

»Pack ein paar Sachen zusammen. Die U-Haft wird sicher einige Tage dauern. Nicht zu aufreizend.«

»Das machst du nicht.«

»Fordere mich nicht heraus, Felix Horvat. Fordere mich nicht heraus.«

Sie wirft die Tür ins Schloss, der ganze Raum versinkt im Knall. Felix lässt das Gesäß auf die Arbeitsplatte sinken und zündet sich eine Zigarette an.

Das machst du nicht, Binschki. Das machst du nicht.

Das könnte sie nie mit ihrem Gewissen vereinbaren. Felix' Magengrube ein Fußball. Was, wenn doch?

Andrea prügelt die Kawa durch die Ignaz-Harrer-Straße, über die Lehener Brücke, an der Kolonne vorbei. In die Schwarz-straße, die Arme zittern vor Aufruhr. Sie überholt rechts, links, über die Staatsbrücke, stellt den Kettenhund vor der Wache ab. Knallende Türen in der Dienststelle, fragende Blicke, die sie mit einem Wink abtut.

Sie fährt den Computer hoch, legt den Zettel neben sich, loggt sich ein. Srdan Golubic. Der Bäcker. Serbischer Staatsbürger, ehemalige serbische Paramilitärs, Rote Barette, nach dem Umsturz vermutlich im Waffen- und Drogenhandel tätig. 2003 verhaftet, wahrscheinlich involviert in das Attentat an dem damaligen serbischen Premier Zoran Đinđić. Aufgrund Verfahrensmangels freigelassen. Von Zeit zu Zeit wegen Mordes angeklagt, mit demselben Ergebnis. Mitglied von Zora Plava, den Erzfeinden des Zemun-Klans. Ein richtiger Schatz.

Verdammt, Felix, du hast keine Ahnung, worauf dich da einlässt.

Und wenn doch, warum tut man so etwas? Wer mit solchen Leuten verkehrt, kann nur verlieren.

Andrea fährt den PC herunter, schlägt die Fäuste auf den Tisch. Ein Kollege nähert sich, fragt, ob alles in Ordnung sei. Sie nickt, sagt: »Passt schon«, verlässt die Wache. Ein »Passt schon« in der Nuance eines »Lass mich in Ruhe«, nicht »Leck mich« oder »Es passt wirklich«.

Einen Moment lang steht sie da, starrt die Kawa an, fragt sich, warum sie das Motorrad so durch die Stadt gehetzt hat. Um die Zahl der Beteiligten zu erhöhen? Wegen dieses einen Junkies?

Sie macht eine Handbewegung, analog zur Ausdehnung der Rippen, schiebt die Aggression von sich weg, wiederholt ein paar Mal. Der Blutdruck senkt sich, das Herz geht vom Gas, um eine Minute später wieder zu beschleunigen.

Der Nowak kommt vom Kai herauf, in Zivil. Manchmal besucht er die Kollegen, wenn er in der Stadt spazieren geht. Um Kaffee zu trinken und über das Tagesgeschäft zu plaudern. Ein ewiger Kieberer, einer, der sich nicht auf die Pension freut, bald nach Antritt verstirbt, weil er es ohne die Polizei nicht aushält.

Es dauert keine Sekunde, bis der Nowak weiß, was gespielt wird. Sie versucht gar nicht zu flüchten, das macht sie nur verdächtig.

»Sags mir lieber gleich.«

Andrea streckt ihm den Nacken entgegen, lässt die Schultern hängen.

»Geh zum Wenkhammer. Du hast gewonnen. Ich mag nicht mehr.« Sie steckt den lehnt den Kopf an die Brust vom Nowak und seufzt.

»Was hat er getan? Hat er dich betrogen, geschlagen?«

»Schlimmer.«

»Schlimmer?«

»Er hat versucht, mich zu benutzen. Aus einem Grund, den er mir nicht sagen will.«

»Ein wunder Punkt.«

Sie nickt, der Nowak fragt: »Der wie aussieht?«

»Er war bei Darius im Krankenhaus. Weil ich es ihm ermöglicht habe.«

»Du warst auch dort?«

»Zuvor. Ich denke, es ist an der Zeit, etwas zu unternehmen.«

»Erzähl mir mehr.«

»Er, ich meine, wir haben herausgefunden, dass ihn einer der Patienten bedroht hat. Er hat versucht, ihn abzustechen. Felix hat sogar einen Namen herausbekommen.«

»Felix … Felix. Der?«

Sie hebt und senkt den Kopf wie ein geprügelter Hund.

»Bei dem haben wir doch immer die Kontrolle gemacht. Der hat eine ČZ 75, 9 mm. Hat nie was gegeben. Das ist doch ein Prolet. Moment. Der heißt doch Srečko Horvic oder so.«

»Horvat.«

»Der bringt deine Lenden zum Glühen?«

Der Nowak schlägt sich auf die Brust, der Bauch vibriert in Amüsement.

»Ich hau mich weg. Andrea Birnhofer und ihre Schwäche für Jugos. Jugobitch Binschki. Dem Ärgste, Oida.«

Er gebärdet sich wie ein jugendlicher Gangster, macht die Schultern breit, schwingt die Hüften im Takt zum imaginären Beat.

Andrea schlägt ihm mit der Faust gegen die Schulter. »Lass das. Das ist nicht witzig.«

Er reibt sich die Stelle, sein Lachen steigert sich, er skandiert: »Frau Professor Obergescheit, verliebt in einen Jugo. Du hast es echt nicht leicht. Du bist halt auch nur ein Mensch.«

»Die Sache ist erledigt.«

»Die fängt gerade erst an. Sonst würdest du dich nicht so ärgern.«

»Deswegen musst du zum Wenkhammer gehen und ihm die Sache beichten. Sag, wie es ist, lass nix aus, ist sicher eine Beförderung raus.«

»Jetzt warte mal. Ich bin am Ende der Karriereleiter. Keine Matura, schon vergessen?«

»Sorry, Nowak. Ich bin verwirrt.«

»Jetzt sag du mir mal, was der Horvat von dir wollte. Dann sag ich dir, ob das geht.«

»Ich weiß nicht, ob ich das will.«

»Jetzt ist es auch schon wurscht.«

»Ich soll auf Darius aufpassen, bis er auf die Forensik verlegt wird.«

»Wann soll das sein?«

»Wahrscheinlich morgen, übermorgen.«

»Dann red mit den Ärzten, sag, dass es eilt. Ich rede mit dem Diensthabenden, dass du heute Nachtdienst schiebst, auf einen Schutzbedürftigen aufpassen musst. Dann ist das offiziell und keiner kann uns was.

Die im Krankenhaus sollen uns eine Anfrage schreiben, dann kann der Wenkhammer im Kreis hüpfen.«

Du hast so ein Glück, Felix, so ein Scheiß-Glück.

Und der Darius, dass er so einen Esel wie ihn gefunden hat. Und sie, dass sie den Nowak hat.

Und der Nowak? Keine Ahnung.

Die Ogrisek wartet vor der Tür, lässt Andrea hinein. Sie fragt: »Kaffee?« Andrea folgt ihr wortlos in die Teeküche, in der gerade die Dienstübergabe stattfindet. Vier in Weiß sitzen da, sehen hoch, ein verhaltenes »Hallo«, dann werden die Geschehnisse vom Tag berichtet. Neuzugänge, Entlassungen, besondere Vorkommnisse. Darius und der Serbe sind Thema, die Nachtdiensthabenden sollen ein Auge auf die beiden werfen. Andreas Rolle wird erläutert, einer stellt ihr einen Kaffee hin. Sie zupft sich die Uniform zurecht, nimmt Platz. Alle sitzen da, niemand sagt etwas, sie trinken aus und gehen. Zwei nach Hause, die anderen zwei an die Arbeit. Die Ogrisek bleibt noch sitzen, widmet sich Andrea.

»Waren Sie schon einmal bei uns? Ich meine jetzt nicht die letzten Male.«

»Nur kurz.«

»Ich möchte, dass Sie ein paar Dinge wissen. Eigentlich sind es Regeln, die Sie beachten sollten. Ich will nicht, dass Ihnen etwas passiert. Erstens: Lassen Sie sich nicht einkreisen oder an die Wand drängen. Zweitens: Hören Sie nicht zu lange zu. Gehen Sie einfach. Drittens, vielleicht das Allerwichtigste: Ihr Fluchtpunkt ist das Dienstzimmer. Das ist heilig. Da gehen die Patienten nur ungern hinein. Das ist immer besetzt. Außer es geht nicht anders.«

»Wenn einer randaliert?«

Die Ogrisek nickt. »Es kann sein, dass beide eingreifen müssen. Wenn es gröber wird, holt einer die Polizei oder den Springerdienst.«

»Springerdienst?«

»Die Transporteure.«

»Kann ich mich irgendwo hinlegen?«

»Draußen am Gang ist ein Bett. Ich würde Ihnen raten, nicht einzuschlafen. Die Stelle ist sehr exponiert, der Gang immer zugänglich.«

»Was kann passieren?«

»Manche Patienten sind sehr zudringlich. Harmlos, aber zudringlich eben. Sie könnten ungewollt begrapscht werden, falls die Situation eskaliert, auch Schlimmeres.«

»Ich kann mich schon wehren, keine Angst.«

»Ich habs gesagt.«

Die Ogrisek schlürft den Kaffee aus, sie müsse durchgehen, nach den Patienten sehen. Sie überlegt, stoppt, dreht sich zu Andrea. »Ich bin auch für die Neuaufnahmen zuständig. Wenn etwas sein sollte, rufen Sie die Pfleger. Die wissen immer, was zu tun ist.«

»Wie sieht die Sache mit Darius jetzt aus?«

»Wann er verlegt wird?«

»Exakt.«

»Das war etwas mühsam, aber es geht. Morgen wird einer entlassen.«

»Gut. Ich weiß nämlich nicht, wie lange ich das machen kann. Ach, und ich brauche eine Anforderung. Damit die Sache Hand und Fuß hat.«

»Wenn es nicht mehr ist.« Lächeln. »Schreib ich Ihnen.«

Die Ogrisek fragt, ob das alles sei, und verlässt den Raum.

Andrea umklammert die Tasse und starrt ein Loch in die Keramik. Nicht an die Wand drängen lassen, keine Gespräche. Kein Problem, das kriegst du hin.

Sie legt den Kopf in den Nacken, lässt den Rest auf den Gaumen tropfen und geht zu Darius. Klopfen, Klinke nach unten, sie schließt die Tür. Darius sieht auf, widmet sich wieder dem Fernseher.

Er zappt durch die Kanäle, sie räuspert sich. Keine Reaktion, lauter, »Hallo?«.

Darius schaltet den Fernseher ab, wirft die Fernbedienung aufs Bett.

»Nimmst du mich jetzt mit?«

»Korrekt müsste es heißen: Nehmen Sie mich jetzt mit, Frau Inspektor?«

Darius lacht, mehr künstlich als gewollt, äfft ihre Frage nach.

»Hat dich Felix geschickt?«

»Du machst es den Leuten nicht leicht. Bist du immer so …?« Sie schüttelt den Kopf, sucht nach dem Wort.

»Ein Arschloch? Meistens. Das hat sich so ergeben.«

»Wie du meinst. Auf jeden Fall passe ich heute auf dich auf.«

»Danke.« Er nimmt die Fernbedienung und schaltet den Fernseher ein.

Andrea reißt ihm die Fernbedienung aus der Hand, drückt den Ausschaltknopf und steckt sie in die Seitentasche der Hose.

»Einige Leute reißen sich den Arsch auf, dass dir feinem Herrn nichts passiert. Da kann man wohl ein bisschen Respekt erwarten. Oder zumindest Höflichkeit.«

»Wenn du Felix meinst, der macht das nur aus Eigennutz.«

»Was soll der davon haben?«

Sie stemmt die Hände in die Hüften, beugt sich vor. Ihre Augenbrauen befinden sich in gefährlicher Nähe zueinander.

»Was soll das heißen?«, zischt sie.

Darius schluckt, ein Moment vergeht, bis die passendste Lüge hervorkommt.

»Der will nur seinen Namen reinwaschen. Seine Ehre wiederherstellen. Du weißt doch, wie das ist bei den …«

»Jugos? Tschuschen? Sag es ruhig, dann haben wir es aus der Welt.«

»Serben.«

»Du glaubst auch, du bist der Geilste.«

»War das eine Frage?«

»Eigentlich nicht.« Sie atmet gegen die Aggression und schließt die Augen. »Wenn du was brauchst, also keinen Kaffee oder Ähnliches, auch nicht deine Mama oder dein Schmusetier, ich warte vor der Tür.«

Sie geht zum Fernseher, zieht das Stromkabel heraus und steckt es in die Hose.

»Ich muss hören, was hier drinnen passiert. Das verstehst du doch? Bist ja ganz ein Schlauer.«

Sie wirft die Tür ins Schloss, geht am Gang auf und ab. Die Mundwinkel entspannen sich, die Hände rücken die Kappe zurecht. Einen Moment lang genießt sie die Wärme, die sich im Bauch ausbreitet.

Zwei Männer begleiten sie ein paar Meter, mustern sie von oben bis unten. Sehen ihr auf die Brust, das Gesäß, nicken, lächeln sich zu. Dann ziehen sie wieder ihre Bahnen. Sie nimmt einen Hocker, setzt sich vor Darius' Zimmertür. Ein Blick aufs Handy, acht Uhr.

Das kann eine lange Nacht werden.

Sie zieht den Finger den Punkten nach, schreibt eine SMS.

Du hast Schulden. Hohe Schulden.

Eine Minute vergeht. *Danke. Bist die Beste.*

Schleimer.

Sie steckt das Telefon ein, beobachtet den Gang. Die beiden sind nicht zu sehen, nur die Pfleger, die von Zimmer zu Zimmer wandern. Begleitet von einem Wagen mit Patientenakten und Medikamenten. Andrea versucht zu lauschen, was sie in den Zimmern besprechen, kann nichts verstehen. Sie zieht die Kappe in die Stirn und schließt die Augen. Man hört sowieso jeden Schritt auf dem Linoleum. Es dauert nicht lange, bis sie einschläft, von Felix träumt, wie sie ihn das erste Mal getroffen hat. Der coole Typ in der Lederjacke, die Hände in den Jeans vergraben. Dreitagebart, die Füße auf dem Schreibtisch, in Motorradstiefeln. Wie er sie gemustert hat, von oben bis unten, sie einen professionellen Eindruck vermitteln wollte. Sie selbst nicht gemerkt hat, dass sie einen Moment sprachlos geworden war. Wieder zurückkehrte in ihr Schema, das Amtsdeutsch, das sich dem Hochdeutschen gegenüber eher als Anlehnung versteht. Er keine Sekunde die Miene verzog, sich als seriöser Detektiv ausgab. Sie genau wusste, welchen Ruf die Detektei hatte, brauchte aber trotzdem Informationen. Die er ihr offiziell gar nicht geben durfte. Nur unter der Prämisse, ihr alles bei einem Kaffee zu erzählen, wenn Andrea auf dem Sozius Platz nähme. Der Blick, als sie mit der Kawa auftauchte. Wie er beinahe die Honda umgeworfen hätte. Sie sich angefreundet hatten, mehr daraus geworden ist, aber niemals zu viel.

Plötzlich mischt sich der Nowak in den Traum, lacht, schreit.

»Jugobitch Binschki. Binschkibitch.

Bitch, bitch, bitch, bitch.

Du … hast … es … schon … nicht … leicht.

Der bringt deine Lenden zum Glühen?«

Sie fährt hoch, sieht sich um. Nur das Surren der Deckenbeleuchtung. Die Liege sieht bequem aus, es ist erst halb neun, aber wer weiß, was noch kommt. Sie legt sich auf den Rücken, den linken Unterarm unter den Kopf, die rechte Hand am Pistolenhalfter, zieht sich die Kappe wieder ins Gesicht.

Der Nowak erscheint vor ihrem geistigen Auge, steht dem Wenkhammer gegenüber. Der Wenkhammer lacht ihn aus, rollt ein Handtuch zusammen und versohlt ihm den Hintern. Der Nowak zuckt weg, ein Schrei, der sich analog zum Lachen vom Wenkhammer steigert. Der Wenkhammer reißt dem Nowak die Kappe und die Waffe weg, zeigt mit dem Finger auf Andrea. Der Nowak überlegt, nickt, lacht wie ein Bösewicht aus einem B-Movie. Er nimmt die P80 vom Wenkhammer, hebt die Schultern, zieht die Mundwinkel nach unten wie ein trauriger Clown und schießt Andrea ins Gesicht. Kein Blitz, kein Donner, nur Dunkelheit.

Andrea reißt die Augen auf, das Licht ist gedämpft. *Bist du schon in der Realität angekommen?* Kann das wahr sein, oder will ihr Traum nicht enden?

Ein Stechen durchfährt den Körper, setzt den Organismus unter Spannung. Der Traum ist vorbei, das ist keine Täuschung.

Zwei Schatten stehen über ihr, ihr Griff geht zur P80. Das Halfter ist geschlossen, sie zieht den Unterarm vom Kopf hervor, will sich aufrichten.

Eine Hand drückt ihr die Schulter nach unten, einer der beiden flüstert: »Du gehörst jetzt uns, Frau Inspektor. Du hast hier nichts zu sagen, du bist auf unser Gutdünken angewiesen. Das ist unser Reich, da sind wir die Chefs.«

15

Die Schuhe drücken sich in die Stufen, können nicht schneller vorwärts, stoßen sich an ein Paar Sandalen vor ihnen. Dahinter das Gleiche. Sie wippen vor und zurück, ein Schritt, vierzig Euro wechseln den Besitzer. Felix geht nach hinten, die Sitzreihen entlang, nickt jedem zu, der den Blick erwidert. Er setzt sich ans Fenster, folgt den Regentropfen, die von den Scheiben kullern. Salzburg und Regen. Eine ewige Liebe.

Im Gegensatz zu der zwischen dir und Andrea. Sie hat ihm gedroht, ihm die Rute ins Fenster gestellt. Was hätte er tun sollen? Betteln wie ein Kind? *Bitte, Mama, tu das nicht. Ich will raus, alle meine Freunde warten. Darf ich?*

Die Kapuze wandert ins Gesicht, soll mögliche Störungen abhalten. Jetzt zählt nur der Regen, den er bald hinter sich lassen wird. Die Hydraulik der Tür sperrt das Prasseln aus, verstärkt die Stimmen im Inneren. Der Bus ist ausgebucht, eine Frau steht beim Fahrer und zahlt. Sie sieht sich um, kommt näher, grüßt niemanden. Die meisten drehen sich weg, kein Platz mehr frei. Ihr Ziel ist Felix, der es den anderen gleichtut. Es wird Serbisch gemurmelt, sie steht neben ihm, packt die Tasche auf die Ablage und setzt sich. Kein Wort, kein Blick, der Hüftknochen, der sich den Platz nimmt, den er bezahlt hat. Felix drückt das Knie in den Sitz vor ihm, wendet den Kopf von ihr ab. Ein Ruck, der Motor versetzt den Bus in Vibration.

Sie fahren unter dem Nelböck-Viadukt durch, die Sterneck-straße hinauf, in die Vogelweiderstraße. Viele der Männer stehen auf, sehen aus dem Fenster.

Da sitzen die Alten, die nicht mehr fahren müssen, mit Regenschirmen in weißen Plastiksesseln und winken denen, die bald die Heimat sehen. Gesichter kleben an den Scheiben, manche umarmen sich, die erste Flasche mit durchsichtiger Flüssigkeit wird aus der Tasche geholt. Schnapsgläser aus Plastik machen die Runde, jeder nimmt sich eines, dann geht einer durch und schenkt ein.

»*Na domovinu!*«, schreit er, erntet ein vielstimmiges Echo. Hände schnellen in die Höhe, kippen den Hochprozentigen die Kehlen hinab. *Auf die Heimat.* Wo ist das eigentlich? Mit acht Jahren geflüchtet, kaum alt genug, dass er verstanden hat, worum es eigentlich ging. Hinter ihnen die Schreie, das Geknatter der Maschinengewehre. Es war still im Wagen, das weiß er noch. Nie zuvor hat er seinen Vater so ernst gesehen. Und so stumm. Sie haben seine Schwester aus dem Wagen gezerrt, Vater hat Gas gegeben. Kein Blick zurück, niemals mehr. Ein unbequemes Thema. Was ist mit ihr passiert? Das hat er nie erfahren. *Sie wird nicht lebendig, schon gar nicht von deinen Fragen.* Dann hat er die Hand erhoben, nur dort, sonst nie. Sein Gesicht war bitter, voller Schmerz, er hätte es nicht zustande gebracht, die Bewegung zu vollenden. Der Arm sank herab, kraftlos, ohne Konsequenz. Sie haben sich umarmt, selig, die Stille sagen lassen, was die Worte nicht vermochten.

Ein Schrei reißt Felix aus den Gedanken. Ein Mann hat sich über den Sitz gebeugt, hält ihm einen Schnaps vor die Nase. Er ist an die dreißig, trägt einen Anzug, ein, zwei Nummern zu groß, aber gut in Schuss.

»*Jebi kolu, jebi pizzu, svi trebamo šljivovicu*«, sagt er. Felix muss lachen, lehnt den Schnaps ab. Er kennt die Bräuche aus der ehemaligen Heimat. Wenn man anfängt, muss man immer weitertrinken, bis man nicht mehr kann. Wenn Julia davon Wind bekommt, wird sie alles gegen ihn verwenden. Dann ist er ein

Österreicher mit Migrationshintergrund und Alkoholiker ohne Arbeit. Und ohne Tochter.

Der Mann hebt den Kopf, das Glas, Felix die Schultern. *Hier sieht dich niemand – und wenn, würde sie die Leute nicht verstehen.* Seine Ex hat nichts übrig für die Menschen im Bus. Felix stößt mit ihm an, leert den Schnaps in einem Zug. Die Kehle brennt, es dauert nicht lange, bis der Alkohol im Hirn ankommt. Der nächste Schnaps erreicht ihn, der im Anzug bietet der Frau neben ihm einen an. Sie schüttelt die dunklen Haare unter dem Kopftuch, verschränkt die Arme vor der schlanken Brust. Sie ist an die dreißig, eigentlich hübsch anzusehen, wenn das Gesicht nicht so viel Bitterkeit in sich tragen würde. Der Mann sagt, dass Felix sie nicht beachten möge, sie immer so sei und er Mitleid habe, dass Felix keinen besseren Sitznachbarn gefunden habe. Sie fährt sich mit den Fingerspitzen unter dem Kinn entlang, streckt es ihm entgegen, lässt die Finger nach vorne schnellen.

»Wegen der haben sie den Schnaps erfunden«, sagt er und dreht sich um. Noch ein Glas, Felix kippt ihn hinunter, spürt, wie der Alkohol durch das Gesicht kriecht, sich über den Kopf legt. Die Frau neben ihm sieht ihn an, schüttelt den Kopf.

»*Magarci. Muškarci su svi magarci.*« Sie dreht sich weg, zieht das Kopftuch weiter ins Gesicht. Felix zuckt mit den Schultern, tippt den im Anzug an, hält ihm das leere Glas vor die Nase. Er grinst, zwinkert ihm zu, füllt es bis an den Rand.

Der alte Felix ist wieder da, gierig nach mehr, ein Fass ohne Boden. Jemand, den die Polizei vom Feiern abhalten musste.

Fast will er den nächsten verlangen, als er merkt, dass er einer Täuschung erlegen ist. Jetzt weiß er es wieder. Fast hätte er es vergessen. *Dieser verdammte Schnaps bläst dir die Lichter aus.*

Kein Traum, die Qualität des Schlafs entspricht eher einer Narkose mit dem Holzhammer. Der Bus hat aufgehört zu vibrieren, wackelt in den Stillstand. Die Partylaune hat sich zur Stille gewandelt, Felix fragt die Nachbarin, ob sie schon da seien. Sie legt die Finger auf die Lippen, zeigt nach vor. Felix reckt sich aus dem Sessel empor, erkennt eine blaue Kappe, die sich langsam in ihre Richtung arbeitet. Der Zöllner streckt die Hand bei jedem aus, zehn Euro, und die Pässe wechseln hin und her. Als Gegenleistung gibt es ein freundliches Lächeln, ein Nicken, keine Schwierigkeiten. Die neben ihm stößt Felix an, er soll sein Portemonnaie aus der Tasche holen. »Jeder zahlt«, flüstert sie. »Sonst durchsuchen sie den Bus.«

Er sieht sich noch einmal die Zöllner an, ihre Gesichtsfarbe geht leicht ins Rötliche, besonders an den Nasenspitzen. Trotzdem gehen sie aufrecht, lassen keine Zweifel an ihrer Autorität aufkommen. Jeder, den sie kontrolliert haben, atmet auf, ist froh über die zehn Euro, dankbar, dass sie nicht mehr verlangt haben. Eigentlich will er nicht auffallen.

Bezahl, dann hast du deine Ruhe.

Einer der Zöllner kommt näher, mustert ihn, sagt: »Dich kenne ich nicht.«

Er möchte sagen, dass es auf Gegenseitigkeit beruht, sieht ihn aber nur an. Der Zöllner dreht sich zur Nachbarin.

»Kennst du ihn?«

Sie nickt ohne Zögern, er gehöre zu ihr. Die Kappe überlegt eindringlich, gibt zögerlich die Pässe zurück. Er sieht Felix an, sagt: »*Blago tebi.*«

Mit eiserner Miene, die sich ab dem Zeitpunkt auflöst, an dem er seinen Kollegen anstößt und ihm die Neuigkeit erzählt. Die beiden lachen los, halten sich an den Sitzen fest. Der Kollege wiederholt den Ausspruch, das Lachen steigert sich zu einem kindlichen Gewieher, das alle ansteckt. Außer Felix und seine Sitznachbarin.

Die Zöllner drücken die Kappen in den Nacken, verlangen nach einem Schnaps, heben die Gläser, alle im Chor, Silbe für Silbe skandiert. »*Blago tebi.*«

Die beiden können noch immer nicht lachen, nach einer gefühlten Ewigkeit im Mittelpunkt steigen die Zöllner aus und klopfen auf die Karosserie.

Ein Brummen durchzieht das Fahrzeug, sie verlassen den Grenzposten. Ab hier gibt es keine Kontrollen mehr.

»Warum hast du das gemacht?«

»Zuerst hätten sie dich durchsucht, dann mich und dann den Rest. Egal ob wir bezahlt haben oder nicht. Wir waren die Einzigen an der Grenze.«

»Danke«, sagt er, streckt ihr die Hand entgegen. »Srećko.«

Sie sieht ihn an, zögert, erwidert die Aufforderung. »Vuk.«

»Vuk?« *Wolf.*

Sie senkt das Kinn. »Den Namen haben sie mir auf der Baustelle gegeben. Weil sich keiner mit mir anlegt. Jetzt waren sie mutig, aber wenn der Staatsapparat den Bus verlässt …«

»Was ist mit dem im Anzug?«

»Der ist beleidigt, weil er faul und schwach ist. Und nur das Saufen im Kopf hat.«

Ein Älterer, Dicker kommt zu ihnen, bietet ihnen Wurst und Brot an. Felix nimmt das Brot, die Wurst lehnt er ab. Der Mann besteht darauf. Felix hat schon ein paar Monate kein Fleisch mehr gegessen.

Wegen des Vaters, der schon früh Probleme mit dem Herz und dem Blutdruck bekommen hat.

Wegen einmal stirbst du schon nicht.

Er beißt ab, das Stück Wurst fühlt sich gut an im Mund, die Zähne mahlen schneller, bis er alles halb zerkaut hinunterschluckt. Der Alte ist zufrieden, zündet sich eine Zigarette an, geht nach hinten und holt eine Flasche. »Für dich«, sagt er, hält sie Felix hin. »Damit du es aushältst mit ihr.«

Er klopft sich auf den Schenkel, stößt virtuell mit ihm an und verschwindet. Felix füllt das Glas, prostet ihr zu. »*Na tebe*«, sagt er, auf Ex. »*Blago vama.*«

Sie nimmt die Flasche, wiederholt seine Worte, nimmt einen Riesenschluck.

Ihre Miene verändert sich keinen Millimeter, der Ton ebenfalls nicht. »Was willst du in Belgrad?«

»Ich suche jemand.«

»Familie, Freunde?«

»Zora Plava.« *Verdammt, warum sagst du das?* Scheiß-Schnaps.

»Ich hoffe, du meinst die Morgenröte, die bei Sonnenaufgang über der Donau steht.«

»Eigentlich nicht.«

Ihre Gesichtszüge entgleisen, sie dreht sich zu ihm, zischt:

»Du wirst diese Worte nie wieder sagen, verstehst du das? Nie wieder. Sonst …«

Sie fährt mit dem Daumen quer über den Hals, reißt die Augen auf, streckt ihm den Zeigefinger entgegen. »… bist du schneller einen Kopf kürzer, als du denken kannst.«

Er nickt, sie drängt ihm die Schnapsflasche in die Hand. »Trink. Bis du die Sprache verlierst oder diesen Namen vergisst.«

Die Ogrisek ist ein Mensch, bei dem man das Gefühl hat, dass man alles beichten könnte und sie einen trotzdem niemals verurteilen würde. Sie würde auch nie ein Geheimnis ausplaudern, da ist sich Andrea sicher. Deshalb hat sie auch keine Hemmungen, versinkt nicht in der Scham der Unzulänglichkeit.

Die Nacht war durchwachsen, ein Kampf zwischen Müdigkeit und einem schmutzigen Gefühl, das sie nicht verlassen will. Dazu mischt sich die Hilflosigkeit der Vergangenheit.

Sie will nach Hause, sich das abwaschen, was passiert ist, und Darius und Horvat und die ganze Gang verfluchen. Diese Nutzlosigkeiten, die einen Schwanz an Problemen hinter sich herziehen. Sie möchte ihnen die Ohren langziehen, das Abendessen streichen, die Playstation in die Mülltonne werfen. Lebenslang Hausarrest und Fernsehverbot. Besser gleich ins Heim. Ein katholisches. Da kann nicht viel kaputtgehen.

Anders als die Ogrisek, die sie fast umläuft, als Andrea die Station verlassen möchte. Die Ogrisek ist ihr nicht böse, sieht sie nur eindringlich an, weiß sofort, dass etwas im Argen liegt. Sie legt ihr die Hände auf die Schultern, fragt, ob sie einen Kaffee möchte. Andrea verneint, kann aber dem Drängen der Ogrisek nicht widerstehen.

Vielleicht ist es besser so, vielleicht sprichst du mit jemandem, spielst nicht die Harte.

Die Ogrisek spricht langsam, andächtig. In einem Ton, der mehr einem Flüstern entspricht. »Etwas ist passiert in der Nacht.«

Andrea nickt, hält den Blick auf der Tischplatte. Die Ogrisek setzt sich zu ihr, legt den Arm um sie, reibt ein wenig, um ihn schließlich liegen zu lassen, bis sie die Wärme spürt. Sie beide sagen kein Wort, fühlen sich gegenseitig. Sie könnten ewig da sitzen und es wäre egal. Es ist diese stumme Vertrautheit, die Trost bringt und Andrea zurück ins Jetzt befördert.

»Es geht schon wieder, danke.«

Die Ogrisek hat ein Lächeln aufgesetzt, empathisch, zuversichtlich. *Du musst mir nichts sagen, was du nicht möchtest. Es reicht, wenn es dir jetzt besser geht.*

»Fein. Milch, Zucker?«

Andrea nickt, die Ogrisek stellt ihr die Tasse hin und setzt sich gegenüber.

»Möchten Sie mir sagen, worum es geht?«

»Zuerst sollten wir uns duzen.«

Vorstellung, die Ogrisek wiederholt die Frage in Du-Form.

»Ich bin eingeschlafen.«

»Hast du etwas geträumt?«

»Das war nicht das Problem. Sondern das Aufwachen.«

Alles projiziert sich vor Andreas geistiges Auge. Die Schatten, die den Gang verdunkelten, die Hilflosigkeit und der Ekel, die ihr den Schädel zerfetzen.

»Warum genau das?«

Sie atmet ein, aus, verdrängt das Gefühl, das sich in ihr ausbreiten will, um sie von innen zu zerreißen.

»Zwei Männer haben sich über mich gebeugt und mir gesagt, dass das ihr Reich sei, sie die Chefs seien.«

»Das muss schlimm gewesen sein.«

»Dieser Ekel. Diese schleimigen Typen. Widerlich.«

»Ist mehr passiert?«

Kopfschütteln, geschlossene Augen. Als ob das nicht genug wäre.

»Mich haben einmal drei Männer umkreist und an die Wand gedrängt. Ich hatte gerade meine Assistenzstelle angetreten. Sie haben auf mich eingeredet, was ich für schöne Haare hätte, wie meine Augen funkelten. Sie haben meinen Ring begutachtet, wollten meine Kleidung anfassen. Dabei sind sie immer näher zu mir gerückt, wollten sich an mir reiben. Das war mir zu viel. Ich habe mich von der Wand weggedrückt, an ihnen vorbei, bin ins Dienstzimmer geflüchtet. Langsam, damit sie nicht merken, was in mir vorgeht.«

»Und dann?«

»Ich war froh, dass nicht mehr passiert ist, wusste aber, dass es nicht das letzte Mal sein würde. Ich habe mir einen Plan zurechtgelegt.«

»Der wie aussieht?«

»So wie ich dir gesagt habe. Die Gespräche kurz halten, nett grinsen, das Heil in der Flucht suchen.«

»Und, funktioniert das?«

»Meistens. Eigentlich immer.«

»Warum machst du das? Ich meine, die Arbeit. Hast du nicht die Befürchtung, dass dir das irgendwann zu viel wird?«

»Diese Leute sind nicht ohne Grund hier. Sie sind krank, aber wir können ihnen helfen. Zumindest einigen davon.«

»Tröstet dich der Gedanke?«

»Unter anderem.«

Sie sitzen da, eine Viertelstunde, möglicherweise eine halbe, verstehen sich wortlos. Das bringt wohl der Beruf mit sich.

Oder dieses verfluchte Helfersyndrom.

Die erste Nacht mit erholsamem Schlaf. So sehr er die Polizei auch ablehnt, so sicher hat er sich gefühlt. Im Einzelzimmer, ohne Fernseher, ohne Serben, ohne Störung, Bedrohung, Angst.

Die Polizistin war noch einmal da, hat sich verabschiedet. Gedämpft, leise, fast unterwürfig. So mag er seine Menschen. Wenn sie ihre Arbeit tun, für ihn, ohne Murren. Er hat sich nicht bedankt, obwohl er kurz überlegt hat, hat er es am Ende doch zu den Selbstverständlichkeiten gereiht.

Du hast dich noch immer durchgeschlagen, jemand gefunden, der deine Angelegenheiten für dich ins Reine bringt.

Auch wenn sie es nicht gerne tun, aber sie tun es.

Das ist doch der Kern der Sache. Er kann sich zurücklehnen, sein Frühstück genießen, danach wird er verlegt, dorthin, wo der Serbe ihn nicht findet.

Felix lässt du tanzen, den hast du in der Hand. Nur du.

Das hat er von seiner Wichtigtuerei, dem ewigen Chefgehabe. Getätschelt hat er ihn wie ein dummes Kind, dann soll er es auch richten wie ein Vater. Ob er ihm die Wahrheit über die Vergangenheit sagt, wird sich zeigen. Da muss er sich erst einmal beweisen.

Die Ogrisek betritt den Raum, die Patientenakte in der Hand. Sie schreibt etwas hinein, gibt sie in eine Plastikhülle mit dem Kürzel der Station, legt sie ans Fußende des Bettes. Sie lehnt sich auf den verchromten Querträger, mustert ihn, sagt:

»Sie haben eine Menge Staub aufgewirbelt, Darius. Ich hoffe, Sie nehmen sich das zu Herzen.«

»Wenn Sie das sagen. Eh klar.«

»Lassen Sie sich helfen, öffnen Sie sich. Die Sucht wird Sie nur fester im Griff haben, wenn das alles vorbei ist. Sie werden dem Richter das Richtige sagen, das weiß ich. Aber was passiert, wenn Sie draußen sind? Was dann? Überlegen Sie sich das. Bitte.«

Darius möchte etwas sagen, die Ogrisek dreht sich um und schließt die Tür. Leise, behutsam, nicht die geringste Spur von Aggression. Sie will ihn nicht provozieren, belehren, überlässt ihm die Entscheidung. Das lernen die in den Seminaren. Manipulation. Damit die Leute machen, was sie wollen. Das, was die Politiker auch machen. Bei ihm zeigt das keine Wirkung. Er ist keine ihrer Marionetten. *Du bist ein Kämpfer.*

Ein Mann in Weiß kommt herein, sagt ihm, dass er auf eine andere Station komme. Darius nickt, nimmt sein Telefon und folgt ihm. Sie biegen in den Keller ab, offensichtlich sollen sie kein Aufsehen erregen.

Scheiß auf dich, Golubic, verrotten kannst du.

Darius, ein Sieger, wie der Großvater.

16

Die Männer im Kopf spielen mit einer Bowlingkugel Fußball. In unregelmäßigen Abständen knallt sie gegen die Schädelkalotte, erzeugt den Donner, der in Wellen über den Schädel zieht. Was war los, verdammt? Er war im Bus, der Alte, er hat ihm die Flasche Dämonenwasser gegeben, die er bereitwillig geleert hat. Es gab Lieder, sie haben gesungen, *Nesanica*, haben sich in die Schultern der anderen gehängt. Wehmütig sind sie geworden, haben auf die Heimat getrunken, die Tränen im Zaum gehalten.

Es liefen Filme über den Ersten Weltkrieg, die Helden waren nicht die Österreicher, Trinksprüche auf Gavrilo, die Unabhängigkeit. Eine Doku über Tito, spanische Telenovelas, Talk-Shows, eigenartige Musik. Gesang, Schnaps, Essen, Zigaretten. Vielleicht auch umgekehrt. Du hast es nicht verstanden, dieses Gefühl, die Schlaflosigkeit, über die sie gesungen haben, aber es hat etwas mit dir gemacht. Es war, wie etwas zu vermissen, das du nie gekannt hast. Ein Teil, der fehlt, bisher unbekannt war.

Warum seid ihr nie zurückgekehrt? Wegen seiner Schwester? Den ermordeten Großeltern? Das ist dreiundzwanzig Jahre her. Er sollte die Sache mit seinen Eltern in Ordnung bringen, möglicherweise gibt es einen Weg zurück. Über die neue alte Heimat? Wer weiß.

Alles dreht sich, Felix runzelt die Stirn, zieht die Lider nach oben, dreht die Pupillen. Eine Couch, in hellem Grün, einfarbig, kantig. Ein Polster mit Schaumstoffbezug, eines, das den Nacken steif macht, eine ausgewaschene Kinderdecke. Er hebt sie hoch, hat keine Hose, keine Schuhe mehr an. Partyduft klebt am Bart, der Mund ist zur Wüste verkommen.

Scheiß-Schnaps. *Du hättest nicht damit anfangen dürfen.*

Er setzt sich auf, sucht das Gleichgewicht, legt die Decke zur Seite. Auf einem Sessel hängt die Hose, zusammengelegt. Er lehnt sich vor, kramt in den Taschen nach den Zigaretten. Gerade noch zwei übrig. Er zieht sich die Jeans an, nimmt sich eine aus dem Päckchen, öffnet das Fenster. In der Ferne die Save-Brücke, die Fahrzeuge stauen sich in beide Richtungen. Er zündet die Zigarette an, schluckt den bitteren Geschmack, fokussiert die Spitze, noch ein Zug. Zögerlich. Die Ellbogen lehnen am Fensterrahmen, schweifen über das Grau der Stadt. Er war lange nicht hier. In letzter Zeit haben sich Suzukis und seine Geschäfte nach Albanien verlagert. Trotzdem gibt es ab und an etwas zu tun.

Felix drückt die Zigarette außen an der Mauer aus und schnippt sie in den Wind, der sie fängt und fortträgt. Der Duft von frischem Kaffee drängt sich in die Nase, lockt ihn weg vom Panorama der Stadt. Die Wohnung ist klein, überschaubar, die Einrichtung ähnlich gehalten wie die Couch. Einzig der gelbbraune Lampenschirm erinnert an den Sozialismus. Ansonsten schwedischer Einheitsbrei aus Plastik und Pressspan.

Er geht in die Küche, Vuk stellt eine Pfanne auf den Herd. Sie schneidet Zwiebeln, nimmt einen Eierkarton vom österreichischen Discounter aus dem Kühlschrank. Felix räuspert sich, fährt mit der Hand durch die Haare. Sie dreht sich um, lächelt fast. Sie hat das Kopftuch entfernt, die Haare streng nach hinten gekämmt, zusammengebunden. Ihre Gesichtszüge sind hart, klar. Sie nimmt ein Ei aus der Verpackung, hält es hoch. Er nickt, das Ei kommt zu den Zwiebeln in die Pfanne. Sie taxiert seine Statur, schlägt zwei dazu.

Sie dreht sich zum Herd, verrührt die Eier, stellt Toast und Kaffee auf den Tisch. Ein Zeichen, dass er sich setzen soll. Felix widmet sich dem Kaffee, gibt Zucker hinein, rührt eine Ewigkeit um.

Sie sieht ihn an, runzelt die Stirn, kippt die Eier auf die Teller. Er stellt die Tasse beiseite, pickt die Gabel in die Eierspeise. Der Gaumen will sich nicht recht an Nahrung gewöhnen, vielleicht ist es noch zu früh. Sie hört einen Moment auf, sieht ihn an, lächelt, nickt, widmet sich dem Essen.

»Du trinkst nicht oft?«

Felix will antworten, die Bowlingkugel im Kopf übertönt die Gedanken. Vuk wirft die Gabel in den Teller, beginnt zu lachen. Es ist schrill, beinahe männlich, grenzt an eine Demütigung.

»Du willst ein Serbe sein? Und ein Mann?«

Lachen, das sich im Schädel bricht, in der Höhle hin- und hergeworfen wird, pulsiert. Das von einer Frau in einem getupftem Bademantel und Pantoffeln mit Leopardenmuster.

»Kannst du das lassen?«

Sie kichert noch ein wenig, isst weiter. Felix holt sich ein Glas Wasser, das sofort Besserung bringt und sich schnell zu einem Liter ausdehnt. Der Magen beruhigt sich, verlangt nach fester Nahrung. Vorsichtig führt er die Eierspeise zum Mund, kaut, schluckt, es geht, alles bleibt unten.

»Was willst du in Belgrad?«

Er erwidert den Blick, die Erinnerung kommt zurück. »Das hab ich dir schon gesagt.«

»Das kann nicht dein Ernst gewesen sein.«

»Doch, das war es.«

»Morgen fährt der Bus zurück. Du kannst so lange hier bleiben, wenn du willst. Ich bring dich hin.«

»Ich bin nicht hierhergefahren, um wieder zurückzufahren.«

»Was willst du von denen? Die machen dich kalt. Oder bist du einer von den Gangstern, die sich ihnen anschließen wollen?«

»Sehe ich aus wie ein Gangster?«

»Du siehst aus wie ein Alkoholiker.«

»Danke. Das hilft.«

»Willst du es nicht sagen?«

»Du hast gesagt, ich soll den Namen nie wieder erwähnen. Dann hast du es wiederholt. So war es doch, oder nicht?«

Sie seufzt, trinkt einen Schluck Kaffee, nimmt sich eine Zigarette. »Im Beisein anderer. Es gibt viele Kollaborateure und Spitzel, die für sie arbeiten. Fast jeder hat eine Verbindung zu irgendeinem Klan, kennt einen Nachbarn, der dabei ist, Verwandte, die mit denen etwas zu tun haben. Man redet nicht über die, verstehst du das?«

»Das kann nicht dein Ernst sein.«

Warum solltet ihr nicht über die reden? Alles halb so wild.

Sie bläst den Rauch nach oben, sagt: »Doch, das ist es.«

»Wen kennst du? Was ist dein Klan?«

»Ich stehe nicht auf diese Scheiße.«

»Wie kann man sich dem entziehen? Ich meine, viele hier sind korrupt. Ich hatte schon ein paar Mal mit der Polizei zu tun. Ein paar Scheine, dann läuft das, was du willst.«

»Genau deshalb habe ich nichts damit zu tun. Da kannst du nur verlieren. Hast du doch an der Grenze gesehen. Wenn sie etwas von dir verlangen, machst du es. Es ist nicht schlimmer als das, was sie machen, wenn du es nicht tust.«

»Was hätten sie bei dir gefunden?«

»Das ist nicht der Punkt. Sie hätten uns mitgenommen, verhört, den Bus nicht weiterfahren lassen. Bis die Leute draußen durchdrehen.«

»Argument.« Aber das ist nicht der einzige Grund.

Du verschweigst etwas. Nur was?

»Wie lange machst du das schon?«

»Was? Die Zöllner bestechen?«

»Nach Österreich zur Arbeit fahren.«

»Gut zehn Jahre. Ab dem Frühjahr. Im Winter bleibe ich hier und gebe das Geld aus.«

»Vernünftig.«

»Sarkasmus?«

»Keine Spur. Ich mache auch nicht mehr als das Nötigste. Das hat aber andere Gründe.«

»Und die wären?«

»Ich habe eine Tochter. Offiziell bin ich arbeitslos, verdiene geringfügig dazu. Vierhundert und ein paar Zerquetschte. Damit mir meine Ex nicht die Unterhose auch noch auszieht.«

»Zerquetschte?«

»Kleingeld.«

»Warum gehst du nicht richtig arbeiten? Wie es sich gehört?«

Schulterzucken, fragender Blick von Vuk.

»Willst du deiner Tochter nichts bieten?«

»Ich biete ihr genug. Den Rest soll der Staat machen, die sollen sich um meine Ex kümmern.«

»Irgendwie asozial. *Tko radi ne boji se gladi.*«

»Noch nie gehört.«

»Sarkasmus.«

Felix nickt. *Wer arbeitet, braucht den Hunger nicht zu fürchten.*

Eine Ironie, ein Glaubenssatz, indoktriniert.

Sie lacht, drückt die Zigarette in der Eierspeise aus und räumt die Teller weg. Sie nimmt sich einen Kaffee und lehnt sich an der Arbeitsplatte an.

»Morgen um acht Uhr geht dein Bus.«

»Ich werde nicht fahren, bevor ich das nicht geregelt habe.«

Sie schüttelt den Kopf. »Mit diesen Leuten kannst du nicht reden. Wahrscheinlich hast du irgendwas gemacht, wen beleidigt, was gestohlen, ihnen die Suppe versalzen. Dann bringen sie dich sowieso um.«

»Du weißt eine Menge dafür, dass du nicht auf diese Scheiße stehst.«

Sie steht da, vom Donner gerührt, kämpft mit der Fassung. Da ist es, genau da. *Das, was sie dir verschwiegen hat.*

»Was hast denn du für eine Ahnung? Ihr seid sicherlich geflüchtet, bevor es richtig losgegangen ist.«

»Und du tapferes Mädchen bist hiergeblieben.«

»Ja, bin ich. Und habe es durchgestanden. Gemeinsam mit Ivo.«

Ivo, das ist er. Vielleicht ist er die Verbindung zu den Klans.

»Wer ist Ivo und wo ist er?«

»Hast du einen Fernseher gesehen? Oder eine Bierkiste? Jeans, Schuhe, irgendwo?«

»Ivo ist tot.«

»Weil er sich nicht daran gehalten hat.«

»Nicht auf diese Scheiße zu stehen.«

»Sich rauszuhalten. Es hat nicht viel geändert. Ein paar haben sie verhaftet, die meisten freigelassen. Sein Tod war umsonst. So eine Chance kriegen wir nie wieder, hat er gesagt. Dann ist mit dem Schutzgeld endlich Schluss, hat er gesagt. Wir werden frei sein und unser Geld für uns haben. Scheiße, Srečko, warum hat der Esel nicht auf mich gehört?«

»Was ist passiert?«

»Aussagen wollte er. Polizeischutz haben sie ihm versprochen. Ihm wird nichts passieren. Er macht das Richtige.«

»Das hat er auch, soweit ich das beurteilen kann.«

»Einen Scheiß hat er. Gefunden haben sie ihn, durchlöchert, vergraben, in Ätznatron aufgelöst. Sie haben ein wenig gebraucht, um ihn zu identifizieren, aber ich habe genau gewusst, dass er es war. An dem Tag, als er verschwand, habe ich gewusst, dass er nicht wiederkommt.«

»Gegen wen hat er ausgesagt?«

»Die Frage ist eher, warum er das getan hat. Er hat den Mord an Zoran Đinđić gesehen.«

»*Der* Đinđić?«

»Genau der. Der Milošević an Den Haag ausgeliefert hat. Der den korrupten Staatsapparat sanieren wollte, sich am Westen orientiert hat. Ivo hat in der Bäckerei gearbeitet, als ein schwarzer Wagen gegenüber zum Hotel gefahren ist. Đinđić ist aus dem Gebäude gekommen, dann ein Schuss, Ivo ist aus dem Laden gelaufen. Er sah nach oben, dem Knall hinterher, hat einen Scharfschützen erkannt. Der Wagen hat sich in Bewegung gesetzt, Ivo ist hinterher und hat den Schützen aus dem Gebäude kommen sehen. Dann hat er sich das Kennzeichen aufgeschrieben. Er hat ihre Gesichter gesehen, er hat gewusst, wer es war.«

»Dir hat er es aber nicht gesagt.«

»Nein, hat er nicht. Aber anhand der Polizeiberichte und Festnahmen habe ich es doch erfahren. Über siebentausend Leute haben sie verhaftet und verhört. Und doch hat der Polizei die eine Zeugenaussage gefehlt.«

»Zora Plava?« Felix runzelt die Stirn, lässt die Worte auf der Zunge zergehen.

Sie nickt, wischt sich die Augen trocken, zündet sich eine Zigarette an.

Er war echt ein Esel. Dass er Vuk nichts verraten hat, hätte sie niemals geschützt. Das Risiko wäre viel zu groß gewesen.

»Ich werde es trotzdem zu Ende bringen.«

»Wer bist du? Dieser Amerikaner mit dem Stirnband und der dicken Lippe?«

»Nein, der bin ich nicht. Trotzdem werde ich niemals Ruhe haben, wenn ich das nicht erledige.«

»Deine Tochter muss ein echter Schatz sein.«

»Ja, das ist sie. Sie ist aber nicht der einzige Grund.« Eigentlich ist sie gar nicht der Grund. Das geht sie trotzdem nichts an.

»Ich frage mich nur, wie du das anstellen willst.«

»So wie ich es gesagt habe.«

»Hingehen, ein Pläuschchen halten, vielleicht über das Wetter, ein Gläschen, eine Umarmung? Oh, Verzeihung, wir haben einen Fehler gemacht, wir wollten deine Oma nicht vergewaltigen, dein Haus anzünden und den Hund erschießen. Kannst du uns vergeben?«

Sie lacht, äfft den Worten hinterher.

»Du hast recht. Ich sollte mich vorbereiten.«

»Ich würde mir die Nummer vom österreichischen Bundesheer einspeichern. Vielleicht können dir die helfen.«

»Nach der letzten Heeresreform? Wohl kaum. Abgesehen davon haben wir schon einen Krieg gegen euch verloren. Ich habe da eine andere Idee. Hast du ein Ladegerät für ein Samsung-Handy?«

Andrea tippt Felix' Namen an, dann den grünen Hörer. Es läutet, sie wird in die Mailbox umgeleitet. Zweiter Versuch, dasselbe Ergebnis. Eine SMS: *Ruf mich zurück.*

Ein paar Minuten vergehen, keine Antwort. Irgendetwas stimmt da nicht. Ein Gefühl steigt in ihr auf, das sie nicht tolerieren kann. *Du kannst nicht dein eigenes Süppchen kochen, mich außen vor lassen.* So war das nicht vereinbart.

Der Nowak wartet im Sharan, Andrea steigt ein. Der Nowak sieht sie an, fragend, startet den Motor.

»Und, wie war die Nacht?«

»Scheiße, danke. Hab schon lang nicht mehr so schlecht geschlafen.«

»Hast dich nicht wohlgefühlt bei den Irren?«

»Nein, hab ich nicht«, herrscht sie ihn an. »Können wir bitte fahren? Ich bin hundemüde.«

Der Nowak setzt das Fahrzeug in Bewegung. Sie nimmt das Handy aus der Tasche, sieht nach, ob sie etwas übersehen hat.

»Du wirkst nervös, Binschki. Ist sonst noch etwas?«

»Der Felix meldet sich nicht.«

»Wird saufen gegangen sein.«

Nowak, du hast doch keine Ahnung.

»Können wir schnell bei ihm vorbeifahren? Dann wäre mir leichter.«

Der Nowak nickt, fährt die Ignaz-Harrer-Straße hinauf, sie quälen sich durch den Stau, biegen in die Alois-Stockinger-Straße ein, vorbei am Park, Richtung Hauptschule, rechts in die Franz-Martin. Ein standardisierter Neubau aus Beton und Glas, mit Pfeilern, die das überstehende Gebäude halten. Daneben einer der Supermärkte, die wie Pilze aus dem Boden schießen. Schließt einer, macht der nächste auf.

Der Nowak hat diesen Blick aufgesetzt, der nach Nahrung verlangt. Sie nickt, sie bleiben stehen, Andrea holt zwei Leberkässemmeln und zwei Cola. Sie hat keine Lust, mehr als nötig zu sagen, wenn sie müde ist. Dann ist jedes Gespräch eine Qual.

Sie gibt dem Nowak seinen Anteil, er fährt los. Mit einer Hand hält er die Semmel, mit der anderen das Lenkrad. Er murmelt etwas, kaut auf dem Leberkäse herum, sie beachtet ihn nicht. Er lässt das Lenkrad los, reibt sich die Handflächen und zerknüllt das Papier. Der Sharan steuert in Richtung der Fahrbahnmitte, sie lenkt gegen, der Nowak nickt dankbar.

In ihrem Kopf fahren sie über die Kollegen, zu denen sie jetzt gerne gehören würde. Der Sharan hebt sich, senkt sich, nach fünfhundert Metern parkt der Nowak den Wagen vor dem nächsten Supermarkt. Sie steigt aus, er folgt ihr, biegt in den Markt ab. Sie steuert die Haustür an, klingelt bei Horvat. Kein Zeichen. Noch einmal. Keine Reaktion.

Felix, wo bist du?

Das gibt es doch nicht. Beim Angeln vielleicht?

Andrea sucht im Innenhof nach der Honda. Das Motorrad steht angekettet an einem gusseisernen Geländer unter einer Plastikplane. Das ist merkwürdig. Sie sieht auf die Uhr, gerade neun. Schlafen wird er nicht. Er gehört seit jeher zu den Frühaufstehern. Ein Blick aufs Telefon bringt keine Änderung. Sie geht wieder vor, drückt die Klingel tief hinein, lässt den Finger darauf liegen. Sie hebt den Kopf, geht ein paar Schritte zurück, möglicherweise ist das Fenster offen. Einmal um die Ecke, vielleicht steht er auf dem Balkon. Nichts. Ihr Bauchgefühl verändert sich zur Übelkeit.

Wo bist du? Du hast gesagt, du regelst das. Aber wie?

Andrea geht zurück zum Sharan, am Nowak vorbei, der sich noch eine Semmel in die Figur haut. Seine Mimik wechselt vom Genuss zur Frage, sie zuckt mit den Achseln, verlangt nach dem Autoschlüssel.

»Ich fahre, du isst. Sonst landen wir noch im Graben.«

Die Absätze hallen durch die langen Gänge, kleben am Linoleum. Der in Weiß geht zwei Meter vor ihm. Darius folgt ihm, die Brust herausgestreckt. Als ob er jedem sagen möchte, dass er es geschafft hat, von dieser verdammten Station wegzukommen. Sie gehen den Gang entlang, ein Stockwerk höher. Der vor ihm sperrt die Tür auf, gibt Darius und die Akte im Dienstzimmer ab. Die Schwester sieht die Akte durch, sagt ihm, dass er warten solle. Eine dicke Frau, Mitte fünfzig, in Baumwollfetzen gehüllt, kommt den Gang herauf, murmelt, schreit, murmelt wieder. Sie hat eine Puppe aus Stoff in der Hand, die sie hinter sich herzieht. Die Unterlippe hat sie nach vorne geschoben, um zwischen dem Murmeln und dem Geschrei schmatzende Laute von sich zu geben. Der Unterarm ist vernarbt, breite rosa Hügel in regelmäßigen Abständen. Sie geht an ihm vorbei, er taxiert sie, ein Frösteln geht durch den Körper. Die Schwester steht neben ihm, legt ihm die Hand auf die Schulter.

Darius zuckt, fährt hoch, der Schreck erreicht alle Glieder. »Willkommen auf der Forensischen Psychiatrie. Folgen Sie mir.«

Es ist nicht das, was sie gesagt hat, das Darius beunruhigt. Es ist das, was sie nicht gesagt hat. Dass es nicht schlimmer kommen kann, er unten angelangt ist.

Bei den Vollpsychos, den richtig argen Menschen, wenn man sie als solche bezeichnen kann.

Sie gehen den Gang entlang, ein Mann kommt ihnen entgegen, er trägt Kopfhörer, die über die Ohren ragen, ein Cordsakko in Weiß, einen roten Schal und kurze Hosen. Die Musik hat er auf Maximum aufgedreht, den Kopf bewegt er zum Beat der Volksmusik. Er ist unrasiert, hat die Augen weit geöffnet, hält den Blick auf Darius, während er vorbeigeht. Auf gleicher Höhe reißt er den Mund auf, zeigt die braunen Zähne, wippt weiter mit dem Kopf. Darius schreckt zurück, folgt der Schwester. Vor zehn Minuten hat er sich als Sieger gefühlt, als einer, der entkommen ist.

Wohin bist du entkommen? Aus einer Hölle in die nächste.

»Kann ich mir die Sache noch einmal überlegen?«

»Was wollen Sie sich überlegen?«

»Na, das hier.«

»In Ihrer Akte steht, dass Sie gewalttätig sind, einen Polizeibeamten mit dem Messer attackiert haben, einen Patienten gewürgt haben und ihn mit dem Polster ersticken wollten. Zu uns kommt keiner, weil er sich das noch einmal überlegt, junger Mann. Zu uns kommen Leute, die ein Problem für sich und die Allgemeinheit darstellen. Oder aus psychischen Gründen nicht haftfähig sind. Geistig abnorme Rechtsbrecher, wenn Ihnen das etwas sagt.«

»Was soll das heißen?«

»Das sind Menschen, die andere umgebracht haben aus einem Tick, einer Laune, einem Schub. Weil es ihnen der Teufel oder irgendwelche Stimmen gesagt haben. So etwas in der Art.«

»Da gehöre ich nicht dazu.«

»Möglich.«

Sie öffnet die Tür, macht eine Handbewegung, dass er hineingehen soll. Sie schließt die Tür hinter ihm, die Augen folgen dem Klang des Schlosses, das sich anders anhört als auf der S3. Innen befindet sich keine Klinke, nur ein Knauf, der seinem Willen nicht folgen will. Daneben ein roter Knopf in der Wand mit dem Symbol einer weißen Krankenschwester in der Mitte. Keine Kabel, keine spitzen Gegenstände, kein Fernseher. Das Fenster ist gekippt, wird über einen Elektromotor gesteuert. Kein Griff, nach draußen geht es nur mit der Kreissäge. Darius legt sich aufs Bett, die Hände unter den Kopf, starrt die Decke an. Da muss man verrückt werden, wenn man in diesem Loch eingesperrt ist. Diese Scheiß-Andrea. *Du kannst den Cops nicht vertrauen.* Randalieren sollte er, damit er wegkommt, außer Gefahr ist. Dass hier alle komplett wahnsinnig sind, hat sie nicht gesagt. Dass es nicht einmal etwas zu Lesen gibt, auch nicht.

Wie soll er nur die Tage rumbringen?

Sein Fuß beginnt zu wackeln, bald folgt der ganze Körper. Er setzt sich auf, klopft mit den Händen auf die Oberschenkel, legt sich hin, das Ganze von vorne. Er geht zur Tür, versucht sein Glück noch mal an dem Knauf, geht eine Runde im Kreis, drückt den Notruf. Es dauert einen Augenblick, Schritte nähern sich in geruhsamem Trott. Ein Schlüssel dreht sich im Schloss, die Schwester von vorhin.

»Brauchen Sie etwas?«

»Ich will eine rauchen gehen.« Pause, Hundeblick, gesenktes Haupt. Ein demütiges Flüstern: »Bitte.«

Sie überlegt, nickt, sie schlendern den Gang hinab.

»Wollen Sie einen Kaffee?«

Darius bestätigt, bekommt ein Kännchen. Milch, Zucker, sie gehen auf die Terrasse. Ringsum Gitter, mindestens zwei Meter hoch. Hinter Plastikplanen, auf denen sich kindliche Tierdarstellungen befinden. Welche genau, kann er nicht ausmachen. Nur, dass sie von Dreijährigen stammen könnten.

Die Frau mit der Puppe steht vor einem Bild, betrachtet einen Schmetterling, geht zum Elefanten, grinst, geht weiter.

Sie bemerkt Darius, sieht ihn an, schreit, murmelt zur Puppe, schiebt das Kinn vor und zurück.

»Sie mag keine Raucher. Genau wie ihre Puppe.«

Darius steckt sich die Zigarette in den Mundwinkel, die Schwester sagt der Puppenfrau, dass sie hineingehen soll. Sie gehorcht, schleppt die hängenden Schultern durch die Gänge.

»Was ist mit ihr?«, fragt er.

»Schweigepflicht«, sagt die Schwester.

»Ihr wirds egal sein.«

»Seien Sie sich da nicht so sicher.«

Darius kaut am Filter der Marlboro, überlegt, sagt: »Und der mit den Kopfhörern?«

»Selbe Frage, selbe Antwort.«

»Schon klar.«

Sie sieht auf die Uhr, klopft mit dem Fuß auf den Boden.

»Was wollen Sie essen? Ich habe Vollkost und Fleischlos bestellt.«

»Fleischlos.«

Sie geht hinein, dreht sich zu ihm um.

»Sie können ruhig ein wenig hierbleiben. Sie können ja gut auf sich selbst aufpassen. Ich ruf Sie dann.«

Darius nickt zögerlich, klammert sich an das Kännchen und die Zigarette. Geistig abnorme Rechtsbrecher.

Nicht haftfähig. Scheiße.

Du bist ein Idiot. Jetzt ist es amtlich.

17

Ruf mich zurück. Es ist dringend.

Es dauert keine zwei Minuten, das Telefon spielt das *Mission-Impossible*-Thema. Suzuki.

»Was gibts?«

»Ich brauche einen Schlüssel und ein bisschen Bargeld. Fünftausend sollten reichen.«

»Welche Marke?«

»Mach zehn. Ich will einen Mercedes. AMG.«

»Hast du eine Adresse?«

»Belgrad. Das Postfach.«

»Wird gemacht. Sonst noch was?«

»DHL Overnight. Ich brauch die Sachen. Asap. Und, Suzuki?«

»Ja?«

»Pass bitte auf Enissa auf.«

»Alles klar.« Freizeichen.

Suzuki. *Einer, auf den du dich verlassen kannst.* Und einer, der gerne Geheimagent spielt.

Felix steckt das Handy ein, Vuk steht hinter ihm.

»Ist das dein Plan? Jemand anzurufen?«

»So siehts aus. Wir brauchen ein Auto, das nicht auffällt. Außerdem werde ich mir was zum Schießen besorgen müssen.«

»Mit zehntausend wirst du nicht weit kommen.«

»Ich will ja keines kaufen.«

»Was dann?«

»Ich hole mir ein Gestohlenes zurück. Suzuki geht zur Leasing-Firma, holt den Zweitschlüssel und schickt ihn mir. Wir checken die letzten GPS-Daten und suchen ihn. Dann probieren wir den Schlüssel, den sie in der Regel nicht neu codieren.«

»Du fährst also mit dem Schlüssel durch die Stadt und siehst nach, ob irgendwo die Tür aufgeht?«

»Na ja, nicht ganz. Dafür brauche ich das Geld. Ich habe einen Kontakt bei der Behörde. Der sieht mir nach, wer in diesem Zeitraum einen AMG zugelassen hat. Ich kaufe ihm die Daten ab, fahre zur angegebenen Adresse und stehle ihn zurück. Die Leasing-Firma zahlt mir zehn bis fünfzehn Prozent und alle sind glücklich.«

»Und dann überfährst du sie mit der verchromten Stoßstange?«

»Der Mann besorgt mir auch eine Pistole. Eine ČZ wäre gut. Die ist günstig zu haben. Was willst du?«

»Was soll das heißen?«

»Dass du eine Waffe brauchst, wenn du dabei sein willst.«

»Ich will nicht dabei sein.«

»Dann nicht.«

Sie überlegt, schreit beinahe: »Kalaschnikow.«

»Was willst du mit so was? Nimm dir was Kleines, Handliches. Warum wollen die Leute immer diesen großen Dinger?«

»Das ist die meistverkaufte Waffe auf diesem Planeten.«

Er schüttelt den Kopf, hebt die Schultern.

»Wie du meinst. Aber du bist dabei. Kannst du schießen?«

Sie lacht, dreht die Handflächen nach oben.

»Du weißt schon, wo du bist?«

»Hast du ein Auto?«

»Einen Yugo. Wenn er noch dasteht.«

»Was meinst du?«

»Du kannst einen Yugo mit einer Büroklammer, einem Messer, einer Weidenrute, einer Kartoffel … Eigentlich kannst den Yugo aufbrechen, wenn du an der Tür ziehst.«

»Ich kann mich erinnern. Wir hatten auch so einen. Hat uns bis nach Österreich gebracht.«

»War auch Auto des Jahres. Jedes Jahr.«

»Der Sozialismus hat im Nachhinein schon etwas Ironisches.«

Sie nicken, zünden sich eine Zigarette an.

»Was hat es eigentlich mit dem Fleisch auf sich?«

»Warum fragst du?«

»Weil du gezögert hast. Kein Mann hier zögert bei Wurst oder Fleisch. Viele sterben früh. Deswegen.«

Er bläst den Rauch an die Decke, sieht der Wolke nach.

»Das will ich verhindern.«

»Wie leben deine Eltern damit?«

»Meinem Vater ergeht es ähnlich. Er isst seit Jahren kein Fleisch mehr. Nicht einmal Eier. Als ich meiner Mutter gesagt habe, dass ich auch kein Fleisch mehr essen will, hat sie geweint, als ob gleich die Welt untergeht.«

»Obwohl dein Vater …?«

»Er ist ein alter Mann. Sie hat es nicht verwinden können, dass ich so jung so eine Last tragen muss.«

Vuk schiebt die Lippen vor, nickt.

»Ist deine Mutter tot?«, fragt Vuk.

»Möglich.«

»Was heißt ›möglich‹?«

»Wir reden nicht miteinander. Seit Jahren. Ab und zu sehe ich sie, wenn ich meine Tochter zu meinen Eltern fahre oder sie von dort abhole.«

»Ich habe meinen Vater im Krieg verloren und meine Mutter an die Hoffnung, wieder so jemand zu finden. Ich würde viel für eine Familie geben.«

»Lebt sie noch?«

»Keine Ahnung. Sie ist Alkoholikerin, lebt irgendwo. Mal da, mal dort. Oder nicht. Ich weiß es nicht.«

»Geschwister?«, fragt Felix.

»Einzelkind.«

»Unüblich in diesem Teil der Welt. Eine Adoption?«

»Glaube ich nicht. Dafür bin ich meiner Mutter zu ähnlich. Du?«

»Eine Schwester. Tot. Das heißt, wahrscheinlich.«

»Mit dir ist wohl nicht gut Kirschen essen?«

»Sie ist aus dem Auto gezerrt worden, als wir geflüchtet sind. Wenn sie nicht tot ist, ist sie vielleicht irgendwo als Nutte unterwegs. Oder schlägt sich anders durchs Leben.«

»Wer hat sie aus dem Auto gezerrt?«

»Typen mit Maschinengewehren. Ich war noch klein. Ab und zu, wenn ich hier war, bin ich ins Puff gegangen, habe den Straßenstrich beobachtet. Mich in Cafés umgesehen. Der Hoffnung wegen. Vielleicht hätte ich sie erkannt.«

»Und, hast du?«

»Irgendwann sehen sie alle gleich aus. Dann sind es alle oder keine. Dann findest du dich damit ab, dass sie nie wiederkommt. Wahrscheinlich haben sie sie an einen alten Widerling verkauft, der sie als Haussklavin hält.«

»Vielleicht triffst du sie ja diesmal.«

»Erstens glaube ich das nicht, zweitens habe ich keine Lust, ins Puff zu gehen.«

»Musst du nicht, aber eine Nutte werden wir treffen müssen.«

Felix runzelt die Stirn.

»Ich habe eine Idee, wie wir Zugang zu Zora Plava bekommen.«

»Und die wäre?«

»Das sag ich dir, wenn wir den Mercedes haben. Mit dem Yugo wird das schwierig. Wir wollen doch ernst genommen werden.«

Das Handy piept eine SMS herein: *Ruf mich zurück. Andrea.*
Verdammt, was sollst du sagen? Sollst du sie belügen? Die merkt sofort, wenn du ihr einen Bären aufbinden willst. Dir bleibt nur die Ehrlichkeit, die ungeschminkte Wahrheit. Dann kannst du sehen, was sie damit macht.

Felix tippt ihre Nummer an, sie meldet sich. Stoisch. In Warteposition. Wie eine Schlange, die ihn umkreist, damit sie im richtigen Moment zubeißen kann.

»Ich soll dich anrufen.« Vorsichtig. Jeder macht einen Schritt, bis sich die Zehenspitzen berühren.

»Das hast du ja gemacht.«

»Genau, das habe ich.«

»Dann ist es ja gut.« *Dafür, dass ihr keine Beziehung habt, fühlt es sich gerade verdammt danach an.*

»Ich hoffe, dass es gut ist.« *Frag nicht, ob alles in Ordnung ist. Stell nicht diese Frage.*

»Wo bist du?« Du hast sie nicht gestellt.

»Unterwegs.«

Eine Ewigkeit macht sich im Hörer breit. »Unterwegs?«

»Ja. Unterwegs.«

Das kochende Wasser drückt den Deckel nach oben. Nicht lange, dann …

»Und wo ist dieses … Unterwegs?«

Lass es, sag es ihr.

»Belgrad.«

Schnauben, Grummeln, Stille, alles von vorne.

»Belgrad?«

»Belgrad.«

»Was machst du so in …« Pause. »… Belgrad?«

»Diverses.«

»Diverses?«

»Di-ver-ses.«

Jetzt fliegt gleich der Deckel.

»Ich war bei dir, habe dich gesucht, mir Sorgen gemacht. Und der feine Herr macht sich auf den Weg nach Belgrad. War das ein Last-Minute-Angebot, eine Okkasion quasi? Hast du eine Luftveränderung gebraucht? Mal abschalten, mal weg von zu Hause? So richtig ausspannen? Oder geht es um …«

Sie dämpft die Stimme.

»Ich regle das. Ich bin der Superoberhaberer, Gangchefspezi.‹ Blablabla.«

Es dampft aus den Nasenlöchern, sie setzt fort: »Ich schaue daheim, dass ich das alles geregelt kriege für euch dumme Buben, setze meinen Job aufs Spiel, und was machst du?

Die Sache regeln. Wie, glaubst du, wird das funktionieren?

Gehst du dahin, redest ein bisschen mit denen, dann trinkt ihr einen Kaffee, sie sagen: Oh, Verzeihung, so haben wir das nicht gesehen. Den Werner in Ätzkalk aufzulösen, war ein Versehen.

Und dem Darius einen Killer auf den Hals zu hetzen ebenfalls. Bitte nimm dir einen Kuchen.«

Irgendwo hast du das schon einmal gehört.

»Warum sollte das nicht funktionieren? Ich biete ihnen das Zeug an, sie lassen Darius in Ruhe.«

»Warum ist mir all die Jahre nicht aufgefallen, wie dumm du bist? Oder ist das erst jetzt gekommen? Hattest du einen Schlaganfall? Bist du mit dem Kopf irgendwo dagegengelaufen? Alleine schon, dass du mir, mir als Polizistin, gerade erzählst, dass du weißt, wo die Drogen sind, mit denen sie gedealt haben. Nein, du glaubst auch noch, dass die Leute sich auf so einen beschissenen Deal einlassen. Weißt du was? Bleib doch da unten, da gehörst du hin.«

Freizeichen. Der letzte Satz war ungebührlich. Sie hat seine Ehre beleidigt, hat ihn zu denen gezählt. Und gleichzeitig gesagt, dass die nicht gut genug sind. *Leck mich, Andrea, leck mich doch.* Was hat sie für eine Ahnung? Er beleidigt auch nicht ihre Wurzeln, ihre Heimat. Sie lehnt das ab? Das kann er auch.

Felix schleudert das Telefon in die Ecke, der Deckel und der Akku fliegen weg. Er schnaubt wie ein Walross, dreht sich im Kreis, schlägt mit der Faust auf den Tisch. Dann lehnt er den Kopf auf die rechte Hand und atmet gegen das Gefühl, das ihn befällt. Ein Schwall von unten, der sich ausbreitet, ihn ganz erfüllt. Etwas, das er nicht erfassen kann. Scheiße, Scheiße, Scheiße. Das war gar nicht das, was er erwartet hat. Nur: Was hat er erwartet? Dass sie das gut findet, dass er Cowboy spielt? Sich in Gefahr bringt? *Noch kannst du heimfahren, die Sache im Sand verlaufen lassen.* Auf einen Toten mehr oder weniger kommt es auch nicht an. Dann muss Darius eben mit der Konsequenz leben. Wer mit den Hunden schläft, wacht mit den Flöhen auf.

Scheiß-Darius, Scheiß-Drogen, Scheiß-Gang. Scheiß-And …

Nein, sie meint es gut mit dir. Sie macht sich Sorgen. Das ist eben ihre Art. Vielleicht versucht er es später noch einmal, wenn sich die Lage beruhigt hat. Dann tut es ihr leid, ihm leid, und sie können sich auf einem normalem Niveau bewegen. Falls das möglich ist.

Vuk nimmt seinen Kopf in den Arm, streichelt ihn sanft, er lässt ihn in ihrer Ellenbeuge liegen. Die Umarmung wird enger, ungewöhnlich lang, er spürt ihre Brust im Nacken. Eine Berührung über die Mütterlichkeit hinaus, ihr Kopf nähert sich langsam. Felix wendet sich zu ihr, ein Blick, starr, fragend. Atem, der nach Heimat riecht. Er drückt die Lider zusammen, ihre Lippen zum Küssen nah.

Du machst das nicht. Für ihn steht zu viel auf dem Spiel.

Überleg dir das. Er hat keine Ahnung, was es mit ihm und Vuk oder ihm und Andrea macht.

Felix zögert, nur einen Moment, die Zweifel verblassen. Dann lässt er sich treiben von dem Gefühl, zwei Wogen, die es zueinander zieht, um in einer zu vergehen. Die Abwehr, gleich erlöst von blutgefüllten Konturen, die zu einer verschmelzen. Ein Flüstern, ein zarter Hauch.

Wehr dich nicht. Du bist zu Hause, Srečko Horvat.

Eine Kammer, ähnlich der auf der S3. Ein Computer, ein runder Tisch, ein Wandkalender. Österreich durch die Jahreszeiten. Der Frühling in seiner gesamten Lebhaftigkeit. Die Darius nicht teilen kann. Er hat den ganzen Tag die Wand angestarrt, die Minuten gezählt bis zur nächsten Zigarette. Ein Automagazin, das er zwar gelesen hat, aber ohne Interesse. Mit der erzwungenen Leidenschaft für Autos konnte er noch nie etwas anfangen. Ob es Tests an Mittelklassewagen oder die Begeisterung für Sportwagen sind: egal. Führerschein: Fehlanzeige. Ein Auto hätte er sich nicht leisten können, noch bestand jemals Bedarf.

Bei der Tageszeitung verhält es sich ähnlich. Da wird nur die Bevölkerung mit ihrer Hilflosigkeit konfrontiert. Er hätte gerne ferngesehen, irgendeine amerikanische Sitcom. Nichts, was das Hirn anstrengt. Etwas zum Chillen. Aber den Fernseher haben sie ihm noch immer nicht gegönnt. Er hat nach dem Arzt verlangt, mehrfach, der schließlich in ein Gespräch eingewilligt hat. Jetzt sitzt er da, eine gefühlte Ewigkeit, starrt die Nockberge auf dem Kalender an. Selbst dort würde er jetzt lieber sein, dort müsste er nicht warten. Geduld, ein essentieller Bestandteil des Krankenhausalltags. Eine Untersuchung, ein Gespräch, ein Spaziergang, eine rauchen, alles heißt Wartezeit.

Die Tür geht auf, ein junger, brünetter Arzt kommt herein. Die Schläfen ausrasiert, die Haare nach hinten gekämmt. Hemd, Krawatte, frisch gebügelt, wahrscheinlich von der Mama. Er setzt sich gegenüber, legt die Unterlagen auf den Tisch, rutscht zurück, behält ihn im Auge. Er schlägt die Akte auf, liest, ein Augenblick verstreicht.

»Herr Hermann, wir kennen uns nicht. Dr. Maier, Assistenzarzt. Ich bin für Sie zuständig.«

»Ich will mit dem Richter sprechen.«

»Sie kommen gleich zur Sache, das ist gut. Sie sind sehr zielstrebig, das begrüßen wir hier. Aber die Situation hat sich geändert.«

»Mir wird der Richter schon die ganze Zeit vorenthalten.«

»Das kann ich jetzt nicht nachvollziehen, aber ich bin mir sicher, dass das seine Gründe hatte.«

»Sicher. Gründe. Genau.«

»Herr Hermann, Sie wollten mich sehen. Das ist gut. Ich pflege einen engen Kontakt mit den Patienten. Wir sind stark an Ihrer Rehabilitation interessiert.«

Darius wackelt mit dem Kopf. »Aha. Deshalb sperren Sie mich auch ein, lassen mich nicht fernsehen, geben mir nur Dreck zu lesen. Wenn ich Glück habe, darf ich eine rauchen gehen. Das nennen Sie also Rehabilitation.«

»Herr Hermann, bei uns eilt es nicht. Die meisten unserer Patienten sind lange Zeit hier.«

Diese verfluchte Ogrisek, diese Scheiß-Kieberin.

Die haben dich reingelegt und du Idiot hast ihnen geglaubt.

»Wie lange?«, fragt er, drängt den Kloß die Kehle hinab.

»Wir reden hier von Jahren. Je nach Heilungsverlauf und Delikteinsicht. Dann obliegt es unter anderem mir zu entscheiden, inwiefern Sie zurück in die Gesellschaft können.«

»Jahre? Wir reden von Jahren?«

»Ich habe mir Ihre Akte angesehen und ich habe einige Punkte gefunden, an denen wir ansetzen können. Ich denke, es liegt ganz in Ihrem Sinne, wenn wir sofort damit anfangen.«

»Punkte. Ansetzen. In meinem Sinne liegt nur, hier rauszukommen. Ich bin nicht wie die, die da draußen herumgeistern. Ich bin aus einem anderen Grund hier.« Darius beugt sich über den Tisch, der Arzt rutscht weiter zurück.

»Da drüben ist einer, der mich umbringen will. Ich bin hier, weil ich schon tot wäre und hier niemand rein oder raus kommt.«

»Das habe ich auch gelesen. Und das ist ganz normal, dass Sie solche Gedanken quälen. Sie haben eine lange Zeit des Suchtmittelmissbrauchs hinter sich. Da ist es oft nicht so einfach, die Realität zu erfassen.«

»Sie sagen mir also, dass ich lüge.«

»Nein, das will ich nicht sagen. Sie haben das so erlebt. Für Sie war das alles echt.«

»Das ist es auch!«

»Das glaube ich Ihnen. Aber wir sollten gemeinsam etwas unternehmen gegen diese Gefühle. Das ist gut, öffnen Sie sich. Das ist ein erster Schritt.«

Spinnen jetzt alle, oder was?

Das könnt ihr nicht tun. Das ist nicht fair. Warum haben die ihm das nicht gesagt? Dass er wie einer von den Psychos behandelt wird.

»Ich gehöre nicht hierher, verstehen Sie das? Ich will mit der Ogrisek sprechen. Bitte.«

»Frau Dr. Ogrisek hat Sie hierher verwiesen, Darius. Sie kann Sie auf Ihrer Station nicht mehr behandeln. Deshalb sind Sie hier.«

»Weil ich verdammt noch mal bedroht werde. Weil ich eine Scheiß-Angst habe. Das ist ein Psychopath, der mich umbringen will. T-ö-t-e-n. Kapieren Sie das nicht?«

»Doch, auch darüber haben wir gerade gesprochen. Soweit ich das aus der Akte entnehmen kann, wurden Sie gewalttätig, wollten einen anderen Patienten mit einem Kopfpolster ersticken, haben sich, nachdem er sich erholt hatte, mit ihm geprügelt und gesagt, dass Sie ihn zuerst angegriffen haben. Entspricht das nicht der Wahrheit?«

Darius hämmert mit der Faust auf den Tisch, rauft sich die Haare. »Weil er mich bedroht hat. Er will mich umbringen, weghaben, verschwinden lassen, verdammt.«

»Herr Hermann. Darius. Wir werden uns um alles kümmern, was Sie bedrückt. Haben Sie Geduld mit sich, wir werden das in den Griff bekommen. Ich möchte unser Gespräch hier beenden. Wenn Sie mich brauchen, sagen Sie dem Pflegepersonal Bescheid.«

Im Inneren von Darius verglüht eine Sonne, zieht die Masse an einen Punkt, um in einer Supernova zu enden.

Der Tisch fliegt auf die Seite, die Nockberge stürzen auf die Erde, werden begraben unter dem Computerbildschirm. Der Arzt hat das Zimmer bereits verlassen. Vor den weichen Knien, die unaufhaltsam nach unten gezogen werden. Das kann doch nicht wahr sein, das ist alles ein Traum, ein beschissener Traum.

18

Felix sitzt am Tisch, Vuk schlägt die verbliebenen Eier in die Pfanne. Sie trägt den gepunkteten Bademantel, die Pantoffeln mit dem Leopardenmuster.

Ein Déjà-vu, mit einer kleinen Änderung.

»Hast eigentlich auch einen richtigen Namen?«

»Spar dir die Floskeln. Wir beide wissen, dass das nicht Bestand hat. Wir brauchen nicht zu persönlich werden. Das ist nicht Kern der Sache.«

»Hast du einen Laptop? Mit Internetanschluss?«

»Wo, glaubst du, bist du? Auf dem Mond?«

Felix erinnert das an seine Katze. Sie kam, wenn sie gestreichelt werden wollte, wenn es ihr nicht mehr passte, biss sie ohne Vorwarnung zu. Sie ließ sich nicht vom Schoß werfen. Da wurde sie noch aggressiver. Außerdem hat sie den Leuten in die Schuhe und Handtaschen uriniert. Unspezifisch, willkürlich. Sie hat die Stimmung gewechselt, wie es ihr passte. Als sie letztendlich davonlief, merkte Felix, wie wenig er sie eigentlich gemocht hatte.

»Und, hast du?«

Sie nickt, lässt die Eier vor sich hin brutzeln, kommt mit einem Macbook wieder. Air 10, sieht aus wie neu, nicht das kleine. Er wippt den Kopf, sieht die E-Mails durch. Suzuki hat ihm einen Link geschickt, mit dem er die Sendung tracken kann.

6:43 Uhr Ankunft beim Empfänger.
Bulevar Mihajla Pupina, Zemun.

Felix schnalzt mit der Zunge, Vuk wirft die Eier auf den Teller, fragt: »Und?«

»Wir sollten nachsehen, ob der Yugo noch dasteht.«

Eine Raumstation aus rotem Stahl und Beton, bunten Leuchtreklamen zwischen grauen Quadern und dem Abgas der Straße. Vuk parkt den Yugo, Felix holt das Paket vom DHL-Zentrum, umklammert es fest. Sie soll zurückfahren, er will sich den Inhalt des Pakets ansehen. Zehntausend Euro, ein Schlüssel mit dem Mercedesstern und eine Kopie der Zulassung und der letzten GPS-Daten. Wahrscheinlich eine Hinterhofwerkstatt, in der sie das GPS-Modul deaktiviert haben, irgendwo in Belgrad. Die Suche würde sich nicht lohnen, das hat sie noch nie. Selbst wenn er die Werkstatt findet, wird ihm der Mechaniker nichts sagen. Zu viel Angst oder Loyalität dem Kunden gegenüber. Er braucht Sajo, den Mann bei der Behörde. Sie fahren zurück in Vuks Wohnung, Felix beschäftigt sich mit dem Macbook. Normalerweise schickt er Sajo die Daten, bekommt eine Bestätigung, wo er das Geld hinterlegen soll, dann schickt Felix ein Kuvert an ein Postfach. In der Regel dauert das ein bis zwei Tage. Dann wird er den Halter ausfindig machen und bei Gelegenheit das Fahrzeug holen. Natürlich in Abwesenheit des momentanen Besitzers.

»Und jetzt?«

»Heißt es warten.«

»Wie lange?«

»Bis wir Antwort bekommen.«

»Super. Danke.« Ironisch.

Felix nickt, lässt sich in den Sessel fallen. Er beäugt sie von oben bis unten. Sie drückt ein Auge zusammen, mustert ihn.

»Was hast du vor?«

»Warten. Noch immer.«

»Ich hätte eine Idee, wie wir uns die Zeit vertreiben können.«

Friesachstraße, Gemeindebau. Zwischen langen Legosteinen aus grobem Putz befindet sich Asphalt mit etwas Grünflache, darauf Eisenstangen, die zum Aufspannen von Wäscheleinen dienen. Ein Potpourri aus Mülltonnen jeder Art, billigen Fahrrädern und gestutzten Hecken. Andrea geht zu einer Tür, drückt die Klingel. Niemand meldet sich, der Summer ertönt. Ein Mangel an Vorsicht, der ihr Gänsehaut auf die Unterarme zaubert. Eine der Wohnungstüren aufzubrechen, wäre nicht schwer, irgendeine fügt sich dem Schicksal.

Sie geht ins Hochparterre, nach links, eine ältere Frau öffnet. Sie trägt die Haare kurz wie ein Pudel, mäßig gefärbt, dazu ein dunkles T-Shirt und hellbraune Hosen. Um die Augen und auf der Stirn tiefe Falten, kaum Grübchen um den Mund.

Sie hält den Kopf aus dem Spalt, die Hand an der Tür, mustert Andrea. Sie sagt kein Wort, wendet den Blick ab und drückt die Tür ins Schloss.

»Warten Sie«, ruft Andrea, nähert sich.

»*Šta hoćeš?*«

»Sprechen Sie Deutsch?«

Sie schüttelt den Kopf, sagt: »*Ne zna njemački*«, wirft die Tür ins Schloss.

Andrea hetzt ihr nach, drückt die Klingel. Stimmengewirr hinter der Tür, aus dem Spion dringt Licht, Stille. Ein Moment vergeht, ein Mann kommt heraus. »Was wollen Sie?«

»Hat mich das Ihre Frau gefragt?«

»Anders. Also?«

»Ich muss mit Ihnen über Felix reden.«

»Es gibt hier keinen Felix. Sie irren sich. Gehen Sie.«

Marke russischer General, inklusive den frikativen Lauten. Allerdings ohne die würdevolle Kopfbedeckung.

»Srečko. Ich meine Srečko.«

»Warten Sie.«

Er schließt die Tür, Stimmengewirr, das die Lautstärke steigert, er setzt sich durch, sie ruft ein slawisches Schimpfwort, dessen Bedeutung Andrea nicht kennt. Die Tür geht auf, er schüttelt den Kopf, runzelt die Stirn, murmelt: »Verzeihung«, schiebt Andrea die Treppe hinab.

»Wir gehen ein Stück. In den Park.«

Sie bestätigt, sie schlendern stumm von den Blöcken weg, über die Straße in den Lehener Park. Im Schatten der hohen Ahornbäume fahren Kinder mit einem rostigen Karussell, drehen Runden mit den Fahrrädern. Manche sitzen auf der Wiese und lesen, andere werfen Hunden Bälle zu. Laut dem Schild am Eingang ist alles davon verboten. Sie setzen sich auf eine Bank, in einer Ecke, wo sich nicht zu viele Leute befinden. Der alte Mann steckt die Hände in die braune Lederjacke, lehnt sich zurück, fixiert einen Punkt im Nirgendwo.

»Verzeihen Sie meine Frau. Sie kann nicht mit Fremden.«

»Ist mir aufgefallen und nicht der Rede wert. Wie sieht die Sache bei Ihnen aus?«

»Ähnlich.«

»Fängt gut an.«

»Was wollen Sie von Srečko?«

»Ich glaube, dass er in Schwierigkeiten steckt.«

»Wenn Sie wissen, wie oft ich das schon höre. Seit wir ihn nicht mehr sehen, nicht mehr. Sie tauchen auf und das Erste, was Sie sagen, ist das, was mir viele Leute sagen, wenn ich sie das erste Mal sehe. Lehrer, Nachbarn, Verwandte, Freunde, Polizei. Egal. Zu welcher Gruppe gehören Sie?«

Sie überlegt. »Freunde.«

»Das ist Ihre Sache. Mit ihm Freund zu sein. Srečko ist immer schwierig. Sie sehen vernünftig aus. Warum machen Sie das?«

»Sie reden über Ihren Sohn. Das ist Ihnen schon klar?«

»Wenn Sie das mitmachen, was wir mit ihm mitmachen, fragen Sie das nicht. Wir halten immer zu ihm, wie, wann, wo wir können, aber es bringt nichts. Er ist ein Rebell, will uns provozieren, macht das Gegenteil von dem, was wir sagen. Wir sagen das Gegenteil von dem, was wir wollen, das er macht. Was glauben Sie, macht er?«

»Das Falsche?«

»Genau. Das Falsche. Srečko hat einen Riecher für *neprilike.*« Er überlegt mit der wedelnden Hand. »Schwierigkeiten. Dann steckt er seine Nase hinein, leckt sie ab und wälzt sich darin. Wie ein dummer Hund. Wie er uns damals angrinst, als er uns erzählt, dass diese ...«, er sucht nach dem Wort, »dass sie ein Kind bekommen. Mit einer *njemica.* Einer Deutschen. Eine Schande. Dann heiratet er sie. Weil ich es sage. Nur, um sich ein Jahr später scheiden zu lassen. Meine Frau weint, ich soll ihn verprügeln, ihm die *gluposti* austreiben. Aber ich kann es nicht. Viel zu schwer. Je mehr es wehtut, desto mehr lacht er. Immer schon. Wenn wir ihn holen, weil er nicht zur Schule geht, jemand verprügelt, geschlagen wird, steht er immer da und grinst. Wie ein Idiot, *razumeš?* Wie ein verdammter Idiot.«

»Irgendwie schon.«

»Er verlässt sich immer auf andere. Irgendeiner hilft ihm immer. Und ja, er hat recht. Es macht immer einer.«

»Da ist er sicher nicht der Einzige.«

»Hängt er mit den Typen rum? Die von damals?«

»Jein.«

»Aber auch nicht nein. Ich weiß. Die bringen ihn immer auf *gluposte*. Er will immer Anführer sein, macht Dinge, die schiefgehen.«

»Hört sich bekannt an.«

»Er ändert sich nicht?«

»Ich würde es eher als Rückfall bezeichnen.«

Sie erzählt die Sache mit Werner, Igor, Saša und Darius. Den Drogen, dem Klan, wo er sich befindet.

»Wie bekomme ich Zugang zu ihm?«

»Gar nicht. Wenn er sich so verhält, nicht. Sie haben keine Chance. Warum wollen Sie ihm helfen?«

»Weil wir Freunde sind.«

»Sie sind mehr als das. *Zure*. Das dauert nicht lange. Lassen Sie die Finger davon. Glauben Sie mir.«

»Sie sollten zu ihm halten.«

»Das habe ich. Lange genug.«

»Dann kommt es auf einmal mehr oder weniger auch nicht an.«

»Doch, das kommt es.«

Herr Horvat steht auf und geht, ohne sich umzudrehen. Hat er recht? Sollte sie die Finger von ihm lassen? Zieht er Schwierigkeiten an? Lohnt sich das wirklich nicht? Zumindest in einem Punkt stimmt Horvats Aussage. Es gibt immer jemand, der ihn rausreißt.

Felix und Vuk sitzen auf der Couch, mit Bärchen und Bienen zugedeckt, füllen die Lungen mit Rauch. Schweiß steht ihnen auf der Brust, die Köpfe haben sie nach hinten gelehnt, starren an die Decke. Felix hält ihr die Kaffeetasse vor die Nase, sie schnippt die Asche hinein. Ein Zug, das Knistern erfüllt den Raum, das Kohlenmonoxid mischt sich mit Testosteron.

Er wirft die Decke von den Hüften, die Zigarette zischt in der Tasse, dann sieht er nach, ob er Antwort bekommen hat.

Undelivered mail returned to sender.

Unmöglich. Das kann nicht sein. Das hat immer funktioniert. Er sieht sich die Adresse an, überprüft jeden Buchstaben, liest sie laut vor. Er hat Sajo schon an die hundert dieser E-Mails geschrieben, kennt den Empfänger auswendig. Felix kopiert den Text der ursprünglichen Nachricht, tippt die Adresse ein, klickt auf *Senden*. Eine Minute später dasselbe Ergebnis.

Undelivered mail returned to sender. Mailbox not found.

Eine Nachricht an Suzuki: *Schick Sajo eine Mail und warte, was passiert.*

Dreißig Sekunden: *Mach ich.* Noch mal dreißig Sekunden: *Ich glaube, den gibts nicht mehr.*

Das habe ich auch gemerkt. Hast du einen anderen Kontakt?

Ich melde mich.

Felix zündet sich eine an, wirft das Päckchen an die Wand. Scheiße. Kein AMG, keine Pistole, herumsitzen, warten, hoffen. Erst im Dezember hatten sie Kontakt. Da war noch alles in Ordnung. Wenn es seine E-Mail-Adresse nicht mehr gibt, haben sie ihn erledigt. *Verdammt, du hast ihn auf dem Gewissen.*

Achtzig, vielleicht neunzig Autos lang, dann haben sie ihn erledigt. Er war erwachsen, wusste, was er tat.

Felix trifft keine Schuld. Wenn es ihn erwischt hätte, wäre es Sajo egal gewesen. Er hat das Geld genommen und somit das Risiko. *Beruhig dich.* Suzuki hat das im Griff. Der wird das regeln.

Ein Klick auf *Senden/Empfangen*, Mail von Suzuki.

Momentan geht nichts. Melde mich, wenn ich mehr weiß.

Beeil dich. Bitte.

Felix lehnt das Kinn auf die Hand, presst Luft durch die Finger. Vuk erscheint in der Tür, fragt: »Und?«

»Nichts und. Scheiße. Unseren Mann gibt es nicht mehr.«

»Du meinst: tot.«

Gemeinsames Nicken, vorgeschobene Unterlippen, hochgezogene Augenbrauen.

Stille und fragende Augen diktieren die Situation.

»Ich kann nicht warten. Mit jedem Tag wird das Risiko größer, dass ich am Ende doch umsonst hier war.«

»Dann werden wir wohl den Yugo nehmen müssen.«

Sie haben ihn in ein Lager gesperrt, in dem ihm jegliches Vergnügen verwehrt wird. Da wird auf Verständnis gemacht, so getan, als ob sie ihm helfen wollen. *Verraten haben sie dich, diese selbsternannten Wohltäter, diese grausamen Gutmenschen.* Mit sanften Stimmen, beschwichtigenden Worten wird ihm klargemacht, dass es das war für ihn, er dieses Loch nie wieder verlassen wird. Eingepfercht, sich selbst überlassen, allein. Ein Straftäter, geistig abnorm, ein Täter, kein Opfer. Dafür, was ihm passiert ist, interessiert sich niemand. Dass er ersetzt wurde durch ein Mädchen, sein Vater durch einen anderen. Leonie da, Leonie dort.

Willst du dich nicht um deine Schwester kümmern? Sie hätte so gern einen Bruder. Ihr wärt doch so lieb miteinander.

Er hätte auch gern, wäre auch gern, aber hat es jemand gekümmert? Aufgeregt haben sie sich über die Gang, den Großvater, die vermeintlich Asozialen, die ihm näher standen als sie. Denen es nicht egal war, was mit ihm passiert. Denen Leonie nicht alles bedeutete. Für die Darius zählte. Egal was er machte, wie er war. Nicht einmal jetzt sind sie da, interessieren sich für ihn. Der Opa hat sich gesorgt um den Negerbuben, hat ihn vor sich selbst bewahrt, seinen Einfluss bei der Polizei geltend gemacht. Geschaut, dass er in die Schule geht, nicht zum Drogendealer wird wie die anderen Neger, die sich am Bahnhof in den Daunenjacken die Füße in den Bauch stehen. Was hat es geholfen? Er ist es nicht wert, dass man sich um ihn bemüht. Er hat es versaut, es ist sinnlos, das wars, das ist das Ende.

Finde dich damit ab.

Die Lider werden schwer, wehren sich gegen die Feuchtigkeit, versuchen sie zurückzudrängen. Die Hände ballen sich zu Fäusten, schlagen gegen die Matratze, bringen das Herz in Wallung. Er steht im Raum, schreit den Unmut hinaus in die Welt, durch das elektronisch gekippte Fenster, zwischen die Eisenstäbe. Noch einmal, lauter. *Die ganze Welt soll dich hören.*

Es steigert sich zu einem Kreischen, das aus der Dunkelheit erwidert wird. Das Duett hält sich fünf Minuten, ansonsten keine Regung, selbst hier interessiert sich niemand für seine Angelegenheiten. Nur dafür, dass er keine Drogen nimmt und keine Mafia-Typen mit dem Polster erstickt. Was für eine Scheiß-Welt, in der er gelandet ist. Was für ein Elend, das ihm zuteilwird.

Du musst raus, verdammt. Koste es, was es wolle.

19

Vuk öffnet eine Lade, holt Unmengen an Papier heraus. Sie befeuchtet den Finger, lässt die Seiten über den Daumen rattern. Stopp, zurück, da ist es. Sie zieht ein Blatt aus dem Stapel, notiert etwas auf einen Zettel, steckt ihn in die Jacke, zieht den Reißverschluss zu. Ungemein betonte Konturen, die Felix abschweifen lassen. Sie sieht ihn an, zwinkert ihm zu, schnalzt mit der Zunge. »*Ajde, idemo.*«

Felix folgt ihr, sie fahren fünfzehn Stockwerke nach unten, sozialistische Monotonie wird durch bunten Straßenlärm abgelöst. Zwischen den Koreanern, Deutschen, Italienern ab und an ein Trabant, ein Yugo, ein Zastava, meist mit gerissenem Auspuff und Rost in der Karosserie. Hinter ihnen rote Ziegel, Satellitenschüsseln, Klimaanlagen auf gelben Stützpfeilern und Neonreklameschilder. Fast wie zu Hause. Fast wie in Lehen.

Der Yugo steht noch da, Vuk nähert sich zögerlich, reißt an der Tür, beugt sich ins Innere. Sie bündelt ein paar Fast-Food-Kartons, trägt sie zum Mülleimer. Felix soll einsteigen, sie folgt. Der Tank ist auf Reserve, »*Jebem ti*«, Felix sieht sie an, Vuk kommentiert: »Wenn sie wenigstens tanken oder den Dreck wegräumen würden.« Felix wippt mit dem Kopf, zuckt mit den Schultern.

Felix soll einsteigen, sie startet den Motor. Eine schwarze Wolke hinter ihnen, sie verlassen Blok 21 und fahren Richtung Westen. Es geht schleppend vorwärts, zweispurig, in der Mitte ein Grünstreifen, ein Wald aus Produktempfehlungen.

Der Yugo kämpft sich durch den Verkehr, steuert die Tankstelle an.

Vuk hält Felix die flache Hand hin, er kramt fünfzig Euro aus der Jacke.

»Dafür sagst du mir, wohin es geht.«

Sie steigt aus, hängt den Schlauch in den Tank, Felix folgt ihr und zieht sich eine Zigarette rein. Sie kommt zurück, stellt den Yugo von der Zapfsäule weg. Ebenfalls ein Glimmstängel, eine Rauchwolke, mit Worten gefüllt: »Zu unserem Kontakt.«

»Und der wäre?«

»Eine ehemalige Nutte von Zora Plava.«

»Warum hast du ihre Adresse?«

»Ich wollte mal mit ihr reden.«

»Warum hast du es nicht getan?«

»Das hätte nichts gutgemacht. Außerdem brauchen wir sie jetzt.«

Was wolltest du damit? Dich rächen? Deinen Ivo?

»Und du glaubst, sie sagt uns, wo wir Zora Plava finden?«

Sie nickt, ein Zug, lässt den Rauch in der Lunge, stößt eine Wolke aus den Nüstern.

»Sie haben sie hängen lassen. Die Polizei hat sie verhört, man hat gemunkelt, dass ihr das Silikon aus dem Busen gelaufen ist, so hart haben sie ihr zugesetzt. Seitdem ist sie nicht mehr dabei. Davor war sie eine der Wichtigen, hat Leute in ihrem Puff versteckt, Alibis verschafft. Dafür haben sie ihre Karriere als Sängerin gefördert.«

»Normalerweise ersetzt sich Loyalität durch Angst.«

»Bist *du* jetzt der Experte für die Klans? Sie wird uns zu ihnen führen, so viel ist sicher. Sie hat nichts mehr. Ihre Karriere war aus, ersetzt durch eine andere. Nichts mehr mit Puffmutter und schönem Leben. Also ich wäre mächtig böse.«

»Du erwähnst nicht einmal die Namen der Klans auf offener Straße?«

»Hast du eine bessere Idee?«

Felix schnippt den Filter auf die Straße, setzt sich in den Yugo, schiebt die Handfläche vor. *Nein, habe ich nicht.*

Sie biegen beim OFK-Stadion ein, eine Allee, bevor sich die grauen Blöcke eröffnen. Vuk stellt den Wagen ab, es geht in Richtung des tristen Betons. Über eine Handvoll Stufen, Klingel, Summer, in den fünften Stock. Am schwach beleuchteten Gang steht eine gut gebaute Frau, Felix wird klar, warum die Gefahr bestand, dass ihr die Polizei das Silikon herauspresst. Sie trägt einen Jogginganzug, schwarz mit goldenen Streifen, auf den das blondierte Haar herabhängt. Sie lässt den Blick über die beiden schweifen, verschränkt die Arme, lehnt sich an den Türrahmen.

»Woher habt ihr die Adresse?« Stoisch.

Vuk geht an ihr vorbei, in die Wohnung, eine Kopfbewegung. »Nicht am Gang.«

Felix und die Blondine sehen sich an, folgen ihr in die kleine Wohnung. Küche, Bad, minimal dimensioniert, ein funktioneller Wohn- und Schlafbereich. Der Fernseher läuft, eine Telenovela, die Luft steht hinter den zugezogenen Vorhängen.

»Kann ich?«, fragt Vuk, zieht die Vorhänge auf, ohne die Antwort abzuwarten.

»Fühl dich frei.«

Die Blonde setzt sich auf die Couch, der Blick bleibt auf Vuk haften, die sie offenbar als gefährlicher einstuft als Felix.

Sie setzt ein Grinsen auf, trinkt Kaffee, lehnt sich zurück.

»Hättet ihr angerufen, hättet ihr was vom Bäcker mitbringen können.«

»Das nächste Mal vielleicht.«

Vuk zieht eine Pistole aus der Jacke, Makarow, 9 mm, ehemaliger Sowjetbestand, hält sie der Blonden vor die Nase. Die Mundwinkel dehnen sich, ein künstliches Lachen, das sich zum Exzess steigert.

»Und du bist …?«

»Das ist egal. Die Frage ist, was du für mich tun kannst.«

»Wenn du so höflich fragst, eher wenig.«

Felix schüttelt den Kopf, kann die Szenerie nicht fassen.

»Warum hast du nichts gesagt? Lässt mich eine Kalaschnikow bestellen.«

»Und, haben wir eine?«

»Wir hätten eine, wenn mein Mann noch am Leben wäre.«

Der Brustkorb der Blonden hebt sich im Takt zum Wiehern, sie schlürft den Kaffee.

»Selten so gelacht.«

»Du hältst das Maul.«

»Was soll ich? Was tun, das Maul halten? Du willst doch sicher etwas. Brauchst du Geld? Ich helfe dir suchen, vielleicht finden wir was. Oder etwas Zuneigung? Da muss ich dich enttäuschen. Aus diesem Geschäft bin ich weg. Und einen Kaffee hättest du auch so bekommen.«

»Ich will deinen Kontakt zu Zora Plava.«

Der Kopf der Blonden springt zurück, der Mund auf. »Wenn ich dir den gebe, bist du tot. So wie du mit der Waffe herumfuchtelst. Ein Zögern, bumm.« Sie schlägt mit der flachen Hand auf den Tisch. »Glaubst du, die lassen sich von ein paar Möchtegern-Gangstern in einem Yugo bedrohen?«

So ein AMG wäre es gewesen. Auftritt ist eben alles.

»Sag mir deinen Kontakt, sonst …«

»Sonst was? Knallst du mich ab?« Die Blonde zieht sich die Weste aus, das T-Shirt, zeigt alles, was sie hat. Ein guter Chirurg, keine Frage.

»Siehst du das?« Sie fährt mit der Hand über die Narben. Stiche, Hiebe, am Rücken, auf der Brust, am Bauch.

»Eine Woche Verhör. Wie oft, glaubst du, haben sie mich mit der Pistole bedroht?«

»Vielleicht ist es besser, wenn du sie einsteckst«, sagt Felix.

»Siehst du, er hat es kapiert. Drück ab, es ist mir egal, machs nicht, auch gut. Aber glaub nicht, dass du irgendwas von mir bekommst.«

Vuk atmet durch, steckt die Makarow in die Jacke, den Blick Richtung Boden.

»Und, was hast du erreicht? Nichts. Nur Anfänger lassen sich von dem Scheiß beeindrucken. Richtige Profis haben andere Mittel. Sei froh, dass ich dir nichts gesagt habe. So wie du dich aufführst.«

Felix setzt sich zur Blonden, sieht sie an, holt ein paar Scheine aus der Jacke. »Wie wärs mit einem neuen Jogging-anzug? Für die Umstände.«

»So mag ich das. Wir kommen der Sache schon näher.«

»Eine neue Kaffeemaschine?«

Sie nimmt die Scheine, lässt sie in der Weste verschwinden.

»So ein Urlaub wäre mal wieder was.«

Felix wirft zweitausend auf den Tisch.

»Das Schwarze Meer soll schön sein um diese Zeit.«

Er legt tausend hin, hält die Hand darauf. »Ich denke, es wird Zeit für eine Gegenleistung. Dann gibt es den Rest.«

»Gib mir deine Nummer, ich ruf dich an.«

Synchrones Nicken, Kopfbewegung zu Vuk, dass sie die Wohnung verlassen sollen.

»Und Hübscher. Wenn dir mal der Sinn nach Abwechslung steht, du hast was gut bei mir.«

Ein Zwinkern, sie betont das, was nicht mehr betont werden müsste. Felix nickt, streckt ihr den Zeigefinger entgegen, schnalzt mit der Zunge.

»Du hättest fast alles versaut«, flüstert er Vuk zu. »Gib mir die Pistole. Du hast doch keine Ahnung von dem Zeug.«

Lehen, General-Keyes-Straße. Benannt nach Geoffrey Keyes, Kommandeur des II. US-Korps im Zweiten Weltkrieg in Nordafrika und Europa, von 1947 bis 1950 Hochkommissar des besetzten Österreich. Im Halbkreis ziehen sich die vierstöckigen Häuser entlang, beherbergen Querstraßen mit rot gedeckten Quadern. Alte Bauten der US-Armee, großzügig, funktionell. In jeder Hinsicht.

Andrea parkt den Sharan, geht die Treppen hinauf, läutet bei Moser. Sie hört den Summer nach dem Wort »Polizei«. Im zweiten Stock steht sie, die Person, über die sie stundenlang mit Felix schwadroniert hat. Aus Erzählungen ein Übel, das die Welt nicht braucht, voll Hinterlist und Tücke. Nun mit hängenden Schultern und Armen, die sich zwischen verschränkt und locker nicht entscheiden können. Andrea klemmt die Kappe unter den Arm, stellt sich als Frau Inspektor Birnhofer vor, fragt, ob sie reinkommen dürfe. Ein zögerliches Nicken, das sich verstärkt, ein Kloß im Hals, den sie nach unten drückt. Julia Moser, Exfrau von Felix Horvat, klein, zierlich, in gestrickte Baumwolle verpackt. Ohne Schminke oder Schmuck, nicht ungepflegt.

Sie gehen in die Küche, die an die zwanzig Quadratmeter misst, setzen sich an den Tisch.

»Tee, Kaffee, Wasser?«

»Ein Kaffee wäre gut.«

Sie geht zum Kaffeeautomaten, zittert eine kleine Tasse herab, stellt ihr Milch und Zucker hin. »Bitte.«

Die Beine übereinander, an der Arbeitsplatte aus billigem Dekor angelehnt, die Arme verschränkt, ein Feuerzeug blitzt, bald glimmt eine Zigarette.

»Ist etwas passiert?«

Andrea rührt gemächlich im Kaffee um, nimmt sich Zeit, die Moser wirken zu lassen. Sie ist dunkel um die Augen, hagerer als sie es sein müsste. Die Wangenknochen treten hervor, der Unterkiefer zeichnet sich unter der Haut ab. Sie lutscht am Filter, die Hand zittert. *Hat diese Frau wirklich alles getan, was dir Felix erzählt hat? Ist sie wirklich der neue Antichrist?*

Es gibt keine bösen Menschen, nur leidende.

»Es geht um Enissa. Sie …«

Tränen verlassen die Augen, ein Schniefen, die Zigarette zischt in der Abwasch. Sie nimmt sich ein Stück Küchenrolle, schnäuzt sich, wischt die Augen trocken.

»Sagen Sie es besser gleich.«

»Es ist nichts passiert. Und das wird es auch nicht. Wenn Sie machen, was ich Ihnen sage.«

Andrea steht auf, geht zum Fenster, beäugt vorsichtig den Park hinter dem Haus. An einer Wäschestange lehnt ein Mann, mittelgroß, schwarze Jacke, südländisches Aussehen. Er drückt eine Zigarette an der Stange aus, stopft sie in eine leere Packung.

»Sie bleiben da«, sagt Andrea, geht weiter in der Wohnung. Sie wiederholt es bei allen Fenstern, im Wohnzimmer ein Blick, ob der Mann noch dasteht.

Die Moser hat inzwischen die dritte unten, hustet, drückt sie aus, verweht den Rauch mit der Hand.

»Können Sie mir die Sache erklären? Was soll das alles?«

»Da unten steht ein Mann, der ihre Wohnung beobachtet. Ich habe eine Vermutung, wer das sein könnte, beziehungsweise zu welcher Gruppierung er gehört. Und wenn es die ist, von der ich es glaube, sollten Sie ehestmöglich von hier verschwinden.«

»Warum sollte Enissa jemand etwas Böses wollen?«

»Ist sie hier?«

»Sie schläft. Sie ist ein bisschen kränklich.«

»Gut. Haben Sie Verwandte, Freunde, wo Sie ein paar Tage bleiben können?«

»Nur, wenn Sie mir erklären, was das alles soll.«

»Die Sache hat mit Ihrem Exmann zu tun.«

Ihre Augen fangen Feuer, die Mimik bebt, der Körper gerät in Aufruhr. »Das hätte ich mir doch denken können, dass dieser Volltrottel etwas damit zu tun hat. Ist er endgültig kriminell geworden?«

»Ich fürchte, die Sache hat weniger mit ihm selbst zu tun als mit seiner Vergangenheit.«

»Diese Kinder? Die Gang?« Abfällige Betonung des letzten Wortes.

Andrea nickt. »Es geht jetzt nicht um Schuld, sondern um Lösungen.«

»Sie haben leicht reden. Sie müssen sich ja nicht dauernd ärgern. Zahlt keine Alimente, weil er ja arbeitslos ist. Wenn er sich mal herbequemt, was nicht oft der Fall ist, dann eher kurz. Er muss ja Cowboy und Indianer spielen, der Kotzbrocken.«

»Ich kann Ihnen nur sagen, dass er sich sehr viele Sorgen um Enissa macht.«

Andrea kann kaum noch die Augen der Moser sehen, so schmal sind sie geworden.

»Ach, Sie sind das«, zischt sie. »Die Neue. Lassen Sie sich auch von ihm verarschen?«

»Ich habe nicht das Gefühl, dass er irgendjemand verarscht.«

»Das kann er gut. Ein bisschen Bussi da, Knutschi dort. Der arme Verlierer, das Opfer, das nur versucht, durchs Leben zu kommen. Sind Sie auch auf diese Masche hereingefallen?«

»Das tut jetzt nichts zur Sache.«

»Klar hat er Sie eingewickelt. Da packt mich fast ein wenig das Mitleid, dass sogar die Polizei so dumm ist.«

»Erstens geht Sie das einen Scheißdreck an, und zweitens, wenn er sich nicht kümmern würde, wäre ich wohl kaum hier. Also, was ist? Muss erst etwas passieren, bis Sie Ihren Hass einen Moment vergessen? Oder haben Sie einfach nur gern recht?«

Der Knall der Worte bringt den Raum zum Schwingen. Die Moser rührt sich keinen Millimeter, das Erdbeben verebbt, alles hängt kraftlos herab.

»Gut«, säuselt Andrea. »Ich werde Ihnen sagen, was Sie jetzt machen. Sie rufen jemand an, bei dem Sie bleiben können. Dann packen Sie Enissa ein und verschwinden von hier. Wenn sich die Lage entspannt hat, rufe ich Sie an. Klar?«

Stoisches Nicken, Knistern des Tabaks, ein Blick, der Löcher in den Boden schneidet. Andrea speichert die Nummer der Moser im Telefon ab, sagt:

»Und ich werde mich um den kümmern, der gerade das Haus belagert. Gibt es einen Hinterausgang?«

Die Rückfahrt: Betretenes Schweigen. Felix hat des Öfteren angesetzt, wollte sie anschreien, warum sie ihm nicht gesagt hat, dass sie die Angelegenheit so lösen will. Eine saudumme Idee, ist ihr das nicht klar? Eine Makarow, mit Sicherheit alter JVA-Bestand, zuverlässig ja, aber ungenau. Wollte sie die Nutte in ihrer Wohnung abknallen?

Damit es jeder hört? Damit sie die Polizei holen, mit ihnen das machen, was sie mit ihr gemacht haben? Wie lange muss sie schon nach Rache dürsten?

Sie ist labil, eine Gefahr, eine Ungenauigkeit, die er nicht brauchen kann. Mit so einem Verhalten ist man schneller tot, als man denken kann. Den Partner nicht zu informieren, was man vorhat, verdammt. Eine Idiotie biblischen Ausmaßes. Vorbereitung ist alles.

Vuk parkt den Yugo vor dem Haus, hält die Hände am Lenkrad, lässt das Kohlenmonoxid aus dem Mund entweichen.

»Es tut mir leid. Die ganzen Erinnerungen, mein Ivo, mein Leben. Sie war eine derjenigen, die alles kaputtgemacht haben. Es hat nicht viel gefehlt, dann …«

»Ach komm, du hättest das nicht getan. Niemals.«

Sie drückt die Lippen aneinander, nickt.

»Vielleicht hast du recht.«

»Normalerweise fahre ich nicht hierher, um mir ein Auto zurückzuholen. Das lasse ich andere erledigen. Die bringen den Wagen an die Grenze. Wir sind immer zu zweit, einer im Hintergrund. Einer, auf den ich mich voll und ganz verlassen kann. Der nicht zögert, wenn es einmal ernst wird.«

»Und, ist es das geworden?«

»Wir haben unsere Ablaufpläne. Jemand zu erschießen, kann niemals dein Ziel sein. Du bekommst nur Schwierigkeiten. Deshalb war das auch dumm, was du gemacht hast. Deinen Partner nicht zu informieren.«

Ihr Kinn hebt und senkt sich, ein vorsichtiger Blick zu Felix.

»Daher hattest du auch ihre Adresse. Weil du sie abknallen wolltest.«

»Wollte, ja.«

»Dabei belassen wir es auch. Wir müssen trotzdem vorsichtig sein. Wir können ihr nicht vertrauen. Die Euphorie währt nicht lange. Dann kommen alte Gefühle hoch, die Loyalität gegenüber dem Klan.«

»Die haben sie verraten, links liegen lassen.«

»Unterschätze nie die Treue des Hundes gegenüber dem Herrn. Auch wenn er ihn geschlagen hat. Irgendwo hinten im Hirn sitzt etwas, das ihn das alles ertragen lässt, wenn er nur bei ihm ist.«

»Was machen wir?«

»Ein öffentlicher Platz, wo wir in jede Richtung ausweichen können. Am besten mit vielen Menschen. Das wird uns zwar nicht unverwundbar machen, aber wenn wir es geschickt anstellen, zumindest unser Risiko minimieren.«

»Das Luftfahrtmuseum am Flughafen. Morgen. Heute ist geschlossen. Das ist normalerweise gut besucht und es gibt Ecken, in denen man sich gut unterhalten kann.«

»Zufahrtsstraßen?«

»Zwei.«

»Nicht optimal, aber gut. Andere Vorschläge?«

»Café *Pržionica* in Stari Grad. Super Kaffee. Abgeschiedene Sitzgelegenheiten. Und mittendrin.«

»Wir werden ihnen die beiden Vorschläge schicken. Dann werden wir sehen, worauf sie sich einlassen.«

Felix hält den Kopf aus dem fünfzehnten Stock, genießt den Wind, den die Save mit sich trägt. Wolken ziehen auf, hüllen die Stadt in Grau. Tropfen schlagen gegen das Fenster, Felix zieht es vor, im Inneren zu rauchen.

»Und?«, fragt Vuk.

»Es gibt Regen.«

»Ich meine Vesa. Hat sie sich gemeldet?«

Kopfschütteln. »Bis jetzt nicht.«

Wie auf Kommando piept das Telefon.

Morgen 10:00. Treffpunkt Museum of Contemporary Art, 10 Ušće.

Zeitpunkt o.k. Treffpunkt Café Pržionica in Stari Grad.

Zwei Minuten vergehen. *Gut.*

»Irgendetwas stimmt nicht.«

»Was soll da nicht stimmen?«

»Sie sollte uns noch einen Gegenvorschlag schicken.«

»Sie hat unseren angenommen.«

»Genau da liegt das Problem.«

»Und das wäre?«

»Sie suchen uns.«

20

Eine Makarow mit sechs Schuss und eine *muha bez glave*. Eine Fliege ohne Kopf. Verwirrt und unerfahren. Trotzdem muss er mit dem arbeiten, was er hat. Sie soll sich im Hintergrund halten, die Waffe bereit, falls es zu Zwischenfällen kommt. Diesen Leuten ist nicht zu trauen. Wahrscheinlich haben sie einen Hinterhalt vorbereitet, warten irgendwo auf sie. Felix hat sich die Couch vor die Tür geschoben, im Sitzen geschlafen, ein Buch auf die Klinke gelegt. Damit er aufwacht, falls sich jemand Zutritt zur Wohnung verschafft. Dann wäre er da gewesen, hätte ein Loch in die Tür geschossen. Damit sie wissen, dass er keine Scherze macht, er nicht derjenige ist, der zögert.

Dazu ist es nicht gekommen. Die einzige Störung ist der Duft des Kaffees, der sich in die Nase geschlichen hat. Etwas Starkes, damit die Pumpe auf Hochtouren läuft, er nicht einschläft bei dem Treffen. Sie haben sich abgesprochen, alles wiederholt, langsam, Schritt für Schritt. Inklusive Plan B, der hauptsächlich aus Geschrei und Flucht besteht. Jetzt steht sie da, wortlos, sieht ihn an, will etwas sagen, findet die Worte nicht.

»Es wird alles gut gehen«, möchte er sagen, macht es aber nicht. Diese Unsicherheit ist ihnen beiden bewusst. Eine Wahrscheinlichkeit auszurechnen, unhaltbar. Sie brauchen Glück, die richtigen Argumente, eigentlich nur Glück. Dann wird Zora Plava darauf eingehen.

Sie stehen im Lift, starren auf die Tür, die an den Stockwerken vorbeizieht. Gedanken kreisen im Akkord, tauchen auf, verschwinden, sind klar und unklar zugleich.

Die Hirne zerpflücken die Zukunft, machen sie zur Gegenwart, lassen keine Situation aus, winden die Eingeweide zu Brei.

Wenige Möglichkeiten, in denen alles gut gehen wird. Dennoch: keine gänzliche Abwesenheit der Hoffnung.

Bis sich die Tür des Lifts öffnet.

Zwei Schatten huschen herbei, Schmerz durchfährt Felix' Hand, den Kopf, der gleich in Plastik gepackt wird. Jede Regung wird mit Entzug der Luft und Schlägen in die Seite bestraft. Ein Pistolenlauf erzeugt Gänsehaut am Hals, gibt die Richtung vor und den Vorahnungen recht. Es wird nicht gesprochen, sie verlassen das Gebäude, die Pistolen sagen ihnen, dass sie in einen Wagen steigen sollen.

Künstliches Vanillearoma quält die Nasenschleimhaut, vermengt sich mit Schweiß und Leder. Ein laufruhiger Diesel, relativ neu, setzt den Wagen in Bewegung. Die Plastiksäcke lassen keinen Blick zu. Zwischen ihnen sitzt ein Mann auf dem Rücksitz, der Hauptverantwortliche für den stechenden Schweißgeruch. Seine Schultern drängen sich in die von Felix, zusammen mit der Pistole, die er ihm in den Bauch drückt.

Sie kämpfen sich durch den Verkehr, über einen Fluss, das Gewirr des Stadtverkehrs lässt nach. Nur noch das Klicken der Blinker und das Brummen des Motors. Der Wagen hält, Türen werden geöffnet, piano, keine Hektik. Die Schulter schiebt Felix nach draußen, einer fesselt ihm die Hände am Rücken und stößt ihn vorwärts. Er stolpert, fällt, eine Schuhspitze trifft die Flanke.

Warum? Er versucht aufzustehen, schafft es nicht. Schotter, Kiesel, die sich ins Gesicht graben, noch ein Tritt, zwei Arme hieven ihn hoch, eine Faust gräbt sich zwischen die Schultern. Kein Murren, sinnlos, Schläge, es geht Treppen hinauf, Vogelgezwitscher, Rasensprenger, Flügeltüren, Treppen hinab.

Felix drückt den Körper gegen den kalten Stein, damit er nicht fällt, die Sache hier schon endet. Sie wollen etwas, eventuell ein Gespräch – ein Einstieg, unhöflich, aber klar. Könnte schmerzhaft werden, das ist der Sadismus aus Gewohnheit, ein Vorgeschmack.

Das Quietschen einer Eisentür, eine Schuhsohle im Rücken, ein Knall, der das Ende der Reise andeutet. Felix fällt, liegt auf der Seite, kriecht in eine Richtung, erreicht die Wand und drückt sich dagegen, bis er sitzt.

Der Raum stinkt nach Schmerzen und Qual und den Ausscheidungen während der Prozedur, die diese verursacht. Felix wünscht sich das Aroma des Vanilleduftbaums zurück. Es wird kalt am Rücken, er lehnt sich vor, fällt auf die Seite, bleibt liegen. Irgendwann werden sie kommen, oder auch nicht. Der Kaffee war umsonst, eine Runde Schlaf wäre nicht verkehrt.

Knöchel streichen über die Tür, münden in einem Klopfen, das sich in den Kopf hämmert. Darius' Kreislauf hat sich entschleunigt, dem Takt der Maschinerie angenähert. Jede Aufregung ist umsonst, jede Anstrengung zu viel. Alles verschwendete Energie, die zu nichts führt. Alle sind stur, beharren auf dem Eintrag in der Akte. *Niemand glaubt dir.* Sie halten ihn für einen Täter, einen, der bestraft werden muss.

Darius verschränkt die Arme vor dem Körper, bleibt im Bett liegen, starrt an die Decke. Die Schwester kommt herein, säuselt in diesem widerlich sanften Ton, dass er Besuch von der Polizei habe. *Hoffentlich Andrea, mit der kannst du wenigstens streiten.*

Er richtet sich auf, sieht, wer kommt, lehnt sich zurück. Ein fetter, alter Mann mit Glatze in Uniform. Der Flaum hinter den Ohren klebt an der Haut. Er zieht ein Taschentuch aus der Hose, wischt sich die Stirn ab. Dann geht er zu Darius, hält ihm die Hand hin. »Darius, ich bin Bezirksinspektor Nowak, ein Kollege von der Frau Inspektor Birnhofer.«

»Wer soll das sein?«

»Andrea Birnhofer. Die sich um Sie gekümmert hat, damit Ihnen nichts passiert.«

Darius gibt ihm die Hand, zieht sich in eine aufrechte Position. Einer, der die Wahrheit kennt, ihn vielleicht nicht für einen Lügner hält.

»Was wollen Sie von mir?«, fragt er freundlich bemüht.

»Ihre Version der Geschichte. Und bitte verschonen Sie mich mit Halbwahrheiten und billigen Lügen.«

Er tippt sich auf die Nase. »Das zieht bei mir nicht. Und die Mitleidstour schon gar nicht. Fangen wir bei dem Serben an. Warum will er Sie umbringen?«

Eigentlich kann er ihm alles erzählen. Er ist ein geistig abnormer Rechtsbrecher, quasi verurteilt und inhaftiert.

Es hat keine Konsequenz. Es hat verdammt noch mal keine Konsequenz. *Du musst ihm nicht einmal sagen, dass es unter euch bleibt.*

»Warum wollen Sie das wissen?«

»Weil Sie mit Ihrem Verhalten eine Menge Leute in Gefahr bringen. Und soweit ich das beurteilen kann, einer schon deswegen gestorben ist.«

»Ja, Sie haben recht. Er ist wegen mir gestorben. Ich wollte das Pervitin nicht hergeben. Er hat danach gefragt, gesagt, dass es die ganze Sache nicht wert sei, wir bald unter der Erde liegen würden, wenn wir ihnen das Zeug nicht geben. Ich habe gesagt, dass er sich nicht anscheißen soll, ich alles im Griff hätte. Dass sie schon kommen könnten.«

»Sie waren im Rausch?«

Ausgedehntes Nicken. »Die ganzen letzten Monate. Sechs, vielleicht acht. Ich weiß es nicht genau.«

»Und sie sind gekommen?«

»Nicht zu mir. Sie müssen Werner abgefangen haben, als er geliefert hat.«

»An wen?«

»Das kann ich nicht sagen. Es sind schon genug Leute involviert.«

»Auch gut. Bleibt eine Frage. Was haben Felix und Andrea mit der Sache zu tun?«

»Ich habe keine Ahnung, was Ihre Kollegin damit zu tun hat. Vielleicht sind sie zusammen und sie hilft ihm.«

»Und Felix?«

»Der macht das wegen mir. Aus Freundschaft.«

»Der legt sich aus Freundschaft mit der Mafia an?
Obwohl Sie sich schon Jahre nicht mehr gesehen haben? Einfach so. Kommen Sie, das können Sie besser.«

Was machst du? Sagst du es ihm?

»Ich habe ihn erpresst.«

»Erpresst? Womit?«

»Er glaubt noch immer, dass wir einen Unfall verursacht haben, bei dem zwei Menschen gestorben sind. Ich habe ihn schon früher damit erpresst. Damit er tut, was ich sage. Damit ich der Chef der Gang bin und nicht er. Damit er die Schuld auf sich lud, wenn wir erwischt wurden.«

»Was ich davon halte, muss ich Ihnen wohl nicht sagen. Menschlich unter aller Würde.«

»Ich weiß. Das ist mir auch klar geworden. Aber sonst hätte ich nichts zu sagen gehabt, niemand hätte sich für mich interessiert.«

»Und das ist jetzt anders? Damit haben Sie Ihre Probleme gelöst?«

»Sehen Sie mich an. Ich bin am Ende, fertig mit der Welt. Ich bin verdammt, verurteilt, im Zuchthaus für Psychopathen. Ich will die Sache ins Reine bringen.«

»Das ist zumindest ein Anfang. Wenn es nach mir ginge, würde ich Sie hier verrotten lassen. Aber wie heißt es so schön? Die Depperten homs Glück.«

»Glück nennen Sie das?«

»Ihr Freund ist tot, Felix in Belgrad verschollen. Das ist Pech. Sie sitzen Ihre Zeit ab, machen Therapien, wenn Sie es nicht ganz dumm anstellen, können Sie danach ein normales Leben führen.«

»Vielleicht haben Sie recht.«

»Kein ›vielleicht‹. Jetzt sagen Sie mir, wo die Drogen sind, dann lasse ich Sie in Frieden.«

»Im Haus von meinem Großvater. Arnsdorfstraße 10.«

»Gut. Ich werde das Zeug beschlagnahmen lassen. Sie machen das Richtige, Darius.«

Da hast du verdammt recht, Bezirksinspektor Nowak, verdammt recht. Nur, dass sich unsere Definitionen von dem, was richtig ist, komplett unterscheiden.

»Darius? Verdammt, Darius, was ist los?« Eine Hand tätschelt die Wange.

Darius schüttelt den Körper, dreht die Augen, wirft sich im Bett auf und ab. Er verliert den Halt, der Nowak greift nach ihm, erreicht ihn nicht. Ein harter Aufprall, das Gesicht reibt am Linoleum. Schreie dringen durch den Raum, Schritte nähern sich, Hände und Augen begutachten ihn, sagen das Zauberwort: Computertomografie.

Andrea läuft die Stufen hinab, bremst, drückt die Tür einen Spalt auf. Er steht noch da, auf der Wiese, von Zeit zu Zeit hebt er den Kopf, sieht auf die Uhr. Andrea macht sich bereit, reißt die Tür auf, läuft auf ihn zu. Er rührt sich keinen Millimeter, sieht sie an, hebt die Hände vor den Körper. Dann tätschelt er die Luft vor ihm, zieht den Reißverschluss der Jacke nach unten. Die beiden trennt ein Schritt zwischen der Wäsche, die sich geduldig im Wind wiegt. Mit der Rechten greift er in die Innentasche, sie geht einen Schritt zurück, öffnet das Halfter, eine leichte Grätsche. Die Adern springen durch die Haut, schießen Sauerstoff und Adrenalin durch den Körper. Der Mann sieht sie an, merkt, was er gerade tut, sagt leise: »Ich habe einen Waffenpass. Ich werde jetzt ganz langsam in meine Jackentasche greifen und den Pass herausholen. Es gibt keinen Grund zur Beunruhigung.«

Er senkt das Kinn, sucht ihren Blick, sie nickt, atmet, noch ist die Sache nicht ausgestanden. Eine falsche Bewegung und … Er holt ein türkises Kärtchen hervor und reicht es ihr. Zögerlich, mit einem Nicken.

Walter Bajgora. Das Foto sieht ihm ähnlich. Bajgora.

»Sind Sie Albaner?«

»Hätte ich dann die Karte? Ich bin Österreicher. Meine Eltern sind Albaner.«

Walter, Albaner, aha.

»Was machen Sie hier?«

»Dasselbe wie Sie.«

»Ich glaube kaum, dass Sie amtshandeln.«

»Felix hat mich geschickt. Er hat gesagt, dass ich auf Enissa aufpassen soll.«

»Dann sind Sie …« Fragender Blick.

»Suzuki. Und ›du‹, wenn es Ihnen nichts ausmacht.«

»Andrea. Walter oder Suzuki?«

»Suzuki ist gut.«

»Hast du Bewegungen ausmachen können?«

Kopfschütteln. »Ich glaube nicht, dass sie an ihr interessiert sind. Vielleicht wissen sie noch gar nicht, dass es Horvat gibt.«

»Trotzdem muss sie verschwinden. Nicht weit von hier ist einer, der auf weitere Befehle wartet. Sobald sie eine Verbindung zu Felix haben, könnte es brenzlig werden.«

»Gut.«

»Gut. Du passt auf, bis sie in Sicherheit ist, ich werde die Lage sondieren.«

Nicken, Suzuki lehnt sich an die Stange, zündet sich eine an.

Sie schreibt der Moser eine SMS: *Der passt auf. Keine Panik.*

21

Felix ist durch den Raum gerobbt wie ein Wurm, der sich am Boden windet, ein warmes Loch in der Erde sucht, wo er Winterschlaf halten kann. Nur zwei Stühle, ein Tisch, eingetrocknete Gerüche, deren Feuchtigkeit er aus Notdurft erneuert hat. Die einzigen Wärmequellen, die sich im Raum befinden, sind er selbst und seine Körperflüssigkeiten. Ansonsten kalter Beton, Tropfen von den Wänden, Dunkelheit. Er weiß weder, wie spät es ist, noch wie viel Zeit verstrichen ist. Ab und an ist er eingenickt, aufgewacht, um bald der Erschöpfung zu erliegen. Kein Laut dringt herein, keine Schritte, nichts ist draußen, er ist unsicher, welchen Zweck der Aufenthalt hat. Haben sie ihn hierhergebracht, um ihn vergammeln zu lassen? Den Gerüchen nach gehört das nicht zu deren Vorgehen. Es riecht nicht nach Verwesung, keine Tiere, die den Boden entlangkriechen, wie er es tut. Sie wollen ihn schmoren lassen, ihn kaputtmachen, damit er ihren Wünschen folgt.

Die Kälte ist im Zentrum des Körpers angelangt, die Eingeweide haben das Signal zum Zittern gegeben. Die Haut ist wie ein Gebirge, das von einem Beben geschüttelt wird. In Impulsen, Schocks, die sich nicht abstellen lassen, das Hirn wie eine Waschtrommel umherschleudern. Die Embryonalstellung hat Abhilfe gebracht, die Kälte aber nicht verdrängen können. *Verdammt, warum hast du dich auf so etwas eingelassen?*

Hätte er nicht einfach Nein sagen können? Oder ›Leck mich, geh scheißen, Darius‹? Irgendwas. Er hat sich jahrelang kontrollieren, sich alles diktieren lassen von diesem einen Fehler, den er sich nie verzeihen konnte.

Die Vergangenheit lässt sich nicht begraben, holt dich immer wieder ein. Weil sie ein Teil von dir ist. Wie dein Schatten, den du manchmal nur nicht siehst, weil die Sonne günstig steht. Er hätte sich stellen sollen, dann wäre ein Tatausgleich möglich gewesen, eine späte Reue, hinkend, aber wenigstens da. Wenn das jemand Enissa angetan hätte, hätte er ihn erschossen, ohne lange nachzudenken. Was ist, wenn sie ihn töten, irgendwo vergraben?

Dann wird es Enissa so ergehen wie ihm mit seiner Schwester. Sie wird nie erfahren, wo er ist, warum er das alles getan hat. Die Ungewissheit des Damokles.

Eine Ungewissheit, die sich ändert, als die Tür aufgeht.

Ein Quietschen, Absätze nähern sich, eine Klinge wird aus einem Schaft gezogen. Felix schließt die Augen, ergibt sich der Gewissheit. Der Stahl kommt näher, fährt den Rücken entlang, beinahe zärtlich, bleibt bei den Händen.

Ein Schnitt, akkurat, zerteilt die Kabelbinder an den Gelenken. Ein Arm packt ihn unter der Achsel, er stemmt sich gegen die gefrorenen Beine, sinkt ein, der Griff wird fester. Die Arme ziehen ihn auf den Stuhl, drücken ihn hinab, bis er einen festen Sitz erreicht.

Er reibt sich die Hände, Wiederholung. Genug, eine Faust macht klar, wer die Anweisungen gibt, die Fragen stellt. Felix blinzelt die Sterne weg, fährt mit dem Unterkiefer hin und her, schüttelt den Kopf. Eine Faust.

Verdammt, kannst du dich nicht vorstellen, du ...

Ein Arm zieht den Kopf nach oben, hält ihn in festem Griff, bis Felix röchelt, lässt ihn los. Ein Japsen, Keuchen, die Lunge nimmt sich, so viel sie kann, der Hals brennt höllisch. Scheiße, was?

Der Arm, in Unterstützung des Messers, dessen Klinge über den Hals kriecht, bis sie über dem Kehlkopf zum Stillstand kommt.

Der Druck ist gerade so fest, dass er noch reden könnte, aber jede Bewegung ihm die Kehle durchschneidet.

Er spürt die Wärme des Kopfs neben dem Ohr, ein Hauch, der das Plastik zum Knistern bringt. Bist du ein Sadist oder hat das System? Keine Minute vergeht, dann folgt die Antwort.

»Keine Märchen, keine Lügen, nichts aus dem Kinderzimmer. Sonst wird Papa mächtig böse.«

Kein Serbe, eventuell Bosnier, ein Gastarbeiter quasi. Die Stimme klingt vertraut, eine Zuordnung ist Felix durch den Plastiksack nicht möglich. Er nickt, vorsichtig, die Klinge mit ihm.

»Was willst du von uns? Warum sucht ihr uns und gebt einer toten Nutte Geld?«

Vesa. Sie haben sie erledigt.

»Sie wusste da noch nicht, dass sie tot ist.«

»Ein Scherzkeks. Also?«

»Ich will mit euch reden. Über eine Sache in der Heimat.«

Er zieht den Arm fester, haucht: »Verarsch mich nicht. Wir haben hier alles unter Kontrolle. *Sve u redu, razumeš?*«

»Ich verarsch dich nicht. Ich bin Österreicher.«

Der Arm lockert sich, lässt ab von ihm, eine Faust trifft ihn. Keine befriedigende Antwort.

»Warum wendest du dich nicht an die Leute dort? Die können das regeln.«

»Weil ich mit Handlangern nicht verhandle.«

Ein Schlag, das linke Auge reagiert mit einer Schwellung.

»Du willst also mit dem Chef reden? Warum glaubst du, dass er das auch will?«

»Weil ich was habe, was ihr wollt. Eine ganze Menge davon.«

Das andere Auge schwillt an, Frage: »Und du glaubst, dass wir uns nicht einfach nehmen, was wir wollen?«

»Sonst hättet ihr es schon getan.«

Felix wartet auf Zuwendung, die ausbleibt. Der Mund brennt, die Lider sind dick, der Geschmack von Blut erfüllt den Gaumen. Er kaut auf der geplatzten Lippe, lässt den Kopf hängen.

Der Mann zieht einen Kreis im Stakkato, bleibt immer wieder stehen, dann sagt er auf Deutsch: »Jetzt hör mal gut zu, Gschissener. Du hast verdammt viel Glück, dass ich so ein Menschenfreund bin. Ein anderer hätte dich freche Pippn schon lange erstochen. Ich werde mir das überlegen, ob ich den Chef mit deinen Angelegenheiten belästige. Kapiert, du Lulu?«

Verdammt, du hast es gewusst, dass du die Stimme kennst. Das kann nicht wahr sein. Solche Zufälle gibt es nicht. Unmöglich.

Felix schluckt das Blut, hebt den Kopf.

»Igor?«

Andrea setzt sich in den Sharan, starr, dann hämmert sie den Kopf gegen das Lenkrad.

Vorsichtig, ohne Absicht. Gedehnte Bronchien, wieder zusammengezogen, ein Augenblick Leere in der Gedächtnishalle.

Was, wenn er einer von denen gewesen wäre? Wäre die Situation so ausgegangen? Mit einem kurzen Gespräch?

Dann hättest du handeln müssen, vielleicht schießen. Hättest du das hinbekommen? Alles Mutmaßung, nicht relevant.

Enissa ist in Sicherheit, die Moser auch, selbst wenn ihr die Moser eigentlich egal ist. Was hat Felix nur an ihr gefunden?

Dieses mitleidig-passiv-aggressive, manipulative Verhalten. Das hält niemand lange aus. Ein ständiges Auf und Ab, eine wackelige Brücke, die einzige Aussicht: der tiefe und lange Fall.

Eine SMS an Felix: *Enissa geht es gut. Suzuki passt auf.*

Soll sie sich entschuldigen bei ihm? Wofür? Er hat nicht hören wollen, ist abgehauen nach Belgrad, um »Diverses« zu erledigen.

Sie hat seine Ehre beleidigt. Gut. Damit muss er klarkommen. Das ist etwas, das sie nie verstehen wird. Selbst in dieser gedämpften Form nicht. Wenn das einmal mehr werden sollte, hat das keinen Platz zwischen euch. Er kann nicht bei jeder mutmaßlichen Ehrenverletzung das beleidigte Kind spielen.

Also: Keine Entschuldigung, sie drückt *Senden*, sieht den Nowak an, der seine Kappe zum Kopfpolster umfunktioniert hat. Er schmatzt ein wenig, fast selig, streckt sich, reißt die Augen auf, dreht sich zu ihr.

»Und? Wie wars?«

»Alles gut. Die haben keine Ahnung von Felix.«

»Na dann. Passt alles.«

»Außer, dass du die Haustür hättest beobachten sollen, schon.«

»Ist was passiert?«

»Eigentlich nicht.«

»Na dann. Fahren wir. Oder willst du Überstunden schieben?«

Sie schüttelt den Kopf, startet den Sharan, lenkt ihn in die Ignaz-Harrer-Straße. Ein Blick aufs Handy, ein Seufzer.

»Was ist los?«

»Felix meldet sich nicht.«

»Schon wieder?«

»Ich habe ihn angeschrien, dann aufgelegt. Wär jetzt kein Wunder, wenn er angefressen wäre.«

»Das legt sich wieder.«

»Vielleicht. Aber dass er gar nichts schreibt. Kein ›Leck mich‹, ›Geh in Oasch‹ oder so. Das ist untypisch.«

»Dass er dich nicht beleidigt?«

»Irgendwie schon. Das bin ich gewohnt. Zumindest ein bisschen.«

»Frauen.«

»Männer.«

Synchron: »Es ist immer dasselbe.«

Sie lachen, ihre Blicke bleiben einen Moment aneinander haften. Die Laune verebbt im Flug.

»Ich mach mir trotzdem Sorgen.«

»Was, glaubst du, ist passiert?«

»Felix ist nach Belgrad gefahren, die Sache regeln. Das macht mir verdammt noch mal Sorgen. Und jetzt reagiert er nicht mehr.«

»Weißt du was? Ich habe die Sache langsam satt. Das ist echt schlimmer als im Kindergarten. Der eine nimmt Drogen, randaliert, ist unfreundlich, führt alle an der Nase herum und der andere macht auf Rambo.«

»Was willst du machen?«

»Ich überlege mir etwas. Das kann so nicht weitergehen. Bei aller Liebe Binschki, aber das arbeitet dich auf. Wann hast du das letzte Mal richtig geschlafen? Ich meine so richtig.«

»Ehrlich?«

Der Nowak nickt. »So richtig.«

»Auf jeden Fall, bevor die Sache angefangen hat.«

»Eben. Deshalb wird es mal Zeit, ein Machtwort zu sprechen.«

Fängst du jetzt auch noch an mit einer Eigenbrötlerei? Das kann er nicht machen, ihr Nowak ist nicht so. Der ist anders. Vernünftig, lässig, kein Hitzkopf.

»Willst ihnen die Schädeln zusammenrennen?«

»So etwas in der Art. Aber du hältst dich da raus. Du hast schon zu viel investiert in diese Chaoten.«

Die Liege quietscht durch den Gang, drei Menschen begleiten ihn. Einer am Fußende, die Ärztin und der Nowak, der sich geweigert hat, von Darius' Seite zu weichen. Er säuselt ihm nette Worte ins Ohr, die Ärztin sagt etwas von einem psychogenen oder echten Anfall. Darius hat alles gegeben, was er hat, sich in die Hose gemacht, in die Zunge gebissen. Er wollte, dass es echt aussieht, niemand auf die Idee kommt, dass er simuliert hat.

Der Nowak tätschelt ihm den Kopf, beugt sich über ihn. Ein Schlag in die Familienjuwelen, der Nowak fällt, Darius schlägt die Ärztin nieder und holt die Pistole aus dem Halfter.

»Steh auf!«, schreit er. »Ihr zwei, an die Wand. Gebt mir die Telefone.«

Darius nimmt die DECT-Handys, knallt sie auf den Boden, springt darauf.

»Du, zieh deine Schuhe aus.«

Der Transporteur macht, was er sagt. »Und jetzt zieh sie mir an. Und gut zuschnüren, sonst stirbt einer.«

Der Aufforderung wird Folge geleistet, Darius beugt sich zum Nowak, der sich vor Schmerzen krümmt.

»Steh auf, hab ich gesagt. Du da, hilf ihm.«

Der Nowak lehnt sich an die Wand, hält sich den Schritt, saugt Luft ein, presst sie hinaus. Darius macht klar, dass der Transporteur die Ärztin ans Bett fesseln soll, dann zieht er ihm die Pistole über den Schädel. Der Mann fällt, bleibt auf der Ärztin liegen, Darius taktiert mit der Waffe den Nowak weg vom Schauplatz.

»Du weißt doch gar nicht, wie man damit umgeht«, sagt der Nowak. »Lass es lieber gleich, wir vergessen die Sache.«

»Wird nix anderes sein wie die Luger vom Opa.«

Der Nowak sieht ihn prüfend an, ob er lügt, folgt der Anweisung.

»Wohin?«

»Zu deinem Auto.«

Sie gehen den Gang entlang, nach oben, über die Straße, steigen in den Sharan.

»Unvernünftig«, sagt Darius.

Der Nowak hebt die Schultern. »Was?«

»Mir zu vertrauen. Einem geistig Abnormen.«

»Und jetzt?«

»Steigst du ein.«

»Fahr doch selbst.«

»Ich habe keinen Führerschein.«

»Was auch klar war. Ich lass mich nicht von dir entführen, du Kind.«

Das Knie trifft ihn in die Magengrube, der Nowak macht einen Buckel, Darius fragt: »Klar?«

Zögerliches Nicken, der Nowak öffnet die Fahrertür. Darius geht vorne um den Wagen herum, die Pistole auf den Nowak gerichtet, sagt: »Mach auf.«

Der Nowak beugt sich zur Beifahrerseite, zieht den Hebel. Darius nimmt Platz, wedelt mit dem Lauf. »Fahren wir. Die Adresse kennst du ja.«

Der Motor springt an, der Nowak lenkt den Sharan gemächlich Richtung Ausfahrt, ein anderes Polizeiauto kommt ihnen entgegen. »Wink Ihnen.«

Passt schon. Sie warten, bis der Schranken aufgeht. »Wir fahren über die General-Arnold.«

Der Nowak macht brav, was er sagt, beginnt zögerlich:

»Du wirst nicht damit durchkommen. Alles, was du hast, ist ein wenig Zeit.«

»Was soll mir passieren? Dann komm ich halt zurück in dieses Scheiß-Loch. Und dann? Ihr könnt mir nichts, gar nichts, verstehst du?«

»Nach dir wird international gefahndet. Du entführst gerade einen Polizeibeamten. Jeder Richter wird anstreben, dich in einem ordentlichen Verfahren zu verurteilen.«

»Wenn du nicht das Maul hältst, knall ich dich gleich hier ab. Die paar Meter schaffe ich auch zu Fuß.«

»Wie du meinst. Ich habs dir gesagt.«

Sie passieren die Hauptschule, Wehmut an die alte Zeit, die Gang, das verlorene Paradies. Warum hat das so enden müssen?

Der Opa kann dich da nicht rausholen. Das musst du selbst regeln.

Er sollte ihn erschießen, in die Salzach werfen, am besten mit dem Auto. Dann spült ihn die Salzach wie altes Plastik auf und ab. Immer wieder. Bis die wissen, wo Darius ist, vergehen Tage, Wochen. *Da bist du längst über alle Berge.*

»Ich habs mir anders überlegt. Wir fahren bis ans Ende der Arnsdorfstraße.«

»Mach das nicht«, sagt der Nowak. »Nicht um meinetwegen, sondern um deinetwegen. Einen Toten kriegst du so schnell nicht aus dem Gedächtnis. Ich habe mal einen erschießen müssen. Das ist echt grausig.«

»Du redest nur, wenn ich das sage«, zischt Darius. »Hast du das kapiert?«

»Du bist der Chef. Kapiert.« Er spricht langsam, wie mit einem Behinderten.

Knall ihn ab. Sofort. Lass dich nicht verarschen von dem.

»Da vorne bleibst du stehen.«

Der Nowak bringt den Wagen zum Stillstand, dreht sich zu ihm.

»Schalt das Licht ab, nimm den Gang raus, zieh die Handbremse an. Dann fesselst du deine Hände ans Lenkrad.«

Gehorsam, genau. *Das ist es, was du brauchst.*

Darius spürt es, dieses Gefühl, das er immer bekam, wenn er Felix nach seiner Pfeife tanzen ließ. Diese Allmacht, die ihn erfüllt, ihn wachsen lässt. Er ist Vader, ohne Skywalker, nur er und die Macht. Die er nutzt, um dieser fetten Sau das Licht auszublasen. Und jedem anderen, der sich ihm nähert.

Darius lockert die Handbremse, steigt aus, gibt der offenen Tür einen Ruck. »Fast ein wenig schade um dich. Vielleicht hast du Glück und schwimmst oben«, sagt er, wirft sie ins Schloss und sieht dem Sharan zu, wie er die Böschung hinabrollt.

22

Es dauert nicht lange, bis sich Suzuki meldet. Er hat einem Treffen zugestimmt, gesagt, dass mit Enissa und der Moser alles gut sei. Keine besonderen Vorkommnisse, von den Serben hat sich niemand blicken lassen. Kein Wunder, wahrscheinlich konzentrieren sie sich gerade auf Felix und prügeln ihm das Gehirn aus dem Schädel. Oder sie haben ihn erledigt. Auf jeden Fall meldet er sich nicht, reagiert auf keine SMS. Egal was der Nowak sagt, es muss etwas passieren. Und wenn sie selbst nach Belgrad fahren und ihm die Ohren langziehen muss.

Suzuki wohnt in der Bessarabierstraße, einer Gegend, die oft unangenehm in Erscheinung tritt, bekannt ist bei den Behörden. Grund ist meist der Auftritt, eine Gegend, wo Jogginganzüge und Feinripp-T-Shirts mit Flecken jeglicher Art und weiße Turnschuhe immer Saison haben. Die Wohnungen sind oft muffig, es riecht nach Tieren, Zigaretten, Alkohol und Schlägen. Keine Straße, wo sich der Kettenhund wohlfühlt. Deshalb hat sie sich aufs Fahrrad geschwungen, ein billiges Mountainbike für die Stadt, das sie nie wäscht und das leicht zehn Jahre auf dem Buckel hat. Mühsam zum Treten, dafür spart sie sich die Bergtour. Die Leute, die es stehlen, lassen es an der nächsten Ecke liegen, weil ihnen die Fortbewegung zu beschwerlich ist.

Andrea stellt es zwischen anderen Modellen dieser Art ab, versperrt es notdürftig und fährt in den fünften Stock. Wie zu erwarten, quält der Duft im Lift die Nase, verlässt sie erst, als ihr Suzuki die Tür öffnet.

Entgegen der Vorstellung stinkt es bei Suzuki in der Wohnung nicht, keine Kleider, Schuhe, Hunde oder Kinder, die den Gang bevölkern. Es ist hell, freundlich, eine große Couch in weißem Velours, ein Glastisch mit einer Holzschale, in der ein Räucherstäbchen dampft. Davor eine Yogamatte in Richtung des Gaisbergs, der sich von der sonnigen Seite präsentiert. Mit einem weißen Tupfen auf dem Gipfel, ein Rest des verlängerten Winters. Wahrscheinlich mit Sonnenstühlen, Wanderern, die ein Bier in der Hand halten.

Komm zurück auf die Erde, hier geht es um etwas anderes.

Suzuki bietet ihr einen Matcha-Tee an, japanisch, das ganze Blatt zerrieben, nicht gekocht, nur bei sechzig Grad aufgegossen. Sie verneint, ein Kaffee wäre gut, er sagt ihr, dass der grüne Tee annähernd dieselbe Wirkung hat, nur nicht so desaströs wie die gerösteten Bohnen. Er fügt noch etwas von Übersäuerung hinzu, sie gehen auf den Balkon und er zündet sich eine Zigarette an. Bevor er den ersten Zug nimmt, atmet er tief ein, streckt das Stirnband der Sonne entgegen.

Tätowierungen blitzen unter dem Hemd hervor, unter der Goldkette mit dem Kreuz.

»Weißt du was vom Horvat?«

»Hat sich nicht gemeldet. Ich weiß nur, wo er sich ungefähr aufhält.«

»Kein Problem, das lässt sich rausfinden.«

Suzuki drückt die Zigarette am Balkongeländer aus, schnippt sie auf den Kinderspielplatz und geht hinein. Andrea sieht ihm nach, soll sie ihn auf den Fauxpas hinweisen, ihm einen Zettel schreiben, zwanzig Euro verlangen?

Er gibt ihr ein Zeichen, dass sie ihm folgen soll, in einen Nebenraum, klein, dunkel, schalldicht.

»Das solltest du nicht sehen. Also: Hast du es gesehen oder nicht?«

Kopfschütteln, egal, er ist sicher nicht der Einzige, der so etwas macht, was auch immer jetzt kommt.

Er nimmt das Handy aus der Tasche, tippt, drei Monitore flackern im Dunkel, zehn Sekunden, der PC ist betriebsbereit. Er öffnet ein Programm, das Telefon, vergleicht die Nummern, Doppelklick.

Ein Pop-up, das zu Google Maps verbindet, Längen- und Breitengrade in einem Word-Dokument speichert. Er zoomt heraus, Screenshot, Ausdruck am Farblaser. Er löscht den Verlauf und fährt den Computer herunter. Sie mustert ihn, kratzt sich am Kopf.

»Horvat und ich haben das vor einiger Zeit schon gemacht. Wir waren welche von den Ersten. Bevor das Apple serienmäßig eingebaut hat. Wir wollten uns einfach finden, falls etwas bei einer Übergabe oder einer Observierung schiefgeht.«

»Du kannst ihn auch tracken, wenn das Handy ausgeschaltet ist?«

»Korrekt. Vor sieben, acht Jahren, habe ich das installiert und bisher nie gebraucht. Irgendwie interessant, dass ich es gerade jetzt brauche.«

Fragender Blick von Andrea, er fügt hinzu: »Na ja, die Polizei hätte das nicht wissen dürfen. Heute ist es egal, weil sowieso jeder ausspioniert wird.«

»Aha, egal.«

»Ach komm, sei nicht so …«

»Polizei.«

Er lacht, verfeinert das Ganze mit einem albanischen Slang, sie stimmt mit ein.

»Was machen wir jetzt mit der Information?«, fragt er.

»Die serbischen Behörden informieren.«

»Dir ist klar, wie lange das dauern wird?«

»Auch nicht länger als bei uns.«

»Wenn bei uns korrupte Ex-Cops so eine Vereinigung betreiben würden, hätten sie dann Unterstützung seitens der hiesigen Polizei?«

Sie überlegt, Suzuki antwortet: »Wahrscheinlich, oder? Wenn wir was tun, regeln wir das selbst.«

Ein Seufzer aus der hintersten Bronchiole.

»Man merkt, dass ihr Freunde seid.«

Die Klinge, die zuvor den Hals gestreichelt hat, ritzt durch das Plastik der Kopfbedeckung. Vorsichtig, sichtlich will er Felix nicht verletzen. Ansonsten ist es still geworden zwischen den beiden. Ein Ansatz, vielleicht wollte er so etwas sagen wie: »Tut mir leid, dass ich dir dein Aussehen aus dem Gesicht geprügelt habe, dich töten wollte, mich zehn Jahre lang nicht gemeldet habe.« Irgendetwas in der Art.

Doch jetzt steht Igor da, mit seiner Goldkette um den Hals, der Designerlederjacke, den Lackschuhen, dem rasierten Kopf. Er blickt ihn an, mit fragendem Blick, kommt näher, tastet die Schwellung am Auge ab.

»Das sieht schmerzhaft aus«, sagt er, zuckt mit den Achseln.

»Das war doch wohl der Sinn dahinter.«

Igor presst die Lippen aufeinander, hebt die Schultern, dreht die Handflächen nach außen.

»Und ich habe mir immer gedacht, du wirst nie für was gut sein.«

Igor lacht, kratzt sich am Kopf. »Das kann ich gar nicht so schlecht, oder?«

»Du hast mir richtig Angst eingejagt. Ich habe gedacht, du schlägst mich tot.«

»Das wollte ich auch. Dazu bin ich da. Das ist eine meiner Aufgaben.«

»Hast es ja zu was gebracht, wenn ich das mal so sagen darf.«

»Du siehst auch nicht so schlecht aus. Na ja, vorher. Aber das heilt ab, glaube ich.« Er klopft ihm auf die Schulter, rüttelt daran. »Alter, was machst du hier? Haben sie dir ins Hirn geschissen? Das ist der letzte Ort auf der Welt, wo ich sein möchte.«

»Ihr habt mich entführt.«

Er nickt. »Stimmt. Du hast nach uns gesucht. Wenn jemand nach uns sucht, schnappen wir uns die Leute und machen ihnen klar, dass sie das nicht müssen. Oder sollen oder dürfen.«

Igor nimmt ein Päckchen Zigaretten aus der Jacke, zündet sich eine an, fragt Felix, ob er auch eine will. Bestätigung, er gibt ihm seine, steckt sie ihm zwischen die Lippen. Es brennt, er saugt behutsam den Rauch ein, bläst ihn aus. Igor hält ihm das Messer vor die Brust, sagt: »Rauchverbot«, Felix rutscht das Herz eine Etage tiefer, Igor lacht. »Schmäh, Oida.«

Der ganze Körper schüttelt sich hin und her, er klopft ihm auf die Schulter, zieht an der Zigarette.

»Du bist so ein Trottel.«

»Ich weiß. Hat sich nicht geändert. Wie geht es dir eigentlich so? Ich meine jetzt nicht momentan, eher beruflich, privat.«

»Bin Personenschützer, Privatdetektei und so. Beschattungen, Fahrzeugrückholungen etc. Keine Kinder, single, glücklich.«

Das mit Enissa muss er nicht unbedingt wissen.

Igor knallt ihm eine. Weiß er von ihr?

»Aus Belgrad auch?«

»Hauptsächlich Albanien.«

»Hast Glück, Alter. Ich hab gerade einen erledigt, der an solche Arschwarzen Zulassungs- und GPS-Daten verkauft hat. Sojus oder so. Die Sau hat mir den M5 gefladert. *Des* war ein geiles Auto.«

Ja, daran kannst du dich erinnern. Letztes Jahr im Herbst, sogar gewaschen haben sie ihn, bevor sie ihn an die Grenze geliefert haben. Schwarz, getönt, Wahnsinnsfelgen.

»Das tut mir leid.«

»Alter, kein Problem. Hab mir denselben noch einmal gekauft. Da gehts eher ums Prinzip, verstehst? Niemand fladert mir den M5. Da werde ich wild.«

Er deutet an, dass er zusticht, schlägt sich den Ellbogen in die Hand.

»Das war schon damals dein Favorit, kann mich erinnern.«

»Genau. Nur, dass ich ihn mir nicht leisten hab können. Die haben alles meinem Bruder in den Arsch geschoben. Und der steht auf Mercedes, die Schwuchtel.«

Er lacht, hält die Zigarette in der hohlen Hand, zieht, seufzt.

»Ich täte dir gern ein Bier anbieten, aber das würde uns verraten, wenn du weißt, was ich meine.«

Dass du mich töten musst, weil du nicht anders kannst, meinst du.

»Ich trinke nicht. Hab aufgehört. Du?«

»Oida, *pivce za živce.*« Er schnalzt mit der Zunge, pafft einen Zug. »Ich habe einen stressigen Beruf. Bier beruhigt, sagt der Arzt. Warum hört man mit so was auf? Bist du doch verheiratet?«

»Allergisch.«

»*Sranje, sranje u boji.* Allergisch auf Bier. Gibts jo ned. Alter, du hast es echt nicht leicht. Schnaps?«

»Manchmal. Wenn sich die Gelegenheit ergibt.«

Igor holt einen Flachmann aus der Jacke, hält ihn Felix vor die Nase, hebt ihn an. »Da, nimm einen. Astreiner Šljivo. Von der Oma.«

»Du hast Kontakt zu deiner Oma? Alter, keiner weiß, wo du bist.«

»Außer der Oma. Und die sagt es keinem. Die schickt mir manchmal Burek, Šljivo, damit das Enkerl nicht verhungert.«

Er klopft sich auf den Bauchansatz, kneift sich ins Fett, prostet Felix zu, ein großer Schluck. »Is geil, oder?«

»Nicht schlecht.«

»Der bringt die Leute zusammen. So ein richtiger Burner. Ohne den wäre ich nicht da, wo ich bin.«

»Wie meinst du das?«

»Alter, du glaubst nie, was mir passiert ist. Nachdem du weg warst, wegen dieser Julia, da waren wir ziemlich verloren. Ich hab mich dann auch schnell abgeseilt. Bin immer zum Balkan-Grill, hab Bier gesoffen. Die Danica hat sich furchtbar aufgeregt, dass ich zu nichts gut bin außer zum Saufen. Sie wollte eigentlich Schluss machen, aber dann habe ich gemerkt, dass sie schwanger ist. Ich habe gejammert, dass ich mich bessere, und zu überlegen angefangen.

Irgendwas musst du doch machen. Gelernt habe ich nichts, jetzt bin ich zum Balkan-Grill und habe mich weggeburnt. Und als ich da sitze und mir selber leid tue, setzt sich einer zu mir, ein Älterer, ein bissl blad, und fragt mich, was los ist. Ich erzähle ihm meine Geschichte, und er fragt mich, ob ich Arbeit brauche. Natürlich sage ich Ja, und er fragt mich, ob ich mir vorstellen kann, im Import-Export was zu machen. Klar, sage ich, und eine Woche später taucht er mit einer Kalaschnikow auf, sagt mir, dass ich mich damit vertraut machen soll, damit ich weiß, womit ich handle. Ich denke mir zuerst, ob der komplett spinnt, aber dann sagt er eine Zahl, der ich nicht widerstehen kann. Ich geh heim, denk mir nichts Großartiges, war eigentlich gut drauf, aber zwei Stunden später tauchen die Türken auf und sagen, wenn ich nicht mitkomme, bringen sie die Danica um. Wir fahren nach Gneis, in den Wald, wo sie mich eingraben wollen. Also ich mich selbst, weil die Wichser zu faul dafür sind. Ihnen wird fad, sie fangen an, über Autos zu reden. Siebener is Geilste, CLK is Wahnsinn. Und während die zwei Idioten diskutieren, ob BMW oder Mercedes geiler ist, hau ich ihnen die Schaufel um die Ohren. Einer schießt mir in die Brust, ich schneide ihm den Scheiß-Schädel vom Kopf und komme ungefähr fünfzig Meter weit, bevor mir die Lichter ausgehen. Dann weiß ich nichts mehr. Ärgstens, oder? Und als ich wieder aufwache, mit einem Riesenverband um die Brust, steht der Typ vom Balkan-Grill vor mir und sagt, dass er Leute wie mich gut brauchen kann. Ich willige ein, und er bringt mich nach Albanien, weil ich in ein Land will, wo die Türken nichts zu sagen haben. Dort soll ich Geschäfte für ihn erledigen. So ein Schwein musst du erst einmal haben. Den Rest kennst du ja.«

»Du hast gewusst, dass die Danica schwanger ist.«

»Alter, die hat jeden Tag gekotzt, wenn sie sich nur bewegt hat in der Früh. Ist mir ausgewichen, wie ich gefragt habe, was mit ihr los ist. Da wars mir klar. Ich muss was ändern.«

»Sie glaubt, dass du das nicht weißt, und ich soll dir von ihr ausrichten, dass nicht alles gut geworden ist.«

»Scheiße, was machst du bei ihr? Du warst doch schon immer scharf auf sie.«

»Alter, beruhig dich. Ich habe sie gesucht, weil der Werner tot und der Darius in der Psychiatrie ist und ich gehofft habe, dass du was weißt.«

»Die Sache mit dem Meth?«

Bedächtiges Nicken. »Ach, der war das. Das habe ich nicht gemacht, das waren Kollegen. Der Chef will sich den Markt von so Wichsern nicht verderben lassen. Kommen daher und meinen, dass ihr Meth das geilste ist. Da mussten wir was tun. Wenn ich gewusst hätte, dass das die beiden sind, hätte ich was machen können. Aber so. Na ja, irgendwie deppert.«

»Irgendwie schon. Sonst wäre ich nicht da und du müsstest mich nicht umbringen.«

»Das mach ich echt nicht gern, das musst du mir glauben, aber wenn ichs nicht mache, dann sind wir beide dran. Der Chef ist da echt hart.«

»Kein Problem, du warst mir sowieso immer schon unsympathisch.«

»Ich weiß, dir war der Darius immer am liebsten.«

»Aber auch nur, weil er mich erpresst hat.«

»Jetzt wird mir einiges klarer. *Deshalb* hast du immer gemacht, was der wollte.«

»War das so offensichtlich?«

»Eher schon, ja. Und irgendwie auch wurscht. Ist eh um nichts gegangen. Aber dass du dein Leben für den Trottel riskierst. Alter, du spinnst.«

»Tust du mir trotzdem einen Gefallen?«

»Schau ma, Spezi.« Er streichelt ihm den Kopf wie einem braven Kind.

»Mach schnell, sag, dass ich nicht gejammert habe.«

Er nimmt Felix' Nacken in die Hand, sieht ihm tief in die Augen. Ein fester Druck, das Messer blitzt in der Rechten. Ein Kuss auf die Stirn, Igor flüstert: »Hast du ja auch nicht. Wirst du auch nicht. Keine Angst, ich weiß, was ich tue.«

Radfahrer, Passanten, eine Familie, die den Kinderwagen spazieren fährt, während ihn die anderen Kinder umkreisen und schreien. Sie bleiben stehen, mustern das Krankenhausnachthemd, die türkise Hose, die weißen Schuhe, verstummen abrupt beim Anblick der Pistole. »Schauts ned so deppert. Sonst kracht es.«

Die Kinder haften an den Beinen der Mutter, die Eltern nicken vorsichtig, verlieren die Gesichtsfarbe.

»Ein Wort, dann …«

Darius macht eine Bewegung, als ob er schießen würde, lacht, verschwindet in der Dunkelheit. Er läuft die Arnsdorfstraße hinab, in den Garten, hinter das Haus, sieht unter den Blumentopf. Der Schlüssel ist weg, die Tür versperrt. Irgendjemand war hier, hat das ganze Zeug mitgenommen. Vielleicht die Serben. Möglicherweise sind sie noch da, warten auf ihn, damit sie ihn abknallen können. Leise kommt er nicht hinein, dann wohl mit Gebrüll.

Das Schloss fällt mit einem Klirren aus der Tür, das zugekniffene Auge öffnet sich, sieht den Körper hinab.

Die Ohren gespitzt, ob aus dem Knall eine Bewegung folgt. Hundegebell in der Ferne, vorbeifahrende Autos, niemand, der sich daran zu stören scheint. Er schiebt die Tür auf, die Pistole im gestreckten Arm, tastet sich vorwärts. Er dreht sich nach rechts, ein Schritt vor, schnalzt mit der Zunge, verengt die Lider. Keine Regung. Die Linke dreht den Schalter einen Halbkreis, das Surren der Neonröhren folgt. Eine Sekunde Blindheit, noch immer nichts.

Er geht durch die Zimmer, sucht alles ab, kein Zeichen eines Besuchs. Hat sich jemand den Schlüssel genommen? Hat er das Schloss umsonst herausgeschossen?

Der nächste Weg zum Kasten im Schlafzimmer, das Pervitin ist an seinem Platz, wartet auf Verwendung.

Was machst du damit? Nach ihm wird gefahndet, der Kieberer hat sicher nicht gelogen, in ganz Europa suchen sie ihn. Und wo werden sie wohl anfangen? Da, wo er gerade ist. Es wird nicht lange dauern, bis sie wissen, wem das Haus gehört, dass ihm der Opa vermacht hat, bevor er ins Heim gekommen ist. Dann werden sie kommen, ihn hinauszerren, einen Polizistenmörder, die Nachbarn werden unter vorgehaltener Hand tuscheln, dass sie es immer gewusst haben. Dass mit dem Hermann-Enkel etwas nicht stimmt. Dass er nicht grüßen konnte, sich komisch verhalten hat.

Wahrscheinlich ein Giftler, aha, Chrystal Meth, das sollen ja die Schlimmsten sein.

Er muss untertauchen. Er braucht einen Plan.

Darius holt seinen Rucksack aus dem Schrank, packt ein paar Sachen zum Anziehen hinein, Hygieneartikel, den verbliebenen Platz füllt er mit Röhrchen auf. Unterwegs kann er vielleicht nicht spritzen, das muss reichen.

Unterwegs nicht, aber … *Halts Maul und konzentrier dich. Dafür ist nachher Zeit.* Er muss die Sträflingskleidung loswerden.

Sich umziehen, etwas Unauffälliges, in Schwarz, mit Kapuze, worin er sein Gesicht verbergen kann. Ein Kapperl, eine Jacke, wer weiß, wo er die Nacht verbringen muss. Erfrieren ist keine Option. Was macht er mit dem Rest des Pervitins, dem Haus? Er kann sowieso nicht zurück.

Ein Stapel Zeitungen, Benzin aus dem Schuppen, dann hast du wenigstens einen richtigen Abgang.

Er geht nach unten, in den Garten, mustert die Umgebung, die sich ruhig präsentiert. Den Nowak haben sie noch nicht gefunden. Und wenn doch, dann ist er hinüber und sie werden Zeit brauchen, um Darius auf die Spur zu kommen. Die im Krankenhaus, die wissen, was passiert ist, dass er geflohen ist.

Es hat keinen Zweck, du musst das jetzt tun. Ein für allemal.

Beende das.

Er schleppt einen Kanister aus dem Schuppen, zwanzig Liter, aus Stahl, grüne Lackierung. Im Keller fängt er mit der Benzinspur an, zieht sie nach oben, ist großzügig an den hölzernen Vertäfelungen, den Vorhängen. Das muss brennen, so richtig. Er arbeitet sich nach oben, der Kanister gurgelt die letzten Tropfen auf die Schwielen. Er wirft ihn über die Treppe, sieht ihm zu, wie er Kanten aus dem Holz schlägt. Ein Funken im Halbdunkel, ein Blick ins Schlafzimmer, aufs Feuerzeug, die Flamme erlischt.

Wenn du flüchtest, brauchst du Energie, musst wach sein, wacher als die anderen. Du darfst nicht stoppen, musst auf dem Vormarsch bleiben.

Opa Hermanns Worte auf *heavy rotation* im braunen Radio. Ohne das Zeug wäre der Blitzkrieg im Nichts versandet, wären die Truppen nie so weit gekommen. Die Flieger wären eingeschlafen, hätten es nie bis London geschafft.

Die Engländer waren neidisch, wollten das Pervitin haben, als sie gemerkt haben, wie effektiv es ist. Für ihn ist es ein Werkzeug, nur das kann ihn rausholen.

Es dauert nicht lange, komm schon, ein Schuss, wem schadet das?

Da liegt eine Spritze, die letzte, eine Nadel, schön verpackt vom Automaten im Mirabellgarten. Gummischlauch, klatschende Handfläche, zerbröseltes Fliegersalz, das sich durch das Feuerzeug verflüssigt. Die Venen springen der Nadelspitze entgegen, ein Knacken, der Stempel drückt das Gold in die Adern.

23

Aus der Dunkelheit erwacht das Licht in Form einer quiet-
schenden Eisentür. Felix sieht den Körper hinab, Igor hat nicht
zugestochen. Der Grund: Ein Zeichen einer schmalen Silhouette, die den Augen den Schmerz nimmt. Ein Knall, die Tür im
Rahmen, dämmrige Beleuchtung, die Umrisse nähern sich. Igor
weicht zurück, nimmt Haltung an, sie gibt ihm ein Zeichen, dass
er das Messer wegstecken soll. Die Frau, Ende zwanzig, schwarze Haare, streng zusammengebunden, enges Top, eine Lederjacke. Nichts von der Stange, auch nicht die Hose mit den exakt
gebügelten Falten, die über die Stilettos hängt. Sie hebt den
Kopf, rümpft die Nase, fächert sich Luft zu. Ein Brummen, ge-
nussvoll.

»Es riecht nach Mann.«

Sie umkreist Felix, beschnuppert ihn wie ein Hund, reibt sich
an den Schultern. Sie hängt die Jacke über den Stuhl, setzt sich
gegenüber, spreizt die Beine, lehnt die Ellbogen darauf. Sie lehnt
sich vor, der Stuhl steht auf den Vorderbeinen, dann lässt sie
sich zurückfallen und rutscht ganz nahe zu Felix. Den Kopf geneigt, sie sucht den Blick aus verschiedenen Perspektiven.

»Kein Fluchttier«, sagt sie lakonisch. »Untypisch.«

Sie dreht sich zu Igor. »Er hat nicht gejammert, oder?«

Kopfschütteln, sie sagt: »Hab ich mir gedacht.«

Sie wippt mit dem Sessel vor und zurück, steht auf, umkreist
ihn, bleibt neben ihm stehen. Der Kopf schnuppert die verun-
staltete Visage hinab, bleibt am Hals, saugt den Duft ein.

»Ein Raubtier. Kein bisschen Angst. Ich liebe den Geruch
von Raubtieren. Das turnt mich an.«

Sie geht zu Igor, er soll ihr das Messer geben, sie nimmt gegenüber Platz. Die Spitze der Klinge kriecht den Bauch hinauf, die Brust, zeichnet der Kontur des Halses nach.

»Bei Fluchttieren ist das anders. Du bist hier, um mich zu töten.«

Felix möchte etwas sagen, relativieren, beschwichtigen. Eine Ohrfeige, die Hand verharrt an der Wange, krallt sich ins Fleisch, weiter zu den Haaren. »Du brauchst nicht zu lügen, ich spüre das. Sag mir die Wahrheit.«

»Das war eine Option.«

Sie tätschelt ihm die Wange. »Braver Junge. Die andere war, mir einen Deal anzubieten.«

Er schließt die Augen, senkt das Kinn.

»Deshalb hättest du mich töten müssen. Weil ich keine Deals mache. Vor allem nicht, wenn ich habe, was ich will. Schon sind deine Optionen zu einer geschrumpft.«

Sie lächelt, stößt sich weg von ihm, ballt die Faust, die Rippen brennen. »Und, was glaubst du? Schaffst du, was du vorhast?«

Schwierig, eher unwahrscheinlich. Felix krümmt sich, hält sich die Flanke, hechelt gegen den Schmerz. »Eher nicht.«

»Ein Logiker. Fantastisch. Keine Tränen, keine Drohungen, kein Betteln. Er bittet nicht um das Leben seiner Tochter noch um das seiner Freundin oder das seines Freundes. Er weiß, dass es keinen Sinn hat. Du bist mir fast sympathisch.«

Felix möchte sagen: »Danke, ich werde viel zu selten gelobt.« Wenn da nicht die Sache mit dem nahenden Ableben im Raum stünde.

»Dein Freund, der Neger, hat uns genau dahin geführt, wo wir ihn wollten. Zu dem Zeug, von dem er schwer abhängig ist.

Er hat einen Bullen entführt, wollte ihn umbringen. Dein Freund, für den du dein Leben gibst, scheißt auf dich, hat nur das Meth im Kopf. Und du sitzt da und verlierst kein Wort. Du erinnerst mich fast ein wenig an mich. Das erlebt man selten, so eine Loyalität.«

Sie hält den Kopf neben Felix' geschwollene Birne, lächelt in die imaginäre Kamera.

»Na, sehen wir uns nicht ähnlich? Könnten wir nicht Bruder und Schwester sein?« In süffisantem Ton, verhöhnend. Ein Lachen, eher ein Grunzen, auf jeden Fall dringt es bis ins Mark. Sie greift ihn ab, nimmt den Pass, liest langsam seinem Namen vor, lässt die Worte auf der Zunge zergehen. Horvat, Felix, Österreich, Salzburg, M, ausgestellt vom Bürgermeister der Stadt Salzburg, geboren am 3. März 1982.

»Wir sind fast im selben Alter, nur vier Jahre trennen uns. Gefall ich dir, mein Hübscher?« Sie sieht ihn an, rhetorische Frage. »Natürlich, sieh mich an. Wie könnte ich dir nicht gefallen?« Sie fährt den Körper mit den Händen entlang, nach unten, hinauf, streckt alle Erhebungen in den Raum, geht in die Knie, zurück, setzt fort: »Es hat noch keinen gegeben, der sich mir widersetzt hat. Die Männer wollen nicht kuscheln, sie wollen dominiert werden. Je mehr, desto besser. Du musst sie behandeln wie Würmer, sie kriechen lassen. Das macht sie glücklich. Das bringt sie zum Orgasmus. Hattest du schon mal einen, Felix?«

Sie schlägt ihn, saugt den Duft der Gewalt ins Hirn. »Natürlich nicht. Wenn du mit mir zusammen gewesen wärst, hättest du das schon erleben dürfen. Ein seltenes Privileg.«

Sie mustert das Passfoto, hält es ins Licht, schiebt die Lider zueinander. Ein Moment, sie reißt die Augen auf, stampft mit dem Fuß, schreit: »Das gibts doch nicht. Das gibt es nicht.«

Sie hält Igor den Pass vor die Nase, schreit: »Das ist nicht wahr. Das ist nicht wahr.« Ein Lachen, wie es Felix aus der Psychiatrie kennt, sie wirft ihm den Pass gegen die Brust, stellt sich vor ihn.

»Dein Vater, wie heißt der?«

Felix sieht sie an, hebt die Schultern, zögerlich. »Horvat.«

Sie zieht eine Pistole aus dem Hosenbund, hält sie an seine Stirn. »Wie noch?«

Die Pistole sinkt hinab, sie hechelt wie bei einem Asthmaanfall, schüttelt den Kopf. Hand auf ihre Stirn, Pistole auf seine Stirn, eine Runde im Kreis. Stakkato. »Der Vorname, Scheiße, verdammt noch mal, der Vorname.«

»Davor.«

»Das ist unmöglich. Wo kommt er her, dein Scheiß-Vater?«

»Aus Belgrad.«

Sie geht zu Igor, holt das Telefon aus seiner Jacke, wirft es Felix in den Schoß. »Ruf ihn an, deinen Vater. Sofort.«

»Darf ich fragen, warum?«

»Weil es deine einzige Scheiß-Option ist, verdammt!«

Lauf hinaus von hier, du Kämpfer! Einsamer Wolf, auf dem Streifzug durch die große Welt. Die ihm gehört, nur ihm! Sie können ihm nichts, außer ihn mal lecken. Genau so, da ist es. Danke Opa, danke Berlin, ein Hoch auf die Temmler Werke. Welch Wunder, welch Chemie, welch Kunst.

Dreh dich, spring im Kreis, lauf hinaus in die Welt. Halt, fast hätte er etwas vergessen. *Nimm es, ja genau, sieh, wie es funkelt, die Nacht zum Tag macht.* Noch ist es klein, aber gleich. *Blitze, funkle, brenne, ungestüm und wild. Zieh es dir rein, das Benzin, lauf hinauf, die Spur, verzehr dich am Gemäuer. Züngle in jeden Winkel, brenne, brenne, brenne!*

Wie es reflektiert in den Augen, höher, breiter. Gleich wird es nicht mehr sein, in der Ewigkeit. Vergangen, vergessen. Schwarz, Kohle, Asbest. Nur noch einen Moment. O ja.

Jetzt renne. Weit weg, fort von hier. Durch den Park, im Kreis, man kann es von hier sehen, alle können es sehen. Eine Flamme, so hoch wie die Berge. Welch Schauspiel, welch Feuerwerk. Schüsse in die Nacht. Peng, peng, peng. Da kommen sie, mit ihrem BMW, wollen es holen, aber er hat es sich selbst gegeben. Dem gegeben, dem es zusteht. Da rennen sie hinein, wollen retten, was nicht zu retten ist. Peng, peng, peng.

Genau, kommt herbei, die Kugeln sind für euch reserviert.

Peng, peng, peng. Jetzt laufen sie weg, davon, weil sie sich fürchten vor ihm. Vor ihm! Vor dem, den sie schwach geglaubt haben. *Fahrt davon, in eurem Schiff, so befiehlt Kapitän Hermann, fahrt davon.* Jetzt haben sie kapiert, dass es nur einen Kapitän gibt auf diesem Dampfer. Der erste schwarze Kapitän auf diesem Meer. Hahahaha! Keiner, der das Deck schrubbt, einer der es anzündet, einer, der es brennen sieht. Es ist sein Schiff und er entscheidet, wann es untergeht. Eine Salve Kugeln für die Feinde. Peng, peng … klick.

Erster Maat, nachladen, wir brauchen mehr Bumms. Vielleicht kommen sie wieder, wollen das Deck entern. Arrr! Da kommen sie, mit Gebrüll, schließen sich dem Unglauben an. Mit Schläuchen wollen sie es retten vor dem Untergang. Welch Narren, welch Irrglaube. Es gibt nur einen, der es retten kann, und der steht hier. Da kommen die Nächsten, wollen dem Kapitän an die Gurgel. Sie schleichen um die Masten, glauben, dass er sie nicht sieht hinter dem morschen Holz. Ein Kapitän kennt sein Schiff, jeden Winkel davon. *Kommt näher, ihr Narren. Dann seid auch ihr des Todes. Denn ihr seid nie so flink wie der Kapitän. Fangt an zu rennen, ich werde eurer Aufforderung nicht folgen, niemand ist so schnell wie Darius.* Achtung, links, Piraten, ein Haken, geradeaus, Idioten, schneller, da vorne hinter dem Masten geht es hinaus aufs Rettungsboot. Sie können ihn nicht fangen. Ein Haken, wieder einer weniger, noch zwei, links, rechts, links, rechts, es ist zu einfach. *Ihr müsst euch schon bemühen, den Kapitän zu kriegen.*

Selbst wenn, entkommt er immer wieder. Unbezwingbar, unaufhaltsam nähert er sich dem Boot, scheißt auf ihre kläglichen Versuche. Der letzte Mast, ein Sprung, die Beine schießen ihn in die Luft.

Du fliegst, bald bist du in der Freiheit.

Die Sonne hat sich hinter die Berge verzogen, als das Telefon läutet. Andrea stellt das Fahrrad ab, hechelt einen Augenblick, sieht aufs Display. Sie kennt die Nummer nicht, eine aus Österreich, vielleicht Felix mit einem anderen Telefon, wer weiß.

»Birnhofer?«

»Kollege Wenkhammer, LKA.« Monotone Stimmlage, wie im Verhör mit einem Verbrecher. *Jetzt bist du dran, verdammt.* Der Nowak hat ausgepackt, wie sie es ihm gesagt hat. Der Wenkhammer zitiert sie ins Büro und zieht ihr die Unterhose aus. Dann versohlt er ihr den Hintern und treibt sie mit dem Teppichpracker durch die Wache. Keiner wird lachen, das wagt niemand, weil jeder hofft, dass er nicht der Nächste ist. Das wäre nicht das erste Mal, dass er so was macht. Bei den Kriminellen passt das, aber bei den Kollegen …

»Was kann ich für Sie tun?« Fast eine Spur zu unschuldig.

»Es geht um den Kollegen Nowak.«

Sie hat es geahnt. Warum sind sie nicht gleich zu ihm gegangen, haben ihm die Wahrheit erzählt? Dann hätten sie jetzt nicht die Scherereien. Der Nowak wird kein Wort mehr mit ihr reden, sich mit anderen zum Dienst einteilen lassen. Wahrscheinlich werden sie degradiert, bekommen einen Eintrag in die Akte, da hilft eine Versetzung auch nicht viel. Sie kann maximal zur Autobahnpolizei, in den Osten, Kleintransporter kontrollieren. Im Winter: ein Elend. Im Sommer hat sie wenigstens die steirischen Straßen.

Ein Seufzer, sie sagt: »Machen Sie es kurz, Kollege.«

»Ach, Sie meinen die Sache. Dazu kommen wir später. Aber es ist eine Konsequenz Ihrer Geheimniskrämerei. Der Nowak ist entführt worden.«

Da hilft keine Jause mehr.

»Von wem? Wo ist er? Gehts ihm gut?«

»Darius Hermann ist Ihnen nicht unbekannt. Er hat ihn mit der Waffe gezwungen, ihn nach Hause zu fahren, und als kleines Dankeschön hat er ihn ans Lenkrad gefesselt und ihn die Böschung runtergeschoben.«

»Ist ihm was passiert?«

»Ich halte es für besser, wenn Sie vorbeikommen. Ich brauche Ihre Aussage. Arnsdorfstraße 10. Kennen Sie das?«

»Hinterm Lehener Park?«

»Genau da. Bin gerade auf dem Weg. So wie alle anderen auch.«

Aufgelegt.

Was ist los? Warum sagt der nichts?

Wenn der Darius dem Nowak etwas angetan hat, knallst du ihn auf der Stelle ab, dieses Arschloch. Da kann er sicher sein. Jeder, der ihm auch nur den kleinsten Gefallen getan hat, ist ein kompletter Vollidiot. Wie kann der Felix nur so blind sein?

Wie konntest du nur so blind sein?

Dieses verfluchte Helfersyndrom. Wenn du damit infiziert bist, kannst du nicht mehr raus. Dann blendest du aus, mit welchen Idioten du es zu tun hast. Dann hacken sich Sätze ins Bewusstsein, wie »Das sind auch nur Menschen«, »Die sind krank, die brauchen Hilfe«. Manche vielleicht, aber solche wie Darius sind einfach nur Arschlöcher.

Gut, er ist ein Junkie. Das schließt das Arschloch nicht aus. Man kann auch beides sein.

Andrea tritt in die Pedale, fünf Minuten, die Abkürzung hinter der Trafik. Beinahe fährt sie einen Fußgänger über den Haufen. *Entschuldigung, keine Zeit, bin im Dienst. So quasi.*

Sie stellt das Fahrrad ab, läuft nach oben, Helm, Jacke, Schlüssel, nach unten, setzt den Kettenhund in Bewegung.

Sie jagt ihn die Peter-Pfenninger-Straße hinab, Ignaz-Harrer, vorbei an der Kolonne, Siebenstädter, Franz-Martin. Die Gegend versinkt im Blau der Einsatzfahrzeuge, links versuchen Fontänen ein brennendes Haus zu löschen, geradeaus die Kollegen, rechts ein Passat mit einem einzelnen Blaulicht auf dem Dach. Dahinter warten drei zivile Fahrzeuge, die Fahrer hupen, schimpfen. Ein Uniformierter läuft zu dem Wagen, leitet die Autos um. Anwohner sehen aus den Fenstern, eine Traube steht an der Ecke, fuchtelt mit den Fingern zwischen den Schauplätzen hin und her. Der Wenkhammer kniet neben dem Passat. Er steht auf, geht zum Wagen, funkt, hetzt los.

Andrea kann den Grund nicht erkennen, doch schleicht sich ein mieses Gefühl ein. *Da musst du hin, das solltest du dir ansehen.*

24

Die Frau sitzt auf dem Stuhl gegenüber, die Ellbogen auf den Knien, den Kopf in den Händen vergraben. Sie ist still, seit fünf Minuten, kein Laut hat die Lippen verlassen. Sie wippt hin und her, steht auf und nimmt den Pass, der vor Felix' Füßen liegt.

Dann holt sie ein Foto mit gezacktem Rand aus der Jackentasche, vergleicht die Aufnahmen, murmelt:

»Unglaublich«, schüttelt den Kopf. Ein Lächeln, näher an den Tränen als an der Freude. Sie zeigt es Igor, der die Augen aufreißt, ebenfalls den Kopf schüttelt und sagt:

»Alter, echt jetzt?«

Felix hebt die Schultern, keine Ahnung. *Was hat mein Vater mit der Psychotussi zu tun?* Eben wollte sie ihn verführen, damit sie ihn danach auffressen kann, jetzt ist sie den Tränen nahe.

»Du hast keine Ahnung, oder?« Pause. »Das habe ich mir gedacht. Das passt zu ihm.«

Du hast dir beinahe dasselbe gedacht.

»Hast du eigentlich eine Ahnung, wer das ist? Woher er kommt, was er dort gemacht hat?«

»Ich habe ihn schon lange nicht mehr gesehen. Wir haben auch vorher nicht viel geredet. Schon gar nicht über die Vergangenheit.«

»*Lažeš. Laže*, Igor.«

Igor zuckt mit den Achseln, sie sagt: »Wir warten auf ihn, dann werden wir ja sehen, ob du die Wahrheit sagst. Und ich hoffe stark für dich, dass du nicht das bist, wofür ich dich halte.«

»Ich bin genauso gespannt wie du.«

»Ach, bist du das? Soll ich dir was über deinen Vater erzählen? Soll ich dir was über Davor Horvat erzählen?«

Das wird sie sowieso tun. Außer einem höflichen Nicken bleibt ihm nichts übrig.

»Weißt du, wie er wirklich heißt? Kennst du seinen Namen?«

Sie wird es ihm gleich sagen.

»Davor Pavić.«

»Warum sollte er seinen Namen ändern?«

»Euren, Felix, euren Namen. Die ganze Familie hat den Namen geändert. Nicht nur er.«

Verdammt, sie hat recht. *In der Schule haben sie dich anders genannt. Drug P...* War das wirklich Pavić? Sagt sie die Wahrheit?

»Bleibt nur die Frage nach dem Warum.«

»Davor Pavić, geboren und aufgewachsen in Belgrad, hat hier die Schule besucht, war ein braver Systemtreuer und ein guter Schüler. Hat alle Tito-Lieder auswendig gekonnt, sich nie versungen, ist immer stramm gestanden. Eine Laufbahn bei der JVA vorprogrammiert. Er heiratet, bekommt zwei Kinder, eine kommunistische Vorzeigefamilie, deren Oberhaupt die Offizierslaufbahn einschlägt. Einer, der bitter leidet, als der Glanz des Sozialismus abzublättern beginnt. Er will alles zusammenhalten, ist begeisterter Kriegstreiber, kämpft vorne mit, zeigt den Feinden, dass es nur ein geeintes Jugoslawien geben kann. Was ihm allerdings Sorgen bereitet: Die Gegner könnten dasselbe mit den Serben anstellen, sobald sich die Gelegenheit bietet. Ein Gedanke, der ihm zunehmend zu schaffen macht. Was macht er dann? Er sucht um zwei Tage Fronturlaub an, die ihm gewährt werden. Doch diese Zeit nutzt er nicht, um seine Familie zu sehen, sondern um mit Zora Plava einen Deal auszuhandeln. Sie passen auf seine Frau und seine Kinder auf, damit er unbekümmert dem Krieg nachgehen kann. Da er Offizier ist, kann er sich während oder nach dem Krieg als nützlich erweisen. Sie bitten um einen Gefallen, den er in jedem Fall zu erfüllen hat, sie noch nicht genau benennen. Und als sich der Konflikt dem Ende nähert, die Soldaten der JVA die Beine in die Hand nehmen, jeder noch zusammenkratzt, was er zu stehlen imstande ist, entscheidet sich Gospodin Pavić, dass ihn der Deal mit den neu gewonnenen Freunden nicht mehr interessiert. Stattdessen kommt er zurück, packt die Familie in den Yugo und will flüchten. Der Klan bekommt Wind davon, lässt sich selbstverständlich nicht auf den Arm nehmen und nimmt sich ein Pfand, das er nie abholt. Doch damit ist es nicht getan.

Jetzt steht er in der Schuld, Serbien ist ein Ort, der glühender Lava gleicht. Und das weiß Herr Pavić auch. Er wirft die Pässe aus dem Autofenster, verbrennt sie irgendwo vor der österreichischen Grenze und gibt sich als jemand anderes aus. Die Behörden fragen nicht lange nach, er ist politischer Flüchtling, ein Offizier der JVA, dem der Tod droht, wenn er jemals zurückkehrt. Doch nicht nur von der JVA, sondern auch von Zora Plava, auf deren Liste der ewigen Freundschaft er nun wandert.«

Deshalb wollte er nie zurückfahren, hat die Hand erhoben, wenn du nur damit angefangen hast.

Er ist nie zum Grab seiner Eltern gefahren, hat nie nach Felix' Schwester gesucht. Und wollte auch nicht, dass er dorthin fährt. *Verdammt, du musst ihn warnen.* Sie wird ihn töten. Und dann wahrscheinlich ihn selbst. Das wird kein Austausch, keine Verhandlung, das wird eine Hinrichtung.

Jeder einzelne Zacken Asphalt bohrt sich in das Fleisch, martert es. Ein Bein verdreht, die Arme kraftlos neben dem Körper, kein Gefühl. Der Mund füllt sich mit Blut, alles ist fern, stumpf, aussichtslos. Ein Mann beugt sich über ihn, tätschelt die Wange, streichelt den Kopf, geht weg, kommt wieder. Er sagt, dass alles gut wird. Kann es das? Es fühlt sich nicht so an.

Er spürt die Wärme der fremden Hand, in blaues Licht getaucht. Kein böses Wort, kein Funken Aggression, nur Geborgenheit. *Du bist der Vater, der mir gefehlt hat.* Ein Motorrad hält, zwei Beine springen herab, stellen sich neben Darius. Das Gesicht, er kennt es, die Polizistin aus der Klinik. Er möchte sagen, dass es ihm leidtut, er das alles nicht wollte, doch er kann es nicht. Ihm fehlt die Kraft dafür, dass alles gut wird. Er hat es versaut, alle mit hineingezogen, aus purem Egoismus. Jetzt beugt sie sich über ihn, die Frau, die er abgelehnt hat, eine derer, die er für alles verantwortlich gemacht hat.

Ihre Lippen bewegen sich, er will den Kopf heben, zieht die Lider zusammen, verebbt im Ansatz. Sie spricht mit dem anderen, er sieht auf die Uhr, zuckt mit den Schultern, dreht den Kopf hektisch weg. Eine Sirene in der Ferne, sie springt auf, winkt. Dann kniet sie sich hin, sieht ihm tief in die Augen. Er sagt, dass sie Felix sagen müsse, dass er die Sache erfunden habe, nichts davon wahr sei. Dieses Mal sagt er, dass es ihm leidtue, er bereue. Sie nickt, mütterlich, bestätigt, darum solle er sich jetzt nicht kümmern. Er muss jetzt tapfer sein, durchhalten, der Krankenwagen sei schon da.

Er war lange genug stark, hat alles ertragen, was ihm das Leben auferlegt hat. Die Zerrissenheit, die Mutter, den Großvater, die Gang. Nichts war von Dauer, alles ist geflossen, zerronnen ins Nichts, zwischen den Händen.

Unwiederbringlich.

Der Mann entfernt sich, sie hält Darius' Hand, zwei Teile einer Liege, die sich zu einer vereinen. Der Körper wird hochgehievt, sie weicht nicht von seiner Seite, bis ihre Hand durch eine andere ersetzt wird. Ein Stich in den Arm, Kälte am Oberkörper, Flüssigkeit fließt in die Adern. Organisierte Hektik zwischen den Blaulichtern, sie schieben ihn hinein wie in einen Ofen, knallen die Tür zu. Er streckt den Arm aus, sucht die Berührung, wird niedergedrückt. Der Körper meldet sich, ersetzt die Wärme durch Schmerz. Ein Schrei, alles zieht sich zusammen, ein Stechen durchfährt die Glieder. Adrenalin läuft durch den Körper, das Herz pumpt wie eine Dampflokomotive.

Er will es hinausschreien, dieses Elend, will, dass es ein Ende hat. Zwei Hände halten den Arm, grüne Spritze, weiß gefüllt, ein Schnippen, gleich wird es leichter.

Er blinzelt gegen die Ohnmacht, reißt die Augen auf, bevor er in einem seligen Schlaf versinkt.

Andrea sieht dem Krankenwagen hinterher, bis er hinter der Ecke verschwunden ist. Sie taxiert den Wenkhammer, der den rasierten Kopf schüttelt. Sie hatte ihn größer in Erinnerung, beleibter, vielleicht ein Trugschluss der Erinnerung. Er ist gut gebaut, trainiert, hat die Hemdsärmel nach oben gekrempelt. Ein breiter Gürtel, Jeans, braune Lederschuhe.

Nichts, was ihr missfallen würde. Die harten Gesichtszüge wenden sich ihr zu, sagen, dass sie das Moped auf die Seite stellen soll. Der Wenkhammer folgt, parkt das Auto, bietet ihr eine Zigarette an. Sie schüttelt den Kopf, die erste und die letzte sind zehn Jahre her.

Er nimmt auf der Motorhaube Platz, verschränkt die Beine an den Sprunggelenken, bläst gemächlich den Rauch in die Nacht.

»Das war Darius Hermann?«

Sie nickt, senkt den Blick, sucht ihr Inneres. »Glauben Sie, dass er es schafft?«

»Möglich. Bis jetzt hatte er Glück. Warum nicht auch jetzt?«

»Was meinen Sie, Kollege Wenkhammer?«

»Sie und der Nowak haben ihn geschützt, die Marionette für ihn gegeben. Während er Sie beide nach Strich und Faden verarscht hat.«

»Er ist ein Junkie.«

»Genau deshalb hätten Sie nie tun dürfen, was Sie getan haben. Verstehen Sie? Diese Leute haben nur das Zeug im Sinn, sind gute Lügner, Betrüger. Man darf ihnen nicht böse sein, zu sich selbst sind sie kein bisschen anders. Aber ihnen vertrauen: na ja.«

Der Wenkhammer schmatzt, zieht am Glimmstängel, wirft ihn auf den Boden, dreht den Schuh, bis die Glut erlischt.

»Als ich gemerkt habe, worum es ging, waren wir zu tief drin.« Sie seufzt. »Ich habe den Kollegen Nowak mit hineingezogen, ihn erpresst. Er hat gar nichts damit zu tun. Falls er noch am Leben ist.«

»Der Kollege Nowak hat sich mindestens ein Einlassverschulden zur Last zu legen. Auch wenn Sie die eigentliche Drahtzieherin in der Sache sind, Kollegin Birnhofer.«

»Ich übernehme die volle Verantwortung.«

»Sehr ehrenwert, aber so einfach wird die Sache nicht werden.«

»Haben Sie nicht zugehört? Ich habe den Kollegen Nowak erpresst. Das ist ein schweres Vergehen. Ich habe meinen Kollegen gezwungen, dass er den Junkie da schützt. Unter anderem vor Ihnen.«

»Wie, glauben Sie, hat Darius Hermann den Nowak entführen können? Beim Autostoppen? Er ist zu ihm in die Klinik gefahren, hat ihn zur Rede stellen wollen, ein Machtwort sprechen, wie er gesagt hat.«

Moment. »Wie er gesagt hat?«

»Wie er mir vorhin gesagt hat.«

Das Herz springt fast durch die Brust, sie möchte den Wenkhammer umarmen, stoppt in der Bewegung.

»Geht es ihm gut?«

Stoisches Nicken. »Der Herr Hermann hätte schauen sollen, was sich am Ende des Abhangs befindet. Außer einer zerbeulten Stoßstange und einem verschreckten Polizisten haben wir keine Verluste zu beklagen.«

»Kann ich zu ihm?«

»Alles zu seiner Zeit, Kollegin. Wir reden zuerst fertig. Sie haben sich einige schwere Dinge zuschulden kommen lassen.

Behinderung der laufenden Ermittlungen, Amtsanmaßung, Amtsmissbrauch, Körperverletzung, wenn man den Nowak zählt. Da kommt einiges auf Sie zu.«

»Ich habe schon gesagt, ich übernehme die Verantwortung. Morgen gebe ich meine Sachen ab. Passt das?«

Der Wenkhammer nickt, sieht sie an. »Das will ich hoffen. Die Uniform steht Ihnen sowieso nicht. Macht einen viel zu dicken Hintern.«

Er schnalzt mit der Zunge, dann die Miene eines Hafenarbeiters.

»Is mir wurscht, Kollege Wenkhammer, Ex-Kollege. Hauptsache, dem Nowak ist nichts passiert.«

»Was mir noch aufgefallen ist, Nicht-Ex-Kollegin Birnhofer. Sie haben sich kreativer Mittel bedient, delegiert, organisiert, das gemacht, woran Sie geglaubt haben. Das gefällt mir. Bewahren Sie sich das.«

»Danke. Beim ÖWD braucht man das eher nicht.«

»Aber beim LKA.«

Sie starrt ihn an, senkt den Kopf, streckt ihn vor. »Können Sie das wiederholen?«

»Ihr Hintern sieht scheiße in Uniform aus.«

»Das andere.«

»Dass es nur einen Weg gibt, wie Sie aus Ihrer Misere rauskommen.«

»Dass ich mich beim LKA bewerbe?«

»Beworben haben Sie sich gerade. Ich will Sie dabeihaben.«

»Schmäh?«

»Nix Schmäh. Nächsten Montag sehen wir uns bei mir. Dann können Sie sich noch von den Kollegen verabschieden, einen trinken gehen, *whatever*.«

Sie starrt an ihm vorbei, dann starrt sie ihn an, die Gedanken drehen sich im Kreis.

»Kollegin Birnhofer«, sagt er, ein Auge zugekniffen. »Wenn Sie auch nur ein Wort darüber verlieren, was passiert ist oder wie Sie sich aufgeführt haben, oder glauben, dass Sie so eine Nummer noch ein einziges Scheiß-Mal abziehen können, dann schwöre ich bei Gott, ich reiße Ihnen die Eierstöcke raus. Mit einer Pinzette. Durch den Hals. Kapiert?«

Eine Umarmung, kurz gehalten, ein Blick, ein Zwinkern.

Andrea läuft zum Nowak, der sie verärgert ansieht. Sie überlegt, schließt die Arme um ihn, flüstert:

»Jetzt habe ich mir gedacht, ich hätte dich verloren.«

Das hast du auch, Binschki, nur anders als du geglaubt hast.

25

Der Nowak ist in die Nacht entschwunden, nach dem dummen Buben sehen. Zumindest hat er das gesagt. Die Feuerwehr ist abgezogen, mit gesenkten Köpfen, erschöpften Gesichtern. Der Dachstuhl hat sich der Allmacht des Feuers ergeben, ist nach einem Wehklagen im Haus versunken. Nichts zu retten, Versicherungssache. Andrea hat einige Zeit auf den verkohlten Haufen Vergangenheit gesehen, sich gefragt, was in Darius wohl vorgegangen sein mag. Die gesamte Existenz ausgelöscht für eine undankbare Substanz. Unglaublich, wofür die Menschen ihr Leben wegwerfen.

Sie will dem Haus Lebewohl sagen, als sich das Handy zu Wort meldet. Ein Seufzer, der Helm hängt wieder am Seitenspiegel, die Hand greift in die Jackentasche. Die Nummer ist ihr unbekannt, sie überlegt, zögert, zieht den grünen Kreis nach oben.

»Birnhofer?«

»Davor Horvat.«

»Hören Sie, wenn Sie mich wieder davon abbringen wollen, mit Ihrem Sohn Kontakt zu haben, lassen Sie das. Der Zug ist abgefahren.«

»Darum geht es nicht. Die haben Srečko.«

Andreas Herz klopft einen Stock tiefer und schneller. *Verdammt, du hast es geahnt.* Diese Cowboymentalität wird ihn noch den Kopf kosten. Berühmte letzte Worte: Ich regle das. Sie seufzt, kratzt sich an der Stirn, dreht sich einmal im Kreis.

»Was wollen die?«

»Dass ich nach Belgrad komme, sonst bringen sie ihn um.«

Du hast doch auch was zu verbergen.

Daher hat Felix also diese unbequeme Eigenschaft.

»Wie wärs, wenn Sie mir sagen, warum? Und bitte sparen Sie sich die Ausflüchte, sonst lege ich auf.«

Ein Augenblick Stille, er sagt: »Die Jugoslawienkrise ist Ihnen sicher ein Begriff.«

»Das wird hoffentlich keine Geschichtsstunde.«

»Es ist nicht das erste Mal, dass ich mit Zora Plava in Kontakt komme. Ich will, dass sie auf meine Familie aufpassen, dafür verlangen sie einen Gefallen.«

»Den Sie nicht einlösen wollten, weil …?«

»Ich keine Unschuldigen umbringe.«

»Das haben viele gemacht. Warum nicht Sie?«

»Weil es irgendwann ein Ende hat. Das ist mir schnell klar. Ich will diesen Krieg nicht mehr.«

»Weiter.«

»Srečko hat eine Schwester. Sie entführen sie. Meine Eltern …« Pause, er imitiert den Laut eines Schusses. »Und ich weiß, dass ich oder meine Familie nie wieder einen Fuß auf serbischen Boden setzen.«

»Aber Felix wusste das nicht.«

»Genau. Deshalb er ist da, wo er ist.«

»Er ist Ihr Sohn, unbestritten. Dieselbe hirnrissige, sture Einstellung.«

»Ich weiß. Das ist das Problem.«

»Wir bekommen alle die Kinder, die wir verdienen.«

»Haben Sie Kinder?«

»Ich habe Eltern, das reicht. Außerdem ist das nicht das Thema. Was wollen Sie tun?«

»Was ich tun muss. Mich der Vergangenheit stellen. Verstehen Sie, Srečko leidet bitter, weil wir nie über seine Schwester sprechen, den Krieg, die Großeltern. Deswegen ist er so, wie er ist. Lässt sich nichts sagen, sucht Aufmerksamkeit wie Motten das Licht. Auf welche Art auch immer. Wir machen ihn zu dem, was er ist.«

»Finden Sie nicht, dass die Reue etwas hinterherhinkt?«

»Sie haben recht, Frau Birnhofer. Deswegen rufe ich nicht an.«

»Sagen Sie es, dann haben wir es hinter uns.«

»Ich brauche Hilfe.«

Du hast es geahnt. Mit seiner Ansprache hat er wohl sich selbst gemeint. Der zieht genauso Probleme an wie Felix. Und regelt sie. Missbraucht andere Leute für seine Angelegenheiten, weil sie ihm letztendlich über den Kopf wachsen.

»Woran haben Sie gedacht?« Stoisch, mit dem Hauch einer Vorahnung.

»Ich habe eine Lösung. Aber nicht am Telefon. Kommen Sie vorbei, wir reden über das Weitere. Vertrauen Sie mir.«

»Wenn ich auch nur eine Minute das Gefühl habe, dass Sie ein falsches Spiel spielen, übergebe ich Sie persönlich den Typen.«

»Klar.« Freizeichen. Aufgelegt. Andrea hält das piepende Telefon in der herabhängenden Hand und sieht in die Ferne. Das hört sich alles nach Guerillaaktion, nach einem Ich-regle-das-Spezialkommando an. Sie ist österreichische Polizistin, der Wenkhammer will sie beim LKA, sie hat einen einwandfreien Leumund. Wenn sie sie dort unten mit einer Waffe erwischen, wird sie alles verlieren. Dann war alles umsonst.

Lass den Kopf entscheiden, hör nicht auf den Bauch, du darfst nicht auf ihn hören, um Himmels willen, hör nicht auf den ... Ach, Scheiße.

Die Tür fällt ins Schloss, der Raum in gedämpftes Licht. Felix'
Blick bleibt auf dem zerkratzten Eisen hängen, schneidet es beinahe entzwei. Alles ist wieder da. Die Erinnerung, die Flucht. Er
hatte es verdrängt, mit solchem Willen, dass er es für eine
Wahrheit hielt. Die Sitze im Yugo, die schlechte Heizung, die
Scheibenwischer quietschten über das Glas. Davor Hektik, sanf-
te Stimmen der Eltern, fragende Blicke, ihr Hab und Gut, das im
Kofferraum verschwand. Sie sollten sich ducken, auf die Seite
legen, damit niemand sehen konnte, wer sich im Auto befand.

Seine Mutter, er hatte sie noch nie so schweigsam erlebt. Der
Vater so geduldig, nachdrücklich, ein Kuss auf die Stirn, die raue
Hand am Rücken, die ihn in den Wagen geschoben hat. Ein
Stottern, ein Rumms, das ganze Auto hatte vibriert. Dann ein
Krach, Krawall, Schritte, Schreie, Köpfe, die sich in die Dunkel-
heit wandten. Der Ganghebel, das Knirschen, die Flüche des
Vaters, die den Hebel mühsam ins Getriebe stießen. Die Tür
ging auf, seine Schwester fing zu kreischen an. Ihre Finger krall-
ten sich in das Lederimitat des Rücksitzes. Er versuchte, ihre
Hand zu greifen. Die Finger glitten weg von seinen, es war, als
ob ihm der Arm ausgerissen würde. Eine Pistole im Wagen-
inneren, dahinter ein Mann, der Schrei der Mutter:

»Gas! Scheiße, Davor, gib endlich Gas!« Der Motor des
Yugo, eher ein Wimmern als ein Brüllen, der Knall der Tür, der
das Schicksal seiner Schwester aussperrte. Der Lärm, der die
Stille im Wagen nicht übertönen konnte. Das erste und das letz-
te Mal, dass er ein Maschinengewehr gehört hat. Ratatatatata.
Zischende Verfehlungen, bis die Blitze außer Sichtweite waren.
Die Tränen der Mutter, ein einziges Wehklagen, das bald durch
Stummheit ersetzt wurde. Durch stundenlange Stummheit. Nur
das Rattern des Autos, die Augen ins Nichts gerichtet.

Jede Frage nach dem Warum: sinnlos.

Da hast du sie das letzte Mal gesehen.

Die Berge, den Wald, die Hütten neben der Straße, in denen sie das Holz zu Kohle machten. Das Lachen seiner Schwester, die kurzen braunen Haare. Das Gesicht, das er während der Fahrt vor Augen hatte. Selbst, als er eingeschlafen war.

Felix schüttelt sich die Gedanken aus dem Kopf. *Pavić, so haben sie dich genannt in der Schule.* Drug Pavić. Genosse Pavić. Die Lieder: *Druže Tito, ljubičice bjela, Druže Tito, mi ti se kunemo …* Sie haben auf ein weißes Veilchen geschworen, auf eine Pflanze, die ihm selbst missfiel. Die strahlenden Uniformen, die Blumen, die Festzüge. Wie traurig war er, das alles zurückzulassen?

Die Eltern, sie haben gesagt, dass er nicht weinen soll, alles gut wird, Tito sowieso schon lange tot ist, er die Sache vergessen soll.

In seiner neuen Heimat haben sie Tito als Diktator bezeichnet. Kein weißes Veilchen, keine Schwüre, kein Sozialismus. Nur das Vergessen, kein Blick zurück, kein Wort von seiner Schwester. Ein Opfer des Krieges, wie die Großeltern, ihr Haus und der Sozialismus.

Das ist ihre neue Heimat, sie sind Gäste, haben sich so zu verhalten. Zumindest die ersten Jahre. Er war zwölf, als Mutter wieder auf Tito schwor, im Rausch die alten Lieder sang, in Tränen am Küchentisch verging. Zwölf, als sie den Namen nannte, über Ivka sprach, er ihr Trost spenden wollte, sie ihn geschlagen hat, weil er sie nie mehr erwähnen sollte. Er hat es nie verstanden, nur, dass für ihn andere Regeln gegolten haben.

Maul halten und dankbar sein, dass sie dich nicht aus dem Wagen gezerrt haben. Dass du die neue Heimat erreicht hast.

Verdammt, wo war die Erinnerung die ganzen Jahre?

Musste er hierherfahren, um den ganzen Brocken heraufzuwürgen? *Warum habt ihr nie darüber gesprochen? Hat es irgendetwas geändert, das Schweigen die Situation gebessert? Nehmt ihr das alles mit ins Grab?*

Da ist sie wieder, diese endlose Hilflosigkeit, diese Mauer, die unüberwindbar scheint, ihn ohnmächtig macht. Darius hat das erkannt, vielleicht nicht bewusst, hat ihn benutzt, hintergangen. Es ist dieselbe Kerbe, in die er geschnitten hat, derselbe Missbrauch, der sein Blut zum Kochen bringt, es durch die Adern peitschen lässt. Das Unausgesprochene, die stumme Erpressung, die Schuld, die unlöschbare Schuld.

Beinahe hätte sie die Kawa stehen lassen, wäre der Bitte von Davor Horvat nachgekommen. Wäre da nicht das Klatschen der Handfläche auf der Stirn gewesen, das sie an eine andere Option erinnert hat. Sie hat den Kettenhund Richtung Bessarabierstraße geprügelt, das getan, was ihr am meisten missfällt. Die grüne Wonne vor dem Haus stehen lassen, um in den fünften Stock zu fahren und an die Hoffnung der Erlösung zu klopfen.

Suzuki öffnet, sieht sie entgeistert an, bittet sie herein. Er fragt, ob sie etwas zu essen möchte, er habe gekocht, vegan.

Sie verneint, es störe sie nicht, wenn er esse, sie komme gerne auf das Angebot eines fermentierten Teeaufgusses zurück.

Sie sitzen im Schneidersitz am Boden, Suzuki mampft Wokgemüse, mustert sie zwischendurch.

»Der Verdacht hat sich bestätigt«, sagt sie, senkt den Blick.

»Ich hätte ihn da rausholen sollen, als es noch ging. Stattdessen habe ich ihm Schlüssel und Geld geschickt. Ich hätte meiner inneren Stimme vertrauen sollen.«

»Du hast ihm Schlüssel und Geld geschickt. Wofür?«

»Für einen Wagen. Und ein, zwei Waffen. Man weiß ja nie.«

Was ist nur los mit den beiden, eigentlich dreien?

»Haben Sie euch ins Hirn geschissen?«

»Wir haben das immer so gemacht. Der einzige Unterschied war, dass wir uns in der letzten Zeit die Autos an die Grenze haben liefern lassen. Zu gefährlich. Da unten regieren andere Gesetze.«

»Trotzdem hast du geliefert.«

»Natürlich. Wenn einer anruft und was braucht, fragen wir nicht lange. Dann machen wir das, weil in der Regel der Hut brennt. Er hat gesagt, er braucht ein Auto, ich habs ihm geschickt. Also fast. Das Problem war eigentlich, dass irgendein

Arschloch Sajo, unseren Kontaktmann, umgelegt hat. Mit dem haben wir schon mindestens achtzig Autos zurückgeholt.«

»Ihr habt keine Minute daran gedacht, dass euch so was passieren könnte?«

»Deswegen haben wir uns immer an der Grenze verabredet. Nie allein, stets zu zweit, stets bereit. Einer mit der geladenen Waffe, der andere übernimmt. Da hat es nie Probleme gegeben, weil es hier doch ein wenig sicherer ist.«

»Ihr hattet Glück, das war alles.«

»Wie du meinst. Aber deshalb bist du nicht hier.«

»Davor Horvat hat mich angerufen. Sie wollen einen Austausch. Er gegen Felix.«

Suzuki schüttelt den Kopf, wirft die Stäbchen in den Teller, steht auf, schreit: »Davor Horvat! Scheiße. Was zur Hölle will Davor Horvat von uns?«

»Das hat er mir nicht gesagt. Die Sache durchziehen. Ich habe da einen Verdacht.« Sie dreht die Handfläche den Worten hinterher.

»Warum ihn Horvat überhaupt angerufen hat, ist mir schleierhaft. Er würde lieber sterben, als ihn zu sehen. Du hast keine Ahnung, wie es um die beiden steht, was Davor für ein Mensch ist.«

»Kennst du ihn?«

»Horvat und ich sind nächtelang nebeneinander gesessen. Meistens war es ruhig, aber manchmal haben wir doch über Privates gesprochen. Wenn du wüsstest, was mir Horvat über ihn erzählt hat. Kurz: Wir können Davor nicht vertrauen. Nie und nimmer.«

»Dann ist Felix tot.«

Suzuki drückt die Fingerspitzen gegeneinander, hebt sie den Bauch entlang, stößt die Handflächen von sich weg. Das Ganze wiederholt er dreimal, mit jedem Mal entspannt sich die Atmung mehr. Er starrt Andrea an, verengt die Lider. »Unter einer Bedingung. Du kommst mit.«

Eigentlich hätte er abdrücken können. Wie soll das gehen? Mit zwei Cowboys den dritten freischießen. Prächtig. Jungs und ihre Spiele.

»Keine Chance.«

»Gut. Dann ist er eben tot. Er kannte das Risiko. Ich fahre sicher nicht mit Davor Horvat nach Belgrad und überfalle das Hauptquartier von Zora Plava. Kennst du die Häuser? Das sind Bunker. Da kannst du eine Atomrakete draufschießen und die Dinger halten das aus. Du kommst mit, sonst ist die Sache gelaufen. Alleine mache ich das nicht. Der schießt mir in den Rücken oder wer weiß was.«

»Das ist dein Freund, Suzuki.«

»Deiner auch. Auf gehts. Zwei, eins, Risiko.«

Sie presst gefühlte zehn Liter Luft durch den schmalen Spalt zwischen ihren Lippen, bevor ihr ein zögerliches Nicken entweicht.

26

Eine Palette Energy-Drinks vom Discounter, ausreichend Zigaretten und Entspannungsmusik für Suzuki. Um zwei Uhr haben sie die Grenze passiert, sind über Villach, Laibach, Zagreb Richtung Osten gefahren. Im Opel Ascona von Felix' Vater haben sie sich angeschwiegen, stundenlang, sich den kreisenden Gedanken ergeben. Der Grenzübertritt hat Davor den Schweiß auf die Stirn getrieben, ihn ruhiger werden lassen, als er ohnehin schon war. Die Frage nach dem weiteren Vorgehen hat er damit abgetan, dass sie Geduld haben sollen, er schon wisse, was er tue. Das Horvat-Gen. Stur, stumm dem eigenen Untergang entgegen. Hauptsache nicht allein. Das wäre zu viel verlangt. Suzuki möchte etwas sagen, wie »Ich habs dir doch gesagt, lass ihn, wird schon wissen, was er tut«. Oder so ähnlich. Egal.

Ihr seid in der Traufe. Auch ohne Regen.

Davor lenkt den Wagen durch die Lichter der Stadt, die einsame Nacht, vorbei an den riesigen Bloks des Sozialismus, nach Osten über die Save. Wo die grauen Bäume roten Dächern weichen, flacher werden, gepflegter. Einige Villen zwischen Bauruinen, an manchen stehen Gerüste, sie sehen nicht so aus, als ob jemand daran arbeitet. Ein Moment, vielleicht der erste, in dem Andrea froh über die Waldorfschule ist. Ansonsten wäre sie verloren, könnte die kyrillische Schrift niemals entziffern. In diesem Augenblick dankt sie den Eltern, die in Birkenstock-Sandalen und Bio-Smoothies in den Händen sicherlich in Freudentränen ausbrechen würden. Davor hält an einer Ruine, stellt den Wagen an die Seite, dreht sich zu ihnen.

»Da wären wir.«

»Vielleicht habe ich mich getäuscht«, wirft Suzuki ein.

»Vielleicht«, sagt Andrea. Lakonisch.

Davor steigt aus, geht zu der Ruine zwischen den Villen. Die beiden bleiben sitzen, mit verschränkten Armen, sehen sich ungläubig an. Davor schleudert die Arme in die Luft, zeigt auf die Uhr, auf den nahenden Sonnenaufgang. Synchrones Seufzen, sie folgen der Aufforderung. Vor ihnen ein Haus, eigentlich nur die Grundmauern, mit Einschusslöchern und herausgeschlagenem Mauerwerk. Sie steigen über die Trümmer, Davor voraus, zu einer Tür. Eine der wenigen, die noch stehen. Davor zieht daran, nickt, holt einen Schlüssel hervor, sperrt auf. Jeder bekommt eine Taschenlampe, knarrende Stufen, Lichtkegel, die durch die Dunkelheit schweifen. Davor geht nach rechts zu einer Kiste, militärgrün, öffnet sie. Ein Packen Stroh, den er beiseiteschiebt, zwei Kalaschnikow-Sturmgewehre, ein Dutzend Makarow-Pistolen.

Wortlos hebt er die Kiste auf, stellt sie neben die anderen Kisten, öffnet die nächste. Zwei Panzerfäuste, wieder in Stroh gebettet. Er schließt sie, gibt ihnen ein Zeichen, dass sie die Kiste nach oben bringen sollen. Sie sehen sich an, Andrea kommt Suzukis Erläuterung zu den Bunkern in den Sinn.

Warum auch nicht? Davor öffnet noch eine, fünf Handgranaten, nimmt sie mit nach oben. Alles kommt in den Kofferraum des Opel Ascona, die Makarows bleiben vorne.

»Das ist also Ihr Scheiß-Plan«, sagt Andrea.

»Wir können Du sagen.«

»Dann ist das also dein Scheiß-Plan.«

Er nickt, setzt den Wagen in Bewegung. »Etwas anderes verstehen die nicht.«

»Dir ist klar, dass sich dein Sohn mit größter Wahrscheinlichkeit im Inneren des Gebäudes befindet.«

»Da ist er sicher. Wir schießen nicht auf die Mauern. Die Panzerfäuste sind für die Verwirrung. Das hat wenig Sinn.«

»Auf die Mauern zu schießen?«

Davor schnalzt mit der Zunge, nickt. »Stahlbeton. Meterdick.« Er unterstreicht die Dicke mit den Handflächen.

»Da brauchst du Panzer. Wir haben keinen Panzer. Uns bleibt nur der Vordereingang.«

»Der schwer bewacht wird.«

»Absolut. Wir brauchen Rumms. Viel Rumms.«

Er unterstreicht das letzte Wort mit der Faust.

»Du willst dich also nicht stellen?«

»Warum auch? Das wird kein Austausch. Das wird eine Hinrichtung. Wenn die mich töten, das haben sie vor, können sie Srečko nicht gehen lassen. Er ist Zeuge, er weiß, wo sie sind, wer sie sind, was sie tun. Zeugen landen unter der Erde, Leichen werden aufgelöst mit Ätzkalk. Jeder Zeuge ist ein Risiko.«

»Jetzt mal im Klartext. Wir ballern uns mit Raketenwerfern den Weg frei, knallen ein paar Wachen mit den Kalaschnikows nieder, kämpfen uns mit den Granaten ins Innere, eliminieren den Rest mit den Makarows. In einem Haus, Bauernhof, Bunker, was auch immer, nicht unweit von Belgrad. In einer Stadt, wo es Unmengen an Polizei, Militär, Sicherheitsdiensten und wer weiß, was noch alles, gibt.«

»Richtig, Frau Inspektor.«

»Kommissar.« Die beiden drehen sich zu ihr, sehen sie verwundert an.

»Bin befördert worden.«

»Gratuliere.«

»Ich auch.«

Irgendwie will das Lob nicht richtig ankommen.

Wozu gratulieren sie dir?

Ja, wozu eigentlich?

Sie sind nach Norden gefahren, über die Save, die Donau, haben die Stadt im Morgenrot hinter sich gelassen. Der Fluss hat ihnen ein Glitzern geschenkt, als ob er ihnen Glück wünschte bei ihrer einstimmigen Hirnrissigkeit. Den Opel haben sie im Wald geparkt, den Blick auf das Zemun-Viertel einen Moment genossen, die schwarzen Masken übers Gesicht gezogen, die Zipper bis zum Kragen. Schulterklopfen, Wolken der Anspannung, die den Mündern entweichen. Davor hat sie instruiert, Suzuki und er bekommen je einen Raketenwerfer, Andrea und Suzuki eine Kalaschnikow. Sie haben die Waffen geschultert, eng am Körper, schleichen durch den Morgentau nach Norden. Den langen Finger über den Abzugbügel gelegt, die Pupillen geweitet. Die Köpfe schweifen hin und her, Davor hält sich links, Andrea in der Mitte. Bis jetzt hat sich nichts bewegt, ein Reh in der Ferne, durch das Moos, ein Specht, zwei Eichhörnchen. Der Energy-Drink im Auto wäre nicht notwendig gewesen, das Gehirn stellt Adrenalin bereit.

Da vorne endet der Wald, fünfzig, dreißig, zwanzig Meter, Davor gibt ein Zeichen, dass sie in Deckung gehen sollen. Er hört etwas, pirscht vorwärts, steckt die Makarow in den Hosenbund. Die Handfläche ans Ohr, den Kopf leicht geneigt.

Plötzlich wirft er sich auf den Boden, zieht die Pistole, hält sie nach vorne. Ein Auto knackt von Osten über den Schotter herbei, hält vor ihnen, zwei Typen mit Sonnenbrillen und Lederjacken steigen aus.

Nicht der ausgebleichte Typ, den Davor trägt. Sie schieben die Brillen auf den Kopf, ziehen eine Pistole, bewegen sich langsam. Jeder Schritt ist überlegt, sie zielen auf die Bäume, lassen die Läufe der Pistolen durch den Wald streifen.

Eine Minute, zwei Minuten.

Andreas Herzschlag ist bis nach Belgrad zu hören. Sie schließt die Augen, versucht sich zu entspannen, damit die vorne ihre Angst nicht riechen können. Eins, zwei, drei, vier, bis zehn, die Finger umklammern die Makarow, sie dreht sich nach vorne. Behutsam, keine schnellen Bewegungen. Im Augenwinkel ein Schatten, flink, schnellt durch die Bäume. Die zwei beim Wagen haben die Waffen in den Holstern verschwinden lassen, machen sich bereit zum Einsteigen.

Hinter ihnen taucht Suzuki auf, der sie auffordert, ein wenig zu bleiben. Einer der beiden sucht nach Fluchtmöglichkeiten, verebbt im Ansatz. Davor geht vor, die Pistole auf ihn gerichtet. Er ist zehn Meter von ihm entfernt. Eine Distanz, bei der man sich selbst beim Anblick der russischen Pistole nur wenig entspannen kann. Suzuki pfeift, Andrea soll folgen.

Sie nehmen auf der Rückbank Platz, hinter getönten Scheiben, drücken die Pistolen in den Sitz. Davor sammelt ihre Handfeuerwaffen ein, legt sie auf den Boden. Der Wagen rollt den Schotter entlang, passiert ein Eisentor zwischen dicken Mauern. Zwei Typen mit automatischen Gewehren stehen am Eingang, die auf dem Vordersitz nicken ihnen zu. Das Tor schließt sich, sie halten. Das Geräusch eines Rasensprengers, nicht fern, ansonsten rege Unterhaltungen der Vögel im angrenzenden Wald.

Davor schnalzt mit der Zunge, eine Bewegung, dass sie aussteigen sollen. »Eine falsche Bewegung …«

Okay, verstanden, aussteigen. Andrea drückt sanft die Tür auf, den Pistolenlauf auf den Mann vor ihr gerichtet. Sie setzt die Beine auf den Boden, ein dumpfer Laut, die Kraft weicht aus dem Körper, alles versinkt im Dunkel.

Hektische Absätze, Schreie, die durch die Gänge tönen. Felix rüttelt am Sessel, versucht, die Fesseln loszuwerden, die Verwirrung zu nutzen, um zu fliehen. Er reißt an den Kabelbindern, wackelt mit dem Stuhl, das Plastik schnürt die Handgelenke ab, drängt sich in die Haut. Ein Brennen, das sich bis zum Kopf fortsetzt, er will nicht aufgeben, wackelt weiter, kippt vornüber, fällt.

Sein Gewicht drückt auf den Arm, der Stuhl liegt auf der Seite, die Tür geht auf. Igor.

Er beugt sich zu Felix hinab, bringt ihn in eine aufrechte Position, nimmt ihm die Kabelbinder ab. Felix reibt sich die Handgelenke, gerötete Haut, gottlob keine Schnitte.

»Was ist los?«

»Hörst du das nicht?«

Ein Nicken, natürlich. »Aber sehen tu ichs nicht.«

»Jemand hat einen unserer Wagen gekapert.«

»Hört sich nach meinem Vater an. Kann der so schnell hier sein?«

»Möglich.«

Igor öffnet die Tür, sieht hinaus, gibt Felix ein Zeichen, dass er ihm folgen soll. »Du schleichst dich jetzt. Sonst bist du tot.«

»Was ist mit Vuk?«

»Was soll mit ihr sein?«

»Lässt du sie verrotten?«

Du lässt deinen Partner nicht verrotten. Niemand bleibt zurück.

»Deine kleine Freundin bleibt hier. Sonst bin ich wirklich dran.«

»Gib mir deine Waffe.«

Igor sieht ihn an, ungläubig. »Warum sollte ich das tun?«

Felix nimmt Igors Kopf, schlägt ihn gegen die Tür. »Deswegen.« Ein entgeisterter Blick, Igor fällt zu Boden. Felix zieht ihn in die Zelle, ein Schlag mit dem Pistolengriff. Zur Sicherheit. Den Gang entlang, verdammt, Vuk, irgendwo muss sie doch sein. *Willst du sie wirklich sehen?* Wer weiß, was sie mit ihr gemacht haben. Felix drückt die nächste Tür auf, der Lauf zuerst, keine Bewegung. Nächste Tür, gleiches Ergebnis. Er klopft mit dem Griff die Türen durch, wartet eine Sekunde, weiter. Sie muss da sein. Oder haben sie sie gleich erledigt? Dann, ein Zeichen, ein Stöhnen, Felix macht die Tür auf. Vuk auf einer Matratze, nackt, bleich, gefesselt. Sie dreht den Kopf weg, als er hereinkommt. *Nein, nicht du auch noch.* Felix geht in die Knie, streicht über ihre Wange, murmelt: »Scheiße.«

Die Kleidung liegt unter ihr, zerrissen, schweißnass. Felix löst die Fesseln, sie bedeckt den Intimbereich, setzt sich auf. Sie hebt den Kopf ein Stück, sieht Felix' Zustand, legt ihre Stirn auf die seine. Eine kalte Hand auf Felix' Wange, eine wärmende auf ihrem Rücken. »Verdammt, was haben sie dir angetan?«

Eine Träne verlässt ihr Auge, ein Tropfen auf dem kalten Stein. »Warte hier.«

Felix läuft zurück in sein ehemaliges Refugium, zu Igor, fängt an, ihn auszuziehen. Er ist kein Riese, nicht übergewichtig, die

Größe dürfte passen. Er packt ihn unter den Armen, zieht ihn hoch, fesselt ihn an den Stuhl. Ein Kuss auf die Wange, ein Tätscheln derselben. *Sorry, Alter.* Er läuft zurück zu Vuk, die ihre Beine an den Körper gezogen hat und apathisch vor und zurück schaukelt.

»Leg dich hin«, herrscht er sie an, sie folgt wortlos. Igors Hose, T-Shirt, Schuhe, alles passt annähernd. Sie breitet die Arme aus, flüstert kraftlos: »Mach schon.«

»Hör auf. Du musst jetzt zuhören. Ich bins, Srečko. Wenn sich die Lage beruhigt, musst du flüchten. Verstehst du das?«

Sie nickt, es sieht eher zufällig aus. »Ich lasse dir die Waffe da. Dann haust du ab, siehst nicht zurück und stoppst erst, wenn du wieder zu Hause bist. Kapiert?«

Keine Reaktion, sie legt sich aufs Bett und starrt in die Luft. »Mach schon.«

Scheiße, du hast keine Zeit. Hoffentlich hat sie es kapiert. In diesem Zustand kann er sowieso nicht mit ihr flüchten. Vielleicht erholt sie sich. »Wenn jemand reinkommt, knallst du ihn ab. Okay?«

Wieder Stirn auf Stirn, ein zärtliches Streicheln, Felix steht auf, öffnet die Tür. Der Lärm ist verhallt, allein die Deckenbeleuchtung surrt vor sich hin. Er schleicht den Gang entlang, erreicht die Treppe, steigt eine Stufe nach der anderen hoch. Dazwischen lauscht er, analysiert. Nichts, ein einziges verdächtiges Nichts. Ein Griff, Vorsicht, die Klinke, kein Laut darf der Tür entweichen. In Felix' Welt.

In der des Menschen auf der anderen Seite soll es knallen. Möglichst laut und schmerzhaft.

27

Dem Dunkel folgt das Licht. Ein pochendes, grelles Licht, das kaum zu ertragen ist. Andrea versucht, die Augen zu öffnen, verharrt im Ansatz. Ein Spalt, mehr ist ihr nicht möglich.

Sie presst die Lider aneinander, möchte die Hände davorhalten, kann sich nicht entscheiden, ob es den Ohren dienlicher wäre. Vor ihr die Silhouette einer Frau, die ihre Arme schwingt wie ein Dirigent, sich singend aus dem Stuhl erhebt. Andrea kann nichts verstehen, nur »Druže Tito«, der Rest verschwimmt in der Begeisterung der Sängerin. Andrea ist sich nicht sicher, ob sie ihr den Recall erlauben würde.

Dreieinhalb Minuten, ungefähr dieselbe Zeitspanne, in der sich die Augen an das Licht gewöhnt haben. Andrea sieht sich um, dreht sich nach links, nach rechts, sieht den wenig begeisterten Gesichtern ihrer Begleiter entgegen. Suzuki hat den Ich-habs-dir-doch-gesagt-Ausdruck aufgesetzt, Davor hält die Arme vor dem Körper, lässt den Blick kreisen. Vorsichtig mustert er die Künstlerin, eher ein »Nein, deine Stimme ist nicht gut genug«. Suzuki setzt an, will etwas sagen, die Frau nimmt eine Pistole vom Tisch, hält sie ihm vor die Nase, legt den Finger der anderen Hand auf die Lippen. Die zwei Hünen neben ihr setzen ein Grinsen auf, sie nickt. Die nächste Hymne auf Druže Tito, ohrenbetäubend, der zweite Song auch voll daneben. Der Chor hat nicht die geringste Verbesserung gebracht. Andrea legt die Hände auf die Ohren, wieder die Pistole, die als Taktstock fungiert, ein Lächeln der schwarzen Schönheit, Andrea senkt die Arme.

Einige Minuten Schmerzen im Ohr, es geht dem Ende des Liedes zu, die drei legen die Fäuste an die Brust, die Melodie verebbt, sie reißen die geballte Hand nach hinten. Die Frau setzt sich, mustert sie alle, legt die Pistole auf den Tisch. Ein Blick auf die Uhr, Flaschendrehen mit der Waffe, Wiederholung, Uhrzeit. Ein Mann betritt die Terrasse, bringt Teller, Gläser, Wodka, Kaffee, kehrt danach mit Schinken, Käse und Eiern zurück. Die Frau nimmt einen Schluck aus der Flasche, gibt ihnen ein Zeichen, dass sie einen Teller nehmen und sich bedienen sollen. »Doručak«, sagt sie, hebt das Glas.

Andreas Magen wehrt sich gegen den Gedanken an eine Mahlzeit, die Ablehnung jedoch ein schwieriges Unterfangen. Noch nie hat sie jemand mit der Waffe zum Frühstücken gezwungen. Auch will sich der Sinn der Geste nicht erschließen. Sie soll abdrücken, dreimal, Felix hat sie vielleicht schon erledigt. Oder sie warten auf ihn, damit die Sache imposanter wird. Analog zum Vorsingen eine Möglichkeit.

Sie gedenkt Suzukis Worten, dass Felix mit der Konsequenz leben müsse, man Davor nicht vertrauen könne. Eine Bestätigung, auf die sie hätte verzichten können. Man muss die Hand nicht auf die Herdplatte legen, um zu wissen, dass sie heiß ist.

Eine Hand an den Haaren, die den Rest des Körpers folgen lässt. Durch den Gang, ein Zimmer mit Kamin, einer weißen Couch aus Leder, einigen Stühlen, einem Wandläufer. Dahinter streicht der Frühlingswind durch die Vorhänge, lässt sie tanzen. Felix' Schädel pulsiert, kaum ein klarer Gedanke verlässt den Denkapparat. Es muss die Tür gewesen sein, die ihm die Lichter ausgeblasen hat. Die Treppe, dann nichts. Die Erinnerung lässt die betroffenen Körperteile zu Wort kommen, Schmerz, der sich nicht entscheiden kann. Kopf, Rippen, Hüfte, Haare, ein Schuss zwischen die Augen eine Versuchung. Die Hand löst sich vom Schopf, ein Büschel, das der Wind im Raum verteilt. Die Hand stößt ihn vorwärts, auf die Terrasse. Mit dem Rücken zugewandt sitzt die, die sich bei ihm nicht vorgestellt, ihm aber deutliche Avancen gemacht hat. Sie dreht sich nicht um, der Hüne mit der Sonnenbrille weist ihm einen Platz zu. Mit Blick auf den Garten, den kleinen Teich, die riesige Mauer dahinter. In der Ferne das Rauschen der Autobahn, das sich mit den Geräuschen des Waldes vermischt. Klirren von Besteck, Glas auf einem einladend großen Tisch, weiß, eckig, mit geschwungenen Beinen. Blattgold, Messing, auf jeden Fall alt.

Ein Korb mit Weißbrot steht auf dem Tisch, Schinken, Käse, Eier, Kaffee. Zu viel für eine Person, es soll für alle reichen. Felix' Blick gleitet durch die Runde, keiner der anderen vier sagt etwas. Die Chefin kaut auf einem Brot herum, ein Glas mit klarer Flüssigkeit, daneben eine Wodkaflasche. »*Na vas!*«, ruft sie, hebt das Glas, leert es in einem Zug. Felix möchte auf den Boden spucken, ihr die Faust in die Fratze rammen, bis ihr das Grinsen vergeht, das durch die Runde kreist. Sie kommentiert es mit einem Lachen, dreht sich, die zwei Fleischberge hinter ihr stimmen mit ein. »*Na Pavića!*«

Ein Lachen, das gleich versandet, sie spuckt auf den Boden. »Welch feine Runde! Welch hohe Gäste!« Sie steht auf, schwenkt den Wodka, sagt: »Darf ich vorstellen? Der Ahnungslose.« Pause. »*Dobrodošli!*« Das Lachen, es brennt im Gehirn, reflektiert an der Schädeldecke, tausendfach. Felix hebt den Kopf, eine Bewegung zur Flasche, sie nickt, er schenkt ein. Er hebt das Glas, mehr zu sich selbst, leert es in einem Schluck. Andrea starrt ihn an, fragend, stumm, er kommentiert:

»Schmerztabletten gibt es keine. Dabei könnten sie die gut gebrauchen.«

Eine Faust trifft ihn in die Backe.

»*Ne njemački.*« *Kein Deutsch*. Schon klar. Felix massiert sich den Kiefer, hoffentlich erstickt der Wodka bald das Pulsieren im Kopf.

»Herr Pavić. Es freut mich sehr, dass du heute hier bist. Es ist lange her, vielleicht kannst du dich erinnern. Es muss irgendwann 1990 gewesen sein. Retrospektiv. Du musst mir verzeihen, wenn ich durcheinanderkomme. Das waren turbulente Zeiten. Ich, vier Jahre alt, allein, zwischen Männern mit Sturmgewehren, die meine flüchtenden Eltern erschießen wollten. In einem kleinen roten Yugo, das weiß ich noch gut. Weil es der verdammt schlimmste Tag in meinem Leben war.« Sie knallt das Glas auf den Tisch, geht zu Davor, knallt ihm eine, noch eine, er erträgt es, wehrt sich nicht.

Sie hört auf, Felix sucht seinen Blick, er senkt den Kopf. Der nächste Blick zu ihr, die Welt: ein Vakuum.

»Du hast es gespürt. Unten im Keller. Du hast gespürt, dass ich dein Bruder bin.«

»Halts Maul, halt einfach dein Scheiß-Maul, Srečko Pavić. Sonst knall ich dich ab. *Razumeš?* Ich knall dich ab.«

Felix glaubt, fast so etwas wie eine Träne zu erkennen. Vielleicht eine Täuschung, die er mit Wodka hinunterspült.

Er mustert sie, von oben bis unten, und muss zugeben, dass er im Keller einen Moment auf seine Schwester scharf war.

»Seit diesem Tag habe ich jeden Tag, jeden verdammten Tag gewartet, dass ihr zurückkommt, mich sucht. Ob es mich gibt, wie es mir geht.«

Davor hat noch immer den Kopf gesenkt, sie schreit: »Sieh mich an, du Pferd. Hat es dich verdammt noch mal interessiert, ob es mich gibt? Sag es mir.«

Davor sieht hoch, ein Augenblick, er antwortet: »Nein. Hat es nicht.«

Sie geht zu einem der Hünen, hält ihm die flache Hand hin, er zieht eine Pistole aus dem Halfter. Sie nimmt das Glas, hebt es an, schießt Davor Horvat nicht in den Kopf, nicht ins Herz, sondern in die Brust. Er fällt nach hinten, über die Kante der Terrasse, bleibt auf der Wiese liegen.

»Wenigstens eine ehrliche Antwort. *Na Davora Pavić! Najboljega tatu na svijetu!*« Sie lacht, die Pistole in der herabhängenden Hand, die andere dreht das Glas zum Mund.

»Damit du siehst, wie es ist, allein gelassen zu werden, wenn dir niemand hilft, weil sie zu beschäftigt damit sind zu überleben. Das seid ihr doch, meine Freunde, oder? Ihr hängt zu sehr am Leben, als dass ihr ihm helfen wolltet.« Sie dreht sich zu Felix. »Übersetz der Blonden, was ich gesagt habe.«

»Er ist der beste Papa auf der Welt, dann hat sie ihn angeschossen, damit er sieht, wie es ist, alleingelassen zu werden, ihm keiner hilft, weil alle zu sehr am Leben hängen. So in etwa.«

»Die ist doch voll irre, oder?«

»Eher schon.«

Eine Faust trifft Felix, vor der Wodkafahne.

Sie tätschelt ihm die Wange, flüstert ihm ins Ohr: »Ist das deine kleine Freundin, Bruder? Die ist geil, aber ist sie geiler als ich? Wir könnten uns einigen, weißt du? Da hätte ich nichts dagegen.« Ihre Augen bleiben auf Andrea, ein Zwinkern, ein Schnalzen. Dieses irre Lachen, das Felix die Gänsehaut durch den Körper jagt. Sie nimmt Felix' Kinn in die Hand, drückt es zusammen, drückt ihm einen Kuss auf die Lippen.

Geschlossene Augen, sie hebt den Lauf, zielt auf Felix, zischt: »Aber daraus wird nichts.«

Ein Schuss, die Welt vergeht vor Felix, er spürt das Blut im Gesicht, den Urin im Schritt. Sie fällt auf ihn, der Körper hat an Kraft verloren, Felix öffnet die Augen.

»Damit du siehst, wie es ist, wenn einem alles genommen wird.«

Ein Blick von Vuk, die Augen in die Ewigkeit gerichtet, Stahl presst sich an ihre Schläfe, ein Knall, der ihr Gehirn auf den Tisch ergießt. Der Schinken, der Käse, alles in Rot getaucht. Igor erscheint hinter ihr, gibt einem der Hünen die Waffe, zerrt die toten Körper von Felix weg. Der Griff zur blutigen Flasche, ein tiefer Zug, ein Laut der Erleichterung.

»Weiber. Immer dieses Drama.«

Er lässt sich in den Sessel sinken, seufzt, runzelt die Stirn, sieht Felix an. »Wo ist Davor?«

Felix zeigt auf das Ende der Terrasse, formt die Hand zu einer Pistole, ein Nicken zu seiner Schwester.

»Wie hat sie sich eigentlich genannt?«

»Zora. Aber ich glaube nicht, dass das ihr richtiger Name war.«

»Die Frage ist eher: Wie wird es weitergehen?«

Igor setzt die Flasche an, hebt sie ein Stück. »Dann bin ich jetzt wohl der Chef.«

»Dann hast du es doch zu etwas gebracht.«

»Wer hätte das gedacht? Wer hätte das gedacht?« Er lässt sich die Worte auf den Lippen zergehen, wippt mit dem Kopf, füllt den Mund mit Wodka, gurgelt, schluckt.

»Soll ich Danica sagen, dass doch alles gut geworden ist?«

»Das sag ich ihr selbst. Glaubst du, sie freut sich?«

Felix schließt die Augen, nickt. »Ja, das glaube ich.«

Ein Schrei, vom unteren Ende der Terrasse. Andrea.

»Scheiße, der lebt noch.«

Felix und Suzuki springen auf, laufen hinab, packen ihn bei den Armen, den Beinen, schleppen ihn hoch. Ein Blick zu Igor, der den Kopf zur Seite wirft. Er geht voraus, hinter ihm eine rote Spur durchs Wohnzimmer, eine Tür, mit goldenen Ornamenten: Z. P. Zora Pavić, Zora Plava.

Sie legen den röchelnden Davor aufs Bett, decken ihn zu, er ist mehr im Jenseits. Igor greift zum Telefon. »Lunge. Rechter Oberlappen. 9 mm. Wir werden Blut brauchen.«

Ein Nicken zu Felix. »Das Krankenhaus ist keine gute Überlegung. Da kommt sofort die Polizei. Wenn wir Pech haben, nicht unsere. Wir haben Leute für das. Der Chirurg, der jetzt kommt, ist unser bester Mann. Der einzige, dem Zora vertraut hat.«

»Sie hat gesund ausgesehen. Wofür hätte sie einen Chirurgen gebraucht?«

»Man munkelt, dass sie sich hat sterilisieren lassen. Damit sie niemals Kinder bekommen kann, ihnen das Schicksal erspart bleibt, das sie erlitten hat. Und sie bestimmen kann, mit wem sie wann Sex hat.«

»Wir hätten Ivka holen sollen.«

»War das ihr Name?«

Nicken, Igor sagt: »Das hätte nichts gebracht. Sie haben sie im Hinterzimmer großgezogen, ihr allein die Werte von Zora Plava beigebracht. Sie wurde instrumentalisiert, dazu geschaffen, dass sie den Klan so weiterführt, wie es die Alten geplant hatten. Als dein Vater Gas gegeben hat, war es schon zu spät. Eigentlich, als er den Deal verweigert hat. Dann würde sie leben, und er wäre tot.«

»Viel fehlt nicht.«

»Der Doktor macht das.«

Er klopft Felix auf die Schulter, lässt den Arm einen Augenblick liegen. Die Tür geht auf, ein Mann mit Nickelbrille und Cordsakko tritt ein. Dahinter eine junge Frau in Jeans und Top, die sich im Laufen einen Kittel überstreift. Sie gehen zum Bett, begutachten Davor, schicken die anderen hinaus.

»Das kann ein wenig dauern. Vielleicht bleibt ihr ein paar Tage. Bis er wieder auf dem Damm ist. Nur zur Sicherheit.«

»Ist das ein Angebot oder ein Befehl?«

»Ein bisschen von beidem. Ich will alles von Danica und dem Kind erfahren.«

Die Stunden sind an ihnen vorbeigeflogen. Sie sind am Tisch gesessen, haben in die Ungewissheit gestarrt. Bis sich die Tür geöffnet hat und der Arzt herausgekommen ist. Verschwitzt, mit einem aufgesetzten Lächeln. Er brauche ein wenig Ruhe, der Chirurg komme die nächsten Tage vorbei, um nach ihm zu sehen. Ein Bündel Scheine hat den Besitzer gewechselt, bevor die Stimmen den Raum erfüllt haben. Sie haben geredet, über die alten Zeiten, die hässlichen Frisuren, die Schlägereien, wie sie in der Greißlerei Zigaretten und Bier gestohlen haben. Wie sie mit dem Mofas nach Taxham gefahren sind, den Rockabillies gezeigt haben, dass man sich mit den Jugos nicht zu spielen hat. Wie sie auf der Skinhead-Party waren, nur um angepöbelt zu werden und den Glatzköpfen zu beweisen, dass sie nicht die Herrenrasse sind. Gelächter, abwechselnd mit Wehmut der Gewissheit. Der Gewissheit des Schicksals. Die Schwester, Werner, Vuk, die Geschichte mit dem Pervitin. Die späte Familienzusammenführung.

Als es still wurde, die Gedanken sie übermannt haben, sind sie schlafen gegangen. Andrea hat sich zu Felix gesellt, der Wiedersehensfreude wegen.

Nun liegt sie neben ihm, sieht ihn an, blickt ihm tief in die Seele, als ob sie sagen möchte, dass sie bereit sei, ihn jetzt verstünde. Er erwidert, seine Augen sagen das Gleiche.

Felix' Lippen fragen nach Enissa, dann nach Darius. Enissa geht es gut, eine Woge der Zufriedenheit überkommt ihn.

Andrea überlegt, dreht sich aus dem Bett, zeigt ihm den nackten Rücken. Dann holt sie das Telefon aus der Tasche. Ein Wischen, sie hält es Felix vor die Nase, tippt auf Nowak. Eine SMS: *Er hat es nicht geschafft.* :(

Noch eine Gewissheit.

Nicht nur Darius hat es nicht geschafft, auch Felix.

Er wollte ihn retten, ihm klarmachen, dass er ihn nicht im Stich gelassen hat, er immer für die Gang da ist. Doch die Gang gibt es nicht mehr, sie hat einen Abschluss gefunden. Einen Anführer hat sie hervorgebracht, den eines Klans. Daran, dass die Gang in dessen Schatten gewandelt war, darf er nicht einmal denken. Andrea nimmt ihn in den Arm, drückt ihn, er befreit sich aus der aufkommenden Trauer.

»Schon gut«, sagt er. »Er hat es so entschieden. Du kannst niemand vor sich selbst retten.«

»Wie die eine, die Zora erschossen hat?«

»Jep. Ich habe ihr gesagt, dass sie flüchten soll, aber sie hat sich anders entschieden.«

Du kannst eben niemand vor sich selbst retten.

Sie wollte es so, hat der Rache den Vorrang gegeben. So muss er wenigstens nichts über ihre Beziehung, die keine war, aufklären.

»Wer war sie eigentlich?«

»Niemand. Seit ihr Mann gestorben ist, war sie niemand.«

»Ich soll dir was von Darius ausrichten. Er hat alles nur erfunden.«

Felix reißt die Augen auf, presst Luft durch die Nase.

»Vielleicht war er doch kein so schlechter Mensch. Vielleicht war er ein Opfer.«

»Wie wir alle, Srečko Horvat. Wie wir alle.«

KRAJ

Salz

Im Riesen schläfst
Äonen schon
Mit Schweiß befreit
Durch Blut versklavt
Aus einer Zelle
Gold geworden
Mehr noch
Du bist das Leben

Der Autor

Wolfgang Haupt lebt und arbeitet in Salzburg. Auf seinem Weg von der Sprachwissenschaft, über Kommunikationswissenschaft und Anglistik bis hin zur Informatik hat sich der Blick auf und vor allem in die Menschen als spannendster Antrieb

erwiesen. Reisen und das Interesse an fremden Kulturen und Sprachen haben in seinem Leben einen großen Stellenwert.

Danksagung

Bedanken möchte ich mich in erster Linie bei allen, die sich die Zeit nehmen und das Buch in die Hand. Ohne den Leser ist meine Arbeit inexistent.

Meine endlose Wertschätzung gilt meiner Frau Katharina, die all meine Launen erträgt und mich immer unterstützt. Nicht unwesentlicher sind all jene, die nicht müde wurden, Kritik zu üben und mir geholfen haben, dieses Werk zu verbessern. Insbesondere geht mein Dank an alle Testleser, an den, der nicht genannt werden möchte, Margareta Matijevic (najbolji kolegica na svijetu), David Walker, Frau Dr. Pichler, Rene Heis, Karim H., meinen Lektor Lucas Humann und meine Korrektorin Anneke.

Allen, die hier nicht erwähnt wurden, sei ebenfalls gedankt.

Liebe Leserinnen und Leser,

danke, dass Sie *Salziges Blut* gelesen haben! Wenn es Ihnen gefallen hat: noch besser!

Wenn Sie mit Neuigkeiten versorgt werden wollen, wissen möchten, wann mein nächstes Buch erscheint, melden Sie sich gerne unter der folgenden Adresse für meinen Newsletter an: www.wolfganghaupt.biz.

Auf meiner Facebook-Seite teile ich regelmäßig Neuigkeiten und auch Textausschnitte mit meinen Lesern. Ich würde mich freuen, Sie dort wiederzutreffen!

Auch auf Twitter führe ich gern Gespräche mit meinen LeserInnen. Dort findet man mich unter diesem Link: https://twitter.com/WolfHaupt.

Rezensionen sind für AutorInnen ein wichtiges Feedback und auch für LeserInnen sehr hilfreich bei der Wahl ihres nächsten Buches. Wenn Sie Ihren Eindruck von meinem Buch zusammenfassen und mit anderen teilen, freue ich mich sehr. Ob positiv oder negativ spielt keine Rolle – ich freue mich über jede Rückmeldung!

Ich wünsche Ihnen weiterhin viel Freude beim Stöbern und Lesen!

Ihr Wolfgang Haupt

Weitere Bücher

Wolfgang Haupt

Der algerische Hirte

Kriminalroman

Juni 1984. Ein ermordeter Säufer hinterlässt Ratlosigkeit. Keine Anhaltspunkte, kein Motiv. Sein einziger Freund, ein Kommissar aus Saint-Lemis, einer kleinen Stadt in Südfrankreich, gerät unter Verdacht. Ein Verdacht, den er nicht entkräften kann, weil er jedwede Erinnerung an diese Nacht verloren hat. Zeitgleich tauchen immer mehr Männer in Anzügen auf. Sie suchen einen Gegenstand, den der Kommissar zu benötigen glaubt, um seine Unschuld zu beweisen. Es entbrennt eine Hetzjagd, die ihn über Korsika nach Algerien führt und ihn immer tiefer in die dunkle Vergangenheit seines Freundes blicken lässt. Einer Geschichte eines Soldaten, Doppelagenten und vor allem: eines Terroristen.

E-Book:
Midnight by Ullstein
ISBN 978-3-95819-003-0

Printausgabe:
Books On Demand
ISBN 978-3-7386-0629-4

Serbische Ausdrücke

Blago tebi! – Du Glückliche(r)!

Blago vama! – Ihr Glücklichen!

Dobrodošli – Willkommen.

Glupost(i,e) – Blödsinn, Dummheiten.

Jebem ti – Fick dich!

Jebi kolu, jebi pizzu, svi trebamo Šljivovicu – Sinngemäß: Scheiß aufs Cola, scheiß auf Pizza, allein wir brauchen Šljivovica.

Kraj - Ende

Lažeš, laže – Du lügst, (er, sie, es) lügt.

Magarci. Muškarci su svi magarci - Esel. Männer sind alle Esel.

Na domovinu! – Auf die Heimat!

Najboljega papa na svijetu. – Den besten Vater auf der Welt.

Neprilike – Schwierigkeiten.

Nesanica – Schlaflosigkeit.

Nje zna njemački – Hier wird kein Deutsch gesprochen (Wörtlich: Man weiß kein Deutsch).

Pivce za živce – Bierchen für die Nervchen.

Razumeš (?)– Verstehst du(?), du verstehst.

Šljivo, Šljivovica - Pflaumenschnaps.

Sranje, sranje u boji – Scheiße in Farbe (ein gängiger Fluch).

Sve u redu – Alles in Ordnung.

Tito, ljubicica bjela, Druže Tito, mi ti se kunemo - Tito, du weißes Veilchen, Genosse Tito, wir schwören auf dich.

(Josip Broz Tito, Ministerpräsident und Staatspräsident von 1945 bis 1980 der langjährige diktatorische Staatschef Jugoslawiens).

Zora Plava – Die blaue Morgenröte.